加藤成亮
alternate：交會的瞬間

alternate
交會的瞬間

目錄

主要人物

新見蓉　圓明學園高中三年級，料理社社長。父親是廚師。

水島大輝　圓明學園高中三年級，園藝社社長。蓉的好朋友。

多賀澪　比蓉大一屆的學姊，前年度的料理社社長。

山桐惠美久　圓明學園高中一年級。因為崇拜澪而進入料理社。

三浦榮司　永生第一高中三年級。料理社的王牌，母親是知名料理研究家。

伴凪津　圓明學園高中一年級。信奉 Alternate。

笹川老師　凪津的班級導師。兼任料理社與園藝社的顧問。

桂田武生　住在埼玉、並在當地就學的高一學生。

楤丘尚志　自大阪的高中退學，隻身來到東京。

安邊豐　圓明學園高中二年級。尚志昔日的樂團夥伴。

冴山深羽　圓明學園高中一年級。管風琴演奏者。

憲一　尚志以前的打工夥伴。天性樂觀，喜愛流浪。

1 種子

孟德爾在修道院的庭園培育三十四種豌豆，將兩百八十七朵花一一人工授粉，進行遺傳相關的實驗，結果發現到某種數學上的規則性。這樣的規則就是今日廣為人知的孟德爾定律。市面上的蔬菜幾乎都是源自這項定律的雜交第一代，通稱「F1種」——笹川老師一邊攪拌泥土一邊說明著。

「理由是F1種的生長很平均，品質也穩定。這次要種植的玉米當然也是F1種。」

泥土的氣息被午後陽光晒暖，輕輕掠過新見蓉的鼻子。泥土表面乾燥而變成灰色的部分被翻起來，就露出潮溼的深褐色泥土。在欣賞兩者反差的同時，兩者逐漸混合在一起而變得平均。

「不過F1種也有缺點。」

大輝低聲對蓉說：「每次聽她談起F1，我腦中就會有麥拉倫跑車奔馳過去。」

園藝社顧問笹川老師也是生物老師，口吻自然會很像在上課。

「你們知道是什麼缺點嗎？」

剛當上園藝社社長的大輝舉起拿著鏟子的手，泥土飛濺出去，落到料理社新社員的臉上。不過這名新生似乎頗為高興，微微張開嘴巴。大輝沒有發覺到自己把泥土濺到別人，於是同樣剛當上料理社社長的蓉便代替他合掌說「對不起」。

「沒辦法繁殖後代！」

大輝充滿自信地回答，但笹川老師卻立刻回他「不對」。新生原本怯生生的氣氛稍微變得緩和。

「很可惜。雖然那樣的品種也越來越多，不過正確地說，Ｆ1並不是全部都無法生產種子。Ｆ1的種子、也就是到了Ｆ2，原本優異的生長力和品質都會突然變得不平均也不穩定，所以Ｆ1只限於一代。」

笹川老師把種子發給每一個學生。蓉的掌心被放上三粒種子。蓉盯著這些種子，突然聽到「鏘！」的聲音，一顆球打在後方的柵欄上。她嚇得回頭，綁成一束的馬尾也隨之甩到臉上。這個衝擊讓她把種子掉落在地上，只好連忙撿起來。

「喂！」大輝朝著把球打過來的同學高喊，對方便從遠處回應：「吵死了！」大輝朝著操場的方向比中指，然後一臉不悅地對新生說：「妳們就算使用Alternate，也不能跟那種男生交往。」

一名新生問：「大輝學長，我可以追蹤你嗎？」大輝把豎起的指頭改成大拇指，說：「當然了，一起來連結吧！」他看起來就像Alternate的廣告一樣——雖然Alternate沒有廣告。

園藝社除了校園內的花壇之外，也負責管理操場邊緣的這塊農園。這裡種植著蔬菜與水果，而料理社依照慣例，為了取得這些食材，會來協助園藝社。話說回來，目前園藝社只有大輝一個人，因此這塊農園幾乎完全由料理社來照顧。料理社顧問笹川老師之所以會兼任園藝社顧問，就是因為這樣的情況。不知情的料理社新生無法接受農園工作，臉上紛紛露出不滿的表情。

像蓉這樣經歷兩年的園藝社活動之後，就會開始領會植物的魅力，不過新進社員還沒有體驗過開花結果的樂趣，再加上穿著新買的運動服卻要來挖土，因此會變得消極也是無可奈何的。

如果沒有大輝在，大家或許早就丟下工作了。

「像這樣。」笹川老師示範播種，在泥土表面做出凹陷，輕輕把三顆種子放進去，然後灑上土。

一名新生問：「如果三顆都發芽了怎麼辦？」

大輝回答：「其中兩顆當然得砍掉。」接著他又壓低聲音，用舌頭顫音補充：

「KILL！」

「不要嚇剛入社的新生。」

蓉斥責大輝，他便噘起下脣。

蓉也不喜歡疏苗和修剪等工作。她知道這些是重要的步驟，但是她總是不禁思考：為了保護一株植物而剪掉不必要的存在，這樣的選擇是否真的正確？

蓉在播種的時候，忽然想到幼稚園時吃的西瓜。她當時不小心吞下西瓜籽，母親便威脅她：「西瓜會從妳的肚子長出來。」父親看到她害怕得哭出來，嗤之以鼻地說：

「怎麼可能！人的肚子又不是泥土。」

父親接著又說：「肚子是溶解所有食物的火。種子進入肚子裡，很快就會被燒掉。」

蓉想像自己體內有火，比西瓜發芽還要害怕，因此仍舊繼續哭。

播種完畢後，大輝用澆水壺澆水。在陽光照射下，出現隱約的彩虹。乾燥的泥土吸收水分而變得沉重。表面泛紅、皺巴巴的種子吸收水分，不久就會發芽。等到結出果實，已經是夏天了。

大輝問蓉：「玉米長出來之後，妳打算拿來做什麼？」

蓉回答：「這個嘛……一開始還是直接水煮來吃，應該會比較感動；然後看試吃的味道，可以決定要做玉米濃湯還是蔬菜天婦羅。如果要做成主菜，可以做燉飯，另外我也喜歡和入麵團裡面，做成美式玉米麵包。如果想要做更費工的料理，也可以做成冷菜的慕斯，上面再加上清湯凍。」

蓉想到新生應該也都在聽，便稍微抬高音量回答大輝，不過沒有得到特別的反應。她懷疑新生或許都討厭她。大家一定都看了《一人份美食》。在蓉感到沮喪的同時，地上有一隻蠼螋搖著屁股，逕自穿過農園。

除了番茄、茄子、青椒等夏季蔬菜，他們也在花盆種下羅勒、香菜、薄荷、鼠尾草、迷迭香等的種子，園藝社的工作總算告一段落。

「辛苦了。洗手要用那邊的水龍頭洗，不要在校舍的水龍頭洗手，免得泥土堵塞水管。」

一群人由三年級帶往校舍旁邊的水龍頭。後方傳來新生的嘆氣聲，大輝卻突然抓起蓉的手。

「婚姻線……」

他盯著蓉的手掌，然後用鑑定師的口吻說：「看樣子是沒有。」

「有啦！我有三條。」

手掌上的皺紋因為沾了泥土而更清楚，突顯出手相。

「妳會結婚三次？」

「不是那個意思。是有三次機會。」

「那樣的話，手相算命大概不太準。」

「為什麼？」

「妳怎麼可能會有三次機會？」

「你又知道了！」

蓉轉開水龍頭搓洗雙手，流下去的水逐漸變得混濁。

在她旁邊洗手的同學惠未嘆了一口氣問她：「妳猜會有幾個人？」蓉明白她的意思，但還是刻意裝傻，問她：「妳在說什麼？」

「社長大人，妳覺得十七個人裡面會有幾個人留下來？」

去年有十五個新生入社，現在還留下來的只有七人。

大輝用溼溼的手撥起瀏海，代替蓉回答：「今年大概也是六、七個左右吧。然後到了三年級，又會照例變成一半。」

去年的二年級原本有四人，升上三年級之後卻只剩蓉和惠未兩人。如何避免社員減少，也是社長的課題。

指尖。

蓉雖然把指甲剪到不能再短，但指甲縫仍嵌入泥土。她有些不耐煩地一根根搓洗

惠未接著又說「我乾脆也退社吧」，蓉便把臉湊近她威脅：「如果妳退社，我就把玉米做成爆米花，塞到妳的抽屜裡！」

「喂，不要糟蹋寶貴的植物！」大輝立刻抗議，甩掉手上的水，又對惠未說：「如果妳退社，我會把菊花插在花瓶裡，擺在妳的桌上。」

惠未回應：「這樣最惡劣了！」三人對視而笑，然後把沒有關上的水龍頭讓給二年級。

他們靠在校舍牆壁，等待所有人洗完手。從洗手的方式，可以看出一個人是否常做菜。看樣子大輝的推測似乎沒有錯。

穿過校門，立刻就看到一塊刻著「圓明學園高中」的石碑。兩名應該是新生的女生站在碑前，拿著手機對準自己拍照。石碑周圍種植著淡粉紅色的風信子。她們為了把那些花也拍進畫面當中，不斷地喬出最佳角度。

「大輝，你種的花真受歡迎。」

大輝得意洋洋地轉向蓉說：「那當然。我就是為了這個目的栽培它們的。如果她們的照片吸引到追蹤者，就是我的功勞。」

所有人都洗完手，回到料理實習室。從窗戶射入的夕陽光線反射在銀色的料理臺上，非常刺眼。這裡平常總是瀰漫著刺激食欲的殘餘香氣，不過因為春假期間沒有使用，因此空氣平淡無味。

蓉召集新生坐在白板前，自己一個人站在前方，不禁覺得自己好像體育社團的教練。新生都留著瀏海剪齊的相似髮型，和最近流行的女偶像髮型幾乎一模一樣。想到這就是想要進入料理社的學生實際狀況，蓉便不免替將來擔心。

「今天辛苦大家了。也許有人因為突然被找去幫園藝社而生氣。雖然覺得抱歉，不過我們自己嘗試之後，覺得這樣的體驗很棒，所以也請大家一起參與。今天大家種下的種子將來成為食材的時候，各位應該就會去思考料理與進食的意義。這裡的二年級和三年級，都實際感受到這是很重要的事，因此也希望大家能夠感受到這一點。」

新生個個都表情呆滯地看著蓉。蓉開始擔心自己的語氣是不是太像說教——不對，或許她們還是討厭她。她思索著接下來該說什麼來改變氣氛，卻感到喉嚨緊縮而嗆到。上一屆的社長澪學姊不論在任何時候都很穩重，此刻蓉才了解到她的能耐。

「這樣說好像太嚴肅了。換個說法，園藝社只有那個人，所以必須幫他才行。希望大家如果有時間都可以去幫忙。」

大輝站在教室最後面揮著雙手。一名新生用懶洋洋的聲音問：「除了那塊農園，還得幫忙照顧其他地方嗎？」

「只照顧那塊農園也可以。不過如果看到他有困難，希望大家可以稍微幫忙一下。」

大輝也說「拜託了」。新生們似乎仍舊難以相信大輝出現在這裡，彷彿在努力判別眼前的他是否真實存在。

「回去的時候可以看看校園裡的花壇，裡面種了很多可愛的花。」

蓉說到這裡告一段落，接著繼續說明今後的活動：

「料理社的活動當然主要是料理實習。料理內容由當下的值班人提出建議，然後大家一起討論來決定。不論是想做、或是想吃的料理都可以，不過必須要控制在預算範圍內。如果有人輪到值班卻想不出來要做什麼，可以隨時來找我討論。除了料理實習之外，有時候體育社團也會請我們送慰勞品。另外最重要的活動，大概還是文化祭吧。料理社販售的商品每年都很受歡迎，會有很多人來買。」

話說回來，蓉去年並沒有參加文化祭。

她停頓一下，接著說：「還有，雖然不是料理社的活動，不過我今年也打算參加《一人份美食》，所以會在社團裡找搭檔。」有幾個人出現反應，看來應該知道蓉的事。

「《一人份美食》是高中生的料理比賽節目。獲得選拔的高中代表會兩人一組參加比賽。本校已經連續兩次出賽。有興趣的人可以上網看比賽影片，上次我也有參加。」

與其被偷偷上網搜尋，不如自己直接說出來。

「以上就是本社團的主要活動。有什麼問題嗎？」

新生彼此面面相覷，似乎有話想說。蓉問她們「怎麼了」，其中一人小聲地說：

「那個，手機……」

圓明學園高中除了上課時間以外，基本上允許學生使用手機。有很多學生是看上這種自由風氣而入學，據說 Alternate 的下載率也因此比其他學校還要高。

「手機只有在必要的時候才准許使用。具體而言就是調查料理方式，或是為了記錄烹飪過程而需要拍照的時候。在烹飪過程中常常碰手機不太衛生，所以希望大家盡量少用。私人用的照片，請等到料理結束之後再拍攝。」

新生知道可以拍攝料理照片紛紛鬆了一口氣，蓉看到她們這樣的態度覺得很不可靠，不過她已經放棄了。

料理社之所以熱門，不是因為有很多人喜歡料理、想要增進廚藝。大部分新生把料理社當作一種裝飾品，只為了要在 Alternate 的個人資料欄寫下「料理社」才入社。然而這種動機入社的新生通常都撐不久。料理社並沒有輕鬆到可以抱著輕佻的心情參加。

「今天的社團活動就到此為止。下次開始就要進行料理實習，所以請帶圍裙來。因為是第一次，所以料理內容由身為社長的我來決定。」

她剛剛說完「下次見」，蘭迪就進到料理實習室來接大輝。看到兩人站在一起，新生的興奮程度達到本日最高峰。

「蓉，那我先走囉。明天見。」

「嗯，拜拜。」

一群新生注視著兩人離去的背影直到看不見為止，蓉知道她們再過一個月就會看慣這幅景象，因此沒有提出指點。

「蓉，我也要走了。有事再聯絡我吧。」

惠未說完，也離開料理實習室。接下來大輝和蘭迪要去遊樂園，惠未則要和外校學生約會。

蓉目送所有社員離去，確認走廊上已經沒有人，便把綁起來的頭髮解開。當落下的頭髮碰觸到肩胛骨附近，她感覺全身上下都得到解放。接著她坐上廚房料理臺，以仰臥的姿勢躺下，盯著沒有動的電風扇，想像畢業前的這一年。想著想著，她就想起去年的事，評審的話又回到腦中。

——簡直就像遵循指南書去旅行。

評論圓明學園高中作品的這句話，不知為何是以父親的聲音重播的。

她在還差一步的距離錯過冠軍。大部分的人都鼓勵她說「妳已經很努力了」、「真可惜」、「明年再加油」，跟她搭檔的澪學姊也安慰她，「要不是因為有妳在，我們不可能得到這樣的成績」，但蓉還是為了自己的不爭氣而感到崩潰。

她覺得自己或許不適合當料理社社長。像那樣失敗過的她，有資格營運社團嗎？

「那個……」

蓉聽到聲音跳了起來，看到剛剛詢問能不能使用手機的學生站在自己面前。

「怎麼了？」

「我剛剛忘了問，不管是什麼樣的圍裙都可以嗎？」

「啊？」

「比如說造型……」

「喔，可以呀。只要是能用的都行。帶自己喜歡的圍裙來吧。」

「我知道了。還有……」

蓉勉強裝出笑容。

「嗯？」

「學姊，妳沒有用 Alternate 吧？」

這名新生握著手機的指甲擦了透明指甲油，反射從窗戶射進來的陽光。

「嗯，沒有。」

「為什麼不用？」

淺棕色瀏海下方的眼睛直視著蓉。

「沒什麼理由。」

蓉想要用笑容蒙混過去，但新生卻像自言自語般低聲說，「是啊，新見學姊不喜歡冒險」，然後就離開教室。

蓉聽到父親的聲音又在腦中響起，為了把它揮去，她打開了門。

2 代理

ALTERNATE——al·ter·nate——ALTERNATE——al·ter·nate

ALTERNATE——al·ter·nate——ALTERNATE——al·ter·nate

站在講臺上的英文老師正在複習國中教的英文讀法。

伴凪津沒有理會老師教學的內容，托著臉頰在幾乎仍是白紙的簿子上，反覆寫下同樣的文字。

寫在四條橫線上的這些字彷彿隨時會跳起舞來。

就如被文字填滿的簿子，凪津的腦袋也被 Alternate 占據。

她從電子辭典的查詢履歷點選「**alternate**」，重新檢視已經顯示過無數次的畫面。

alternate 音節區分：al·ter·nate 發音：ɔ:ltərnèit

不及物動詞

1 輪流發生、（與……）交替《with》；時而……時而……《between》

2〈某人〉（和他人）輪流《with》、輪流做（工作等）《in》；〈某物、某人〉（和另外的……）交互排列《with》

3《電力》〈電流〉交流

及物動詞

使交替、使（和……）交錯《with,and》、（在……與……之間）使輪流《between》

名詞

（美式）代替物、替補、代理人、候補選手

凪津感到陶醉。她每次看到這個畫面都會感動，甚至感受到其藝術性。

首先是不及物動詞1「輪流發生」的意思。

在高中生限定的社群網路服務APP「Alternate」上，透過彼此互傳「追蹤」達成「連結」狀態，就可以直接進行傳訊息等交流。這是最基本的使用方式，而在這個瞬間，alternate上也不斷傳送著高中生之間的「追蹤」。

另外還有不及物動詞3的（〈電流〉交流）的意思。

譬如AC是alternating current的縮寫，交流電——用來比喻命中註定的邂逅，可以說貼切到令人害臊的地步。

關於交流電，凪津在國中時讀過這樣的軼聞：

電力供給系統原本以愛迪生發明的直流電為主流，後來愛迪生的弟子尼古拉・特斯拉提出並推薦他新發明的交流系統，但愛迪生認為自己遭到否定，對他指出交流電的危險性。兩人對立的主張不久之後發展為「電流戰爭」，彼此的爭執越加激烈。

有一天，特斯拉為了證明交流電的安全性，公布了他坐在自己設計、命名為「特斯拉線圈」的共振變壓器前、在火花迸發之下讀書的照片。今日交流電力系統受到廣泛利用，存在於生活中的各個場景。

Alternate的普及，和交流電也有相通之處。

然後是最後的「代理人」。

Alternate會依照使用者指定的條件，從眾多高中生當中挑選適合的人來推薦，可說是扮演媒人角色的代理人。它除了做為彼此互傳訊息的溝通工具之外，也具備寫部落格的社交網路服務功能，一網打盡高中生不可或缺的網路服務。

這項服務開始的五年前，Alternate埋沒於其他熱門的社群網路服務之間，幾乎沒有使用者；初期的少數使用者對於Alternate最大特色的配對服務也缺乏興趣，為了避免麻煩與危險而抱持慎重態度；但是後來實際用過的使用者口耳相傳，宣稱「認識到很棒的對象」，使配對服務開始熱絡起來，Alternate也逐漸受到矚目。

事實上，註冊Alternate帳號時必須進行個人認證，因此並非匿名制。使用者必須拍下附照片的學生證上傳才能建立帳號，使用條件也限於高中入學典禮到畢業典禮的期間，因此並沒有危險分子混入Alternate的事件發生。

隨著時間經過，Alternate的安全性受到證明，到現在已經成為必備下載的人氣APP，建立穩固的地位。

「冴山深羽同學，妳知道括弧中的時態是什麼嗎？」
「過去完成式。」
「沒錯。」英文老師輕輕鼓掌。
冴山長得很可愛，臉蛋很小，眼睛很大，明明沒有化妝，卻像塗了睫毛膏一樣。她的肌膚像是會透光般白皙，身體苗條到不可思議，個子雖小，但因為姿態很漂亮所以感覺比實際更高，想必是練過芭蕾。
這個班上引人注目的人物只有冴山一人，對凪津來說是幸運的。要是因為遇到帥哥而一見鍾情，那麼好不容易建立的信念就會崩潰。不能被外表矇騙。除了有資料佐證的結果之外都不值得信任。
凪津在進入高中之前，就如此訓誡自己。
下課鈴聲響起，進入午休時間，音樂老師來到班上呼喚：「冴山。」冴山立刻回應「在」，似乎明白老師的用意是什麼。她隨老師一起走出教室，班上男生的視線都追隨著她。
冴山離開之後，有三個女生來教室尋找凪津：「伴同學在嗎？」她們手中拎著便當袋。志於李回頭看凪津，眨眼對她說：「她們是隔壁班的，想要問妳一些事情。我有事所以沒辦法一起，妳們慢慢聊吧。」
「妳把我當成 Alternate 的推廣者了吧？」
「畢竟沒有比妳更懂的人。拜託妳了。」
凪津無法拒絕，無奈地舉手對她們說：「我就是。」那些女生邀她：「可不可以一起吃午餐？」於是她就拿了自己的便當走向她們。

圓明學園高中的餐廳不在教室所在的東棟，而是在西棟地下一樓，位於圖書館隔壁。兩棟之間在三樓有走廊連結，因此她們從那裡前往西棟，然後再下樓梯。雖然說是地下，不過窗戶面向操場，中央又設有打通天花板的空間，因此在天氣好的中午，甚至會明亮到刺眼的地步。

進入餐廳，裡面幾乎都是二、三年級的學生；尤其是視野良好的靠窗座位，都被學生會長及其他受到矚目的學長姊占據。一年級的凪津等人低調地選擇角落位置坐下，縮起身體打開便當盒。

三人當中看起來最有領導力的女生對凪津說：「很抱歉突然找妳。我們是從志於李那邊聽說妳的事。」

志於李在入學典禮當天就對凪津搭訕。她很擅長交際，放學時兩人已經交換聯絡方式。凪津告訴她，自己已經註冊 Alternate 帳號。志於李似乎很感興趣，因此凪津便對她說明 Alternate 的使用方式。

這就是一切的開始。在那之後，志於李只要認識新朋友，就會勸她們加入 Alternate，並且到處宣傳：「想要了解詳情，就去找我朋友問她吧。」

「我叫瑞原芳樹，和志於李一起擔任足球社經理，所以聽她聊過妳的事。」

接著芳樹介紹其他兩人。

「我們有些問題想要問伴同學。」

「叫我凪津吧。」

凪津這麼說，芳樹似乎便放鬆肩膀的力氣。

「那麼……凪津，Alternate 實際用起來怎麼樣？」

三人顯得扭扭捏捏的，其中一人還害羞地抓著自己的手指。

「什麼怎麼樣？」

「目前為止，有沒有……比方說，遇到麻煩之類的？」

入學之後立刻使用 Alternate 的人其實並不多。大家對於還沒有習慣實際高中生活、就把自己的個人資訊公開在網路上似乎都有些抗拒。相較於認識新對象的期待，大家更容易產生負面想像，譬如會不會受到不必要的矚目、甚至被學長姊盯上等等。

「目前為止沒問題。」

凪津把煎蛋放入嘴裡。雖然不怎麼好吃，不過因為是自己做的，所以也只能忍耐。

「凪津！」

從後面拍她肩膀的，是三年級的惠未。

「嗨。」

「凪津，我從大老遠就認出妳了。」

「真的嗎？」

「妳的頭髮就像用麥克筆塗黑一樣。與其說黑，不如說是闇影。闇影覆蓋在妳的頭上。」

惠未邊說邊笑嘻嘻地摸凪津的頭髮。

「這不是稱讚吧？」

「我是在稱讚妳呀！妳的頭髮很漂亮，而且令人不敢相信地直。能長出這樣的頭髮，真是太讓人羨慕了。」

其實凪津天生的髮質是自然捲的棕髮。要定期把頭髮燙直並染成黑色，老實說很麻煩，不過她總覺得自然長出來的頭髮不屬於自己，一定要加工才甘心。她雖然不打算隱瞞，但也沒必要一五一十地說出來，所以她也沒特別糾正惠未。

「謝謝。」

凪津豎起手指，若無其事地重新整理被惠未摸到的地方。

「妳決定加入料理社了嗎？會做菜的人很有異性緣喔～我們還在招募新生。」

惠未是凪津在 Alternate 連結到的對象之一。她相信跟學長姊建立關係，就可以及早得知學校的消息，因此找了感覺友善的人追蹤。惠未則是因為想找新生進入料理社，所以也回她追蹤。

凪津因為打工很忙所以不打算加入，不過她並沒有明說，只是以輕鬆的口吻回答：「我還在煩惱要加入哪個社團。」

惠未裝出失望的表情，接著又問芳樹等人：「妳們要不要加入？」

「對不起，我們已經決定好社團了。」

芳樹等人如此回答，惠未就像鬧彆扭的小孩子般發出「嘖」的聲音。

「料理社真的很好玩喔。今天我們也要做各式各樣的麵包來吃。」

凪津隨口回覆「我會考慮看看」，然後改變話題：「惠未學姊，妳是什麼時候加入 Alternate 的？」芳樹等人也湊向惠未。

「應該是升上二年級的時候吧。」

「契機是什麼？」

「因為我聽朋友說，在 Alternate 上找到了男朋友。我在一年級的時候完全沒有遇到好對象，所以我發誓二年級一定要交到男朋友。到了三年級還要準備入學考，所以要玩最好趁早。能夠好好談戀愛的時間其實很短。」

芳樹插嘴問：「結果妳交到男朋友了嗎？」

惠末回答：「交到了！立刻就交到帥哥男朋友！」

芳樹為她如此快速的節奏感到驚訝，不過仍舊繼續追問：「現在也跟那個人在一起嗎？」

「是啊。」惠末回答時，並不帶炫耀或沉浸在愛河的語調，似乎覺得這是再自然不過的事。

芳樹更積極地湊向前問：「妳是用什麼條件找對象的？」她現在已經完全把凪津丟在一邊。

「說出來我會很不好意思。」惠末壓低聲音說：「只有一個條件，就是會唱歌的人。」

「Alternate 會知道這種事嗎？」

「結果那個人真的很會唱歌。很厲害吧？」

說到這裡，惠末雙手合掌說：「我該走了。凪津，妳一定要好好考慮加入料理社。其他人如果改變主意，也歡迎隨時來找我。」

惠未離開餐廳的背影看起來很瀟灑，不過凪津並不是很欣賞她的使用方式。

「凪津，妳呢？妳有沒有連結到男生？」

「有啊。」

凪津拿出手機，點選 Alternate 的圖案，首頁出現伴凪津的名字和個人資料的照片。這張照片是她和志於李在校門旁的花壇拍的。兩人身後盛開著粉紅色花朵。

她從選單選了【連結】的項目，然後又選擇顯示【男性】。

「現在有這些。」

「什麼？有四十八個？」

芳樹忍不住按住嘴巴。這時顯示人數又變成四十九人。

「這些全都是男生？」

「沒錯。」

Alternate 的配對功能可以依照朋友、情人等目的來挑選對象。註冊的高中生有一百二十萬人。

譬如在「同校」、「三年級」、「想交朋友」、「想聊天」等項目打勾搜尋，就會顯示符合這些條件的 Alternate 使用者，可以從中檢視照片和個人資料，追蹤自己喜歡的對象。當對方也追蹤自己，就會建立起「連結」，可以直接對話。只要點選畫面下方顯示的閃電標誌，就可以追蹤對方。凪津和惠未也是依循這種方式認識的。

同樣地，如果是要尋找戀愛對象，凪津會在「不指定高中」、「不指定地區」、「沒有年齡限制」、「異性」、「以認真交往為前提」等項目打勾。由於範圍很廣，因此就結果來看人數很多，不過因為沒有指定高中或地區，所以這些人幾乎都在東京以外的高中，很難有見面的機會。

另外也有其他的選擇條件，像是黑髮、長髮、肌肉健壯、動畫迷、喜歡蛋包飯……等等。即使沒有選項，只要寫在備註欄，ＡＩ就會從使用者的個人資訊及社群網站的交流來判斷，推薦適合的人選。

「這些只是連結的人數，所以很快就可以變這麼多了。」

「這樣啊。」芳樹喃喃地說，似乎感到很佩服。

「有實際見過的人嗎？」

「還沒有。」

「為什麼？」

凪津猶豫該不該把所有細節都告訴剛認識的她們。這時志於李走過來，對她說「原來妳在這裡」，然後在她們旁邊坐下。

「妳忙完了嗎？」

「其實我也是去教別班同學使用Alternate，不過我告訴她的都是妳教我的內容。啊！這是她給我的，也分給妳們吧。」

志於李邊說邊從口袋拿出裝滿巧克力的袋子，攤開在桌上。

「凪津，真的很不好意思，沒有好好介紹芳樹就直接交給妳處理。妳們兩個沒問題吧？該說的都說完了嗎？」

「沒有問題。芳樹，妳還有什麼想問的嗎？」

凪津在談話中肚子就飽了，因此把剩下一半的便當蓋起來。她打算放學後先找個地方吃點東西再回去，並伸手拿了巧克力。

芳樹說：「延續剛剛的話題。凪津，妳為什麼沒有去見任何人？」

凪津思索著該如何回答，志於李就說：「凪津想要認真進行配對，沒錯吧？」

凪津無可奈何地開口說：

「我不想要只是連結就去見對方。」

隨著午休時間快要結束，餐廳中的人漸漸變少了。

「我不想要憑自己的判斷來選擇，而是想要遵循 Alternate 的判斷來進行配對。妳們知道『交叉搜尋』功能嗎？」

芳樹等人搖頭。

「交叉搜尋是指 Alternate 利用收集到的大數據進行的演算法——簡單地說，就是從所有使用者當中替你計算出真正適合你的人，這樣的功能。」

「有這種功能？太厲害了！」

「這個檢索功能不只是顯示條件相符的對象，還會提供和對方的速配度是多少％的數字。」

「聽起來好像戀愛占卜。如果出現百分之百速配的對象，不是很厲害嗎？」

芳樹在嘴脣前方握住雙手。

「不過不可能出現那樣的數字。即使雙方很相配，頂多也只有六十％吧。」

「為什麼？」

「如果只是一般的使用方式，Alternate 沒辦法判斷到那麼高的速配度。也就是說，要找到真正相配的人，就必須告訴 Alternate 自己是什麼樣的人。」

芳樹的雙手不知何時已經鬆開了。

「具體而言，就是要把手機中的資料都交給 Alternate。手機不是集結了一個人幾乎所有層面嗎？比方說上網的時間、查詢什麼東西、買了什麼東西、在什麼樣的社群網站關注什麼樣的人，還有音樂、戲劇、電影、運動方面的興趣等等。Alternate 越了解使用者，就越能找到速配度更高的人。據說這樣一來就有可能超過八十％。」

這樣的說明對芳樹等人似乎有點困難。每個人都皺起眉頭，露出困惑的神情。

「說得簡單一點，感覺就像是在培育只屬於自己的 Alternate。這樣的資訊越多，就能培育出精確度更高的 Alternate。我現在正處於提供各種資訊的階段，等到培育出自己的 Alternate，有一天找到速配度八十％以上的人後，我才打算去見對方。」

這個系統有趣的地方，就在於速配度數值如此高的對象，也和自己採取了同樣的步驟。光是這一點就讓凪津感受到命運的力量，雙方早已踏出接近對方的腳步。想到這裡，凪津就感到亢奮。

「不過我只想用一般方式互相追蹤，利用連結來尋找對象就行了。」志於李滾動著嘴裡的巧克力，對芳樹等人說，「畢竟我不想要被機器控制到那種地步，而且我覺得自己的直覺也很重要。」

凪津不想破壞氣氛，因此沒有反駁她，只是淡淡地說明：「也有人會這麼想，所以要進行交叉搜尋就必須特別設定。」

「凪津，妳有時候感覺就像製作 Alternate 的人。」

聽別人這樣說自己，凪津感到有些得意。

接著志於李站起來伸懶腰，問芳樹等人：

「妳們打算怎麼辦？要不要開始使用 Alternate？」

芳樹回答：「我先考慮註冊看看。」

「那等妳註冊帳號之後就追蹤我跟凪津吧，只要把我們的名字輸入搜尋欄位就行了。妳知道我們的名字怎麼寫嗎？」

「知道。我會試試看的。」

看看手錶，距離午休結束只有五分鐘。凪津和志於李在餐廳和芳樹等人道別，一起回到教室。走過兩棟之間的走廊時，志於李突然喊：「啊，是『大輝&蘭蘭』！」她跑到欄杆前，指著下方說：「妳看，在那裡。」

凪津也往下看。有兩個人在花壇前手牽手。

「我第一次看到。原來真的存在。」

志於李偷偷拿出手機拍攝兩人。在快門發出「喀嚓」聲時，兩人往這邊看，凪津和志於李連忙蹲下來躲藏。

三年級的水島大輝和二年級的日枝蘭迪以「大輝&蘭蘭」的組合上傳影片。他們的影片很受歡迎，理由之一當然是水島大輝可愛的臉孔，以及父親是美國人的蘭迪，那模特兒般的俊俏外表，不過更重要的是，兩人在 Alternate 認識這一點成為受到年輕世代支持的契機。兩人上傳的影片內容主要是約會場景、小小的惡作劇等情侶日常生活，而他們充滿甜蜜的影片也吸引了無數高中女生。

雖然也有不少人排斥並批評他們，不過他們似乎不以為意，總是表現得非常坦蕩。像這樣堅強的個性和彼此信任的關係，也是受到粉絲憧憬的理由之一。

凪津也喜歡他們，不過並不只是因為影片有趣。看著他們，就會感受到Alternate的偉大。同性戀的高中生要找到對象絕對不容易。從這一點，也能深刻體認到協助他們的Alternate的存在價值，因此凪津也為「大輝&蘭蘭」加油。

鈴聲響起，志於李開始往東棟奔跑。凪津追在她後面，回頭再次看了一眼「大輝&蘭蘭」，兩人正在接吻。

謝謝你，Alternate——凪津代替兩人低聲地說。

3 重逢

楤丘尚志在圓明學園高中站的月臺上，一隻手拿著手機打開地圖，另一隻手搥打腰部。他從大阪梅田搭了八小時的夜間巴士來到新宿，一路上幾乎都無法入睡。抵達東京之後，他在站前找了間漫畫咖啡店小睡片刻，但是因為椅子往後躺的幅度太小，因此沒有解除多少疲勞。

他在中午前離開漫畫咖啡店，吃了牛肉丼飯，轉乘電車來到這個車站。車站的出口有些複雜，他不知道該從南口還是北口的驗票口出站，因此一再拿出手機查詢。他不擅長看地圖，因此把手機像指南針一樣轉來轉去，一會兒往這邊、一會兒往那邊走。

車站內部似乎才剛剛整修過，整體設計令人聯想到近未來都市。延伸到玻璃圓頂天花板的柱子和牆壁上，掛滿了電子告示牌，螢幕上顯示電車時刻表和車站平面圖，中間也插入汽車、電腦及電視節目的廣告。在尚志住的地方，這個時間人潮應該會減少，但是此刻車站內卻有許多人匆促地來來往往，讓尚志感到震撼。

走出南口，站前集結了一間間花俏的店鋪。服飾店、餐廳和花店感覺都很時尚，相較於先前車站內部的近未來風格，感覺比較像是歐洲的街景。尚志按捺住不自在的心情，朝著圓明學園高中前進。走著走著，四周逐漸變成住宅區，氣氛也閒靜許多。耀眼的陽光從行道樹的樹葉之間灑在地上。

尚志抬起頭，看到茂密的深綠色樹葉，他心想，至少樹葉的綠色和自己住的地方相同。這個想法讓他的心情稍微平靜一些。

尚志從高中退學之後，就無法再登入 Alternate，因此與安邊豐的重逢計畫也觸礁了。尚志還在高中的時候，為了想要聯絡上他，幾乎每天都在 Alternate 的搜尋欄位輸入安邊豐的名字，但是卻沒有找到。尚志原本期待他總有一天會註冊帳號，沒想到自己的帳號卻早一步不能用了。所以尚志拜託小他一歲的弟弟進高中之後開始使用 Alternate，然後利用弟弟的帳號繼續搜尋安邊豐。

在黃金週結束的時候，他終於找到安邊豐的帳號。他一開始以為是同名同姓的人，不過看了照片之後就得到確信：細長的眼睛，彎曲的鼻梁，嘴角有顆痣。

雖然比以前成熟許多，但絕對是豐。

安邊豐的個人資訊寫著就讀圓明學園高中，這是東京的一所私立高中。或許是因為尚志使用的是弟弟的帳號，因此雖然追蹤了他卻沒有得到任何回應。豐的個人資訊很簡單，只記載姓名與出生年月日，就連有沒有在彈吉他都不確定。

繞過轉角，林蔭道路前方就是圓明學園高中的校門，門後方可以看到校舍。尚志雖然自覺正在做類似跟蹤狂的行為，但是他只有這個方法。

校門旁邊站了警衛。尚志在大阪念的高中並沒有警衛。由於眼前的景象和自己過去的經驗有天壤之別，因此他呆站在原地片刻。

接著他繞行學校一圈。圓明學園高中是大學附設的完全學校，從圓明幼稚園、圓明學園大學都在同一個校區，面積相當大。光是繞行一圈，就花了將近二十分鐘。

他雖然想要窺視校舍與操場，但因為學校外牆沒有面向高中而無法如願。不論是大學或小學，似乎都有各自的校門並在校區內彼此相通。也就是說，即使不走出高中校門也能夠離開校區，因此就算他在圓明學園高中的校門口等候，也未必能夠遇見安邊豐。

與其在校門口等待，那不如潛入圓明學園高中的校園去找他。

尚志事先預期到這種狀況，因此特地從大阪帶來制服。圓明學園高中的制服是常見的深藍色西裝外套，很幸運地剛好和他退學之前上的高中制服很像。唯一的差別，就是圓明學園高中的外套在胸前口袋上有校徽刺繡，不過要解決這個問題很簡單，只要別穿外套就行了。穿著白襯衫和深藍色褲子，即使走在校園內，也不會顯得太突兀，只要能夠進入裡面就不用擔心了。

他從大阪穿來的便服是黑色連帽外套、牛仔褲、Nike 運動鞋的組合，看起來也不能說不像大學生。他深深吐了一口氣，然後裝成圓明學園大學的學生走向校門。

大學校門口也有警衛。或許是因為有很多學生從下午開始上課，出入人潮相當洶湧，和高中校門差很多，其中也有看起來像教授的人。要混入人群中應該不難——尚志雖然心裡這麼想，但是在走入校門時仍舊提心吊膽。

他並沒有被警衛叫住。他繼續保持冷靜的表情，沒有停下腳步，直接走進校園。兩側聳立的大學校舍看起來很有年代感，顯得相當莊嚴。他幾乎被那股莊嚴氣氛震懾，不過還是邊走邊尋找人比較少的校舍，準備換上制服。

他不時會看到有大學生在看自己，或許仍舊有些突兀吧。他繞到校舍後方，選擇沒有人的路走。

從葉子呈三角形的樹木之間，可以看到高聳的細長白色建築。他彷彿被吸引般走了過去，看到建築上面刻著「CENTRAL CHAPEL」的文字，尖尖的屋頂上方豎立著十字架。在六根巨大的支柱上，嵌著羅馬數字的時鐘。

尚志從來沒有去過教堂，甚至還是第一次這麼仔細地觀察。他的指尖碰觸到柱子，感覺到好像蘊藏著某種看不見的力量，他把雙手手掌貼了上去，冰涼的觸感靜靜地吸收他內心的緊張。

從某處傳來說話聲，聲音還逐漸變大，於是尚志暫時進了禮拜堂。他在昏暗的室內看不清周遭的狀況，不過還是找到洗手間，他衝進去準備先換好衣服。

他悄悄進入隔間換上制服，又聽到說話聲。他停下正在繫腰帶的手，屏住呼吸。

由於這裡是禮拜堂，再加上光線昏暗，讓他忽然聯想到幽靈。當他產生這個念頭，就覺得聽到的聲音也帶有靈異氣氛，不禁毛骨聳然。

聲音越來越接近。尚志坐在馬桶上，雙手按住嘴巴，避免發出聲音。

「畢竟是很有歷史的。」

鄰近的洗手臺傳來流水聲。

「真抱歉，特地找妳來，沒想到竟然不能使用禮堂。」

「這也沒辦法。家長會的活動是之前就決定的。」

「如果可以使用音樂教室的鋼琴就好了，偏偏在這種時候出了毛病。占用妳寶貴的休息時間，還把妳拉到這種地方。」

「請別這麼說。能夠彈管風琴的機會很難得，我也感到很榮幸，不過可能沒辦法彈得很好。」

隨著扭轉水龍頭的聲音，水聲停止了。

「不用這麼緊張，伴奏的部分不是很難。冴山妳只要放輕鬆，依照自己的感覺來彈就行了。」

尚志聽到的對話到此結束。當他確定洗手臺前已經沒有聲音之後，再度開始換衣服。他悄悄地走出洗手間，回頭看入口的地方，並沒有特別標示男女圖示。確認這裡是男女共用洗手間之後他鬆了一口氣，雖然沒有其他人看到，不過他還是很在意這種事，或許是因為這裡是神聖的場所吧。

就在他這麼想的瞬間，禮拜堂內突然響起的聲音因為過於壯大而重疊在一起，深深地震撼著尚志的身體。

他每走一步，聲音就變得更近，也更能感受到厚重感。他從打開的門偷偷窺視裡面，看到在一排排長椅的中間左右，坐了一名看似老師的女性；在更裡面的臺上，則有一名穿制服的女生在彈管風琴。

這是他第一次聽到管風琴的聲音。音色聽起來很柔和，感覺好像被緊緊擁抱一般，全身上下感受到舒服的震動。相對於聲音如此巨大的壓力，在臺上演奏的女生背影卻很嬌小，讓尚志感到十分驚訝。

那麼細的手臂，得要怎麼做才能發出這麼大的聲音？腳步動作看起來也很敏捷厲害，搞不好她也很會踢足球吧？

女生的馬尾像是在跳舞般跳動。她彈奏的姿態雖然輕盈，但聲音卻相當深沉，讓尚志感到視覺與聽覺感受無法協調。女生彈完簡短的旋律之後回頭看了老師，那張臉相當可愛，更讓人難以相信先前的曲子居然是這個女生彈的。

老師輕輕拍手說：「很棒！希望妳能夠來替我們伴奏。下星期開始可以嗎？」

「好的，我知道了。」

「……不過，還能再拜託妳一件事嗎？」

「什麼事？」

「雖然有點難以啟齒，不過我希望妳能稍微收斂一點。」

「收斂什麼？」

「妳彈的管風琴音色真的很美，不過不需要彈到那種程度。這不是演奏會，可以彈得再普通一點。」

尚志聽到這段話，感到一股熱血衝到腦袋。他的雙腳不自覺地施力，這個瞬間，地板發出「唧——」的聲音。

「誰在那裡？」

老師往尚志這邊走過來。他在腦袋熱度還沒消散的狀態下，用力關上門，全力衝刺離開禮拜堂，不知不覺就跑到看似高中校區的地方。他躲在校舍陰影等待呼吸變得平緩，卻遲遲無法冷靜下來。

鈴聲響起，接下來大概是要開始上下午的課。走在校園裡的人逐漸變少，不過還是有些遲到的學生。尚志看著在校舍之間匆忙移動的人，想到每一所學校都有像他一樣懶散的人，不禁感到有些安慰。不過他立刻又自嘲地想到，自己是懶散到連上學都不想去，所以還是不一樣。

花壇旁有兩個男生並肩坐在一起，距離異常接近。他覺得那兩名男生有些面熟，但想不起是在哪裡看到的。

尚志在位於高中校門延長線上的校舍前找到校園平面圖，他一邊留意警衛，一邊用手機拍下地圖，然後躲在陰影處瀏覽。

這所高中有兩棟很大的校舍，稱為東棟與西棟，兩棟之間有走廊連結。東棟主要是教室，西棟則是體育館、圖書館、餐廳等，操場則夾在這兩棟校舍之間。

接下來該怎麼去找那傢伙？

尚志想到這個問題就失去信心，覺得也許還是不要見面比較好。他雖然憑著一股氣勢來到這裡，但卻沒有認真去想實際見面後要說什麼。或者應該說，他覺得要是認真思考就會猶豫不決，因此一直刻意不去想到這一點。

這一節似乎沒有體育課，操場上空無一人，安靜到簡直像是時間停止一般。

尚志繞著操場外圍，走在柵欄附近。繞了半圈左右，他看到柵欄後方有塊看似農園的區域處處生長著小小的芽。每一株都是新芽，但是形狀各不相同，或許屬於不同的植物。

這時尚志看到遠處警衛的身影，似乎是在尋找某個人。搞不好是剛剛在禮拜堂的老師通報的。

尚志越過操場回到校舍，姑且躲在飲水機後方觀察情況。

「太棒了！」

一名來到操場上的男生發出了叫聲，獨自躺在地板上。接著陸續有穿著運動服的學生跟在他後面出現。每個人臉上都閃爍著汗水，肩膀上下起伏喘氣，大概是剛剛從學校外面慢跑回來。

體育老師跟著看似最後一名的學生出現，說：「雖然還剩下一點時間，不過今天的課到此結束。大家好好補充水分。」學生聽了便紛紛朝飲水機走來。在他們彷彿要吐出疲勞的嘆息聲中，不時夾雜著笑聲。

尚志躲在離這群學生很近的地方把身體縮到最小，雖然隨時都可能被發現，但是很神奇地，沒有人想到要探頭看看飲水機後方。

他感覺大家應該都離開之後，緩緩探出頭，剛好看到一名學生的側臉。

「豐！」

尚志忍不住叫出來。這名學生的嘴角有顆很明顯的痣。

正準備進入校舍的男生停下腳步，尋找發出聲音的人，尚志又喊了一聲：「豐！」

男生轉向他，瞇起眼睛。

「尚志？」

六年不見的豐變得很健壯，身材比尚志還高大。一陣風在兩人之間捲起塵土，阻隔了他們的視線。

「喂！」

尚志和警衛對上眼睛，連忙對豐舉起手說：

「嗨！呃，好久不見，我是來見你的，不過現在該走了。下次再彈吉他給我聽吧！我會再來找你。」

他說完就跑過校舍之間。這時他想起剛剛在花壇的那兩個人。他不久前才在電視上看到他們——叫什麼名字呢？印象中好像是不紅的搞笑藝人取的搭檔名稱。

他自覺沒辦法直接逃掉，便躲在倉庫裡等待時間流逝。到了傍晚時分，他偷偷走出來，聞到某處傳來烤麵包的香氣，肚子發出咕嚕聲，但錢包裡除了回程車資之外，只剩下三百圓左右。

他走出高中，進入附近的便利商店，尋找便宜又能填飽肚子的東西，看到有兩個穿著圓明學園高中制服的女生，拿了培根蛋麵走向收銀臺。尚志也想要選同樣的商品，卻看到價錢是三百九十八圓。

他突然感到一陣煩悶，最後什麼都沒有買就離開便利商店。

4 離別

蓉的家裡在人形町經營日本料理餐廳「新居見」，已經有二十四年歷史。父親在多間名店修行之後，與母親共同開設了這間餐廳。健談的母親是受歡迎的女主人，而父親隨季節變化的精緻料理，與母親的親和個性總是吸引許多客人造訪。由於不時得到媒體報導加上美食網站的介紹，餐廳的預約總是排到好幾個月以後。蓉一家人就住在餐廳隔壁。

蓉在社團活動結束回到家後，放下書包就倒在客廳的沙發上。時間雖然才七點多，但她卻很想睡，或者說她想要讓自己睡著。今天動太多腦了，但她直到剛剛都還在吃東西，如果直接睡覺就會變胖。她最近因為太容易長肉而在煩惱。夏天不遠了，她必須開始想些可以變瘦的料理才行。麻煩的事太多了，她拋開一切，把身體寄託在柔軟的沙發上。

今天社團活動做的是韓國料理。由於下星期就是期中考，她和笹川老師討論後決定做製程比較簡單的韓式煎餅和涼拌蔬菜。

這兩道料理的基本做法並不難。煎餅只要把食材和麵糊攪拌在一起煎熟，涼拌蔬菜則是把麻油和調味料拌入燙過的蔬菜就行。兩道菜都很簡單，也不容易失敗，再加上食材選擇範圍很廣、自由度很高，非常適合讓新生體會思考食譜的樂趣。

蓉以外的十八名社員（有七名新生已經退社）分為五人、五人、四人、四人的四個組，並由蓉擔任四人組的顧問來取得平衡。麵糊由各組自行製作，食材也由各組討論後選擇自己喜歡的，規則設定好之後，他們就開始製作。

做韓式煎餅時，最重要的就是食材與口感。不同的食材會有不同的口感，而且為了避免變得太糊，也要配合食材來計算攪拌麵糊的水量與煎熟的時間。涼拌蔬菜則沒有特別要注意的地方，因為簡單，所以很容易展現出個性。蓉希望大家能夠別出心裁，不要做出太無聊的作品。

蓉這組製作的煎餅使用了在農園採收的菜豆和豬絞肉，另外還製作了紅蘿蔔的涼拌蔬菜。麵糊裡加了柴魚片，製作出了稍微帶有日式風味的煎餅。其他組則有使用同樣在農園採收的菠菜與起司、追求法式鹹派風格的煎餅，以及涼拌鴻喜菇；以櫛瓜與章魚為主的煎餅，和加入番茄調味醬的涼拌蘆筍；還有以傳統泡菜為主、加上韓國海苔等料的煎餅及涼拌豆芽菜。

每一組做的外觀都很不錯，味道也沒有問題。開始試吃之後，社員臉上都露出滿意的表情。但是如果只是彼此稱讚好吃，就無法得到進步。

大家大致吃完之後就要來討論感想，首先由身為社長的蓉開口。

「呃，我來說說我的感想吧。首先是波菜和起司的煎餅，雖然很有創意，但是吃了之後覺得魅力沒有大過法式鹹派。不過涼拌鴻喜菇的調味很清爽，和煎餅也能取得平衡。櫛瓜和章魚煎餅是今天做得最好的，但是櫛瓜和章魚的大小讓我有點在意。這兩種食材被切成同樣的大小，如果是我的話就會把櫛瓜切成片，然後章魚切得更細。食材的大小很重要，卻往往被忽略，希望今後大家能多加留意。」

蓉明明知道一開始應該多誇獎新生，可是自從參加《一人份美食》之後，她就養成在意評審想法的習性，忍不住就使用了較嚴厲的口吻。

「最後，泡菜和海苔煎餅未免太普通，可以的話希望能再多發揮一點創意，這樣的話——」

蓉講到一半，做這道煎餅的新生插嘴道：「那個——」

「什麼事？」

「我想做正統的料理，所以才依照韓國道地的食譜來忠實呈現。妳的意思是，不能以正統的方式做嗎？」

這個女生的眼神很銳利。蓉雖然感到有些膽怯，不過還是反駁：

「這種話說起來很簡單，可是妳真的知道像這麼簡單又常見的料理，要讓人感受到『正統』有多難嗎？更何況我們並不知道正統料理是什麼樣子。至少我沒有去過韓國，也沒有吃過真正的韓式煎餅。要讓人感受到正統，就要連食材、調味料、廚具都用當地產品這麼徹底才行。我當然也很贊成去了解基本做法，但是不能用漂亮話來掩飾創意不足。大家也聽好，我希望在場所有人都能夠更具挑戰精神。我相信你們一定能夠做出更新穎、更厲害的作品，所以絕對不要停止思考料理。」

蓉說完之後卻立刻感到沮喪，自己說的話直接反彈回來攻擊了自己。她當時無法憑料理來一決勝負，想藉由主題介紹演講來掩飾，結果被評為「依照指南書去旅行」，沒想到現在卻陳述出評審一般的意見，自以為是地評論料理。

社員都沉默不語，提出問題的女生也低下頭。

「社長，妳太嚴格了啦！」惠未用輕鬆的口吻說話，但是蓉已經來不及改變態度。

「有沒有人要針對我們的料理發表感想？」

惠未問大家，但沒有人舉手。她又用開玩笑的態度對蓉說，「妳們那組做的煎餅感覺好像大阪燒」，然而仍舊沒有人做出反應。

蓉是真心希望大家能夠體會料理的樂趣，也沒有打算要強迫大家參加《一人份美食》，但是她還是會用高標準來要求社員。

社長最重要的職責就是要讓社團能和諧運作，但是她卻不自覺地在尋找自己的搭檔，實在是太傲慢了。蓉感到情緒低落，對大家說：「今天就到此結束吧。」

她沉重的身體倒在沙發上無法自拔，就這樣過了三十分鐘以上，手機在桌上發出唧唧聲震動。她檢視畫面，看到大輝傳了簡訊給她。

〔我現在可以去妳家嗎？〕

大輝家到這裡有兩站的距離，並不算非常近。他雖然偶爾會來玩，不過明天還要上學，他卻在這種時間過來算是很罕見的情況。他接著又傳來簡訊：

〔我想請妳幫我做飯。〕

文章很平淡，也沒有使用圖文字。蓉感到擔心，原本想回簡訊問他〔發生什麼事了？〕或是〔你今天沒有晚餐嗎？〕，不過最後只回了〔好啊〕。

〔我馬上過去。〕

不到十分鐘門鈴就響了，看來他在傳簡訊給蓉之前，就已經來到附近。果然不太對勁。

蓉打開大門，看到大輝一臉憂鬱地站在面前。蓉沒有問他任何話，只說：「請進。」她的胃裡還殘留著各式各樣的煎餅和涼拌蔬菜，連呼吸都有點困難。

蓉讓大輝坐在她剛剛躺著的沙發，問他：「你想吃什麼？冰箱裡只有餐廳的剩菜。還有上次社團做剩的麵包，已經冷凍起來了。你如果想吃其他東西我也可以做。」

「謝謝媽媽。」大輝努力要開玩笑的模樣讓人感到心痛。

「你看起來好像沒什麼食欲，也許麵類比較適合吧？」

「我想吃義大利麵——培根蛋麵。」

「之前做過的那種？」

「對。」

大輝說的是半年前料理社做的正統培根蛋麵，沒有加生奶油或牛奶，只在在煮熟的義大利麵中拌入起司粉、雞蛋，還有用橄欖油和大蒜炒過的義式培根而已。這一來既不會失敗，也不會讓雞蛋變得太硬而結塊。當時由於做得太多找了大輝來幫忙吃，結果他大為感動。

「現在學校不是流行便利商店的培根蛋麵嗎？」

「是嗎？」

「妳不知道嗎？不過吃過妳做的超美味培根蛋麵，我就完全不覺得便利商店的好吃了。好久沒吃，我現在忽然又想吃了。」

「我現在沒有同樣的食材，所以沒辦法做得跟上次一樣，沒關係嗎？」

「嗯，當然。」

蓉用為了早餐而買很多的培根代替義式培根，動作俐落地花了十五分鐘左右就做出這道料理。她用了偏多的麵條，原本只是要拿來試吃，不過做著做著胃就開始正常蠕動，肚子也開始餓了。

她把義大利麵分別盛在兩個盤子，用磨胡椒器磨了黑胡椒灑上去，外觀和氣味感覺已經很不錯。

「就是這個！」

大輝合掌說「我要開動了」，然後把培根蛋麵放入嘴巴。「好好吃！培根蛋麵果然還是要這樣才行！」他的表情頓時變得開朗。

蓉坐在他旁邊開始吃自己的份。由於做得很倉促，麵條還有些硬，不過除此之外都很完美。燻過的培根香氣、起司醇美的香氣，還有胡椒與大蒜純粹的香氣混合，和蛋黃一起融入麵中。在吸入麵條的瞬間，各式各樣的氣味便直衝鼻子。

大輝說：「上星期不是有個男生闖進我們學校嗎？」

「嗯。」

「聽說那個男生是高二學生小學時期的朋友，特地從大阪來見他。」

「為什麼要做這種事？」

「我也不知道詳情，不過感覺很酷吧？」

「是嗎？」
「當然了。為了見朋友而闖入學校實在太戲劇性了。不知道是什麼樣的人。」
「大輝你自己還不是發生過很多戲劇性的事件。」
蓉這樣說，原本狼吞虎嚥的大輝停了下來。
「我跟蘭迪分手了。」
「騙人！」蓉反射性地說：「真的？」
「真的。」
「為什麼？你們不是直到最近都還很親密嗎？」
「是這樣沒錯。」大輝穿了很多耳洞的耳朵抖了一下。「不過感覺與其說是因為喜歡而交往，不如說是為了上傳影片才交往。約會的時候也不是去自己想去的地方，而是找容易拍照的地方，或是透過鏡頭來看很美的地方。」
蓉摸摸大輝的背，才發現他的身體很冷。蓉問他：「要不要喝點熱飲？」
「我想喝冷飲。」
雖然擔心他會不會感冒，不過既然他這麼說，蓉便替他倒了冷泡烏龍茶。
大輝繼續說：「我們就算直接見面，也變得只能透過鏡頭來望向彼此，這不是很奇怪嗎？所以我跟他說，我想重新跟他認真交往，可是他卻說『已經回不去了』。」
「為什麼？」
「他說我們已經是商業夥伴。」
電燈泡的光線照射在大輝的眼珠上。

「他已經不是為了喜歡我才跟我在一起，而是把我當成賺取人氣的工具。他甚至還跟我說，『大輝，你也一樣』。」

盤中的培根蛋麵像枯萎了一般凝結在一起。

「我很難過。我並不想成為網紅，只是想分享自己的生活而已。如果有很多人看我當然很高興，但那不是最重要的。我只是覺得和自己喜歡的人一起做喜歡的事，然後來看的人也感到開心，我就很高興了。可是那傢伙卻變了，只在乎要怎麼樣才能更受矚目。他已經沒有像從大阪來找朋友的那個人一樣的熱情了。」

大輝說話時，彷彿在眺望遙遠的、蓉所不知道的童年景象。

蓉第一次見到大輝，是在高中的入學典禮。班上有一半以上的同學是從國中直升上來的，因此高中生活第一天的教室，內部生之間彼此慶幸可以分在同一班，或是立刻打招呼來結交新朋友。雖然把外部生晾在一邊，但氣氛也還算和睦，蓉也是其中之一。不過當大輝進入教室後，氣氛立刻產生了變化。他把頭髮染成鮮綠色，大膽地撥到後方，左右兩邊的耳朵總共戴了十三個耳環——蓉在看到的瞬間就數過了——細細的脖子上有張像鹿一般兼具帥氣與可愛的臉。當他外觀吸引了全班同學的注意，他也只是輕輕點頭說「請多多指教」，然後找到自己的座位坐下。

班級導師一走進教室就瞪大眼睛，指點他：「本校禁止過度染髮，耳環也要拿下來。」他依照老師指示拿下耳環，然後抓著自己的頭髮問「這樣算過度嗎？」，引來全班哄堂大笑。

隔天，他雖然染成偏暗的棕髮來上學，但是關於他的傳聞已經傳開來了。想要親近大輝的女生、想和他交朋友的男生急速增加，有時甚至有自稱粉絲的人從校外慕名而來。不過他總是以一句「謝謝～」輕輕帶過，並沒有和特定對象親密往來。

蓉和大輝成為好朋友，是在高一的黃金週。當時她為了研究料理社課題的油炸料理，前往住家附近的區立圖書館。當她選了書之後走到桌前，注意到之前曾看過的耳環。對方或許是察覺到視線，回頭對她說：「嗨，蓉，原來是妳。」蓉驚訝地僵在原地，大輝便用下巴比了比對面的座位，說：「那邊有空位。」

蓉不得已只好坐在那裡，並探頭看他在讀的書。他挑的全都是關於植物的書。

「你喜歡花嗎？」

蓉問他，他則笑嘻嘻地說：「Boke[1]。」

「什麼？」蓉做出這樣的回應，大輝就指著窗外告訴她：「這是花的名字。」窗外開了幾朵可愛的粉紅色花朵。大輝再次對她說明：「那些花叫作Boke。貼梗海棠。」

蓉老實吐出內心話：「這個名字很容易產生混淆。」大輝笑著回答她：「我知道。」

接著蓉似乎想到什麼，拍手說：「怪不得！」

「怪不得什麼？」

大輝訝異的表情，至今仍留在蓉的腦海中。

「你是因為喜歡植物，所以才把頭髮染成綠色吧？」

1 Boke，日文為ぼけ，有笨蛋、傻瓜之意，同時也是貼梗海棠的日文名稱。

大輝說「才不是」，接著又笑了，貼梗海棠的影子落在他的臉上。
「植物的顏色不只有綠色。樹幹和樹枝是褐色，花也有無限多種顏色。」
「那為什麼？」
「因為綠色對眼睛很溫和。很適合我吧？」
在這次對話之後，蓉就和大輝就變得親近。兩人在午休時間一起吃便當，放學後及假日也常常一起度過。因為和引人注目的大輝在一起，讓蓉不知不覺也受到矚目。
暑假來臨前，蓉前往社團辦公室，料理社的學姊們關心地問：
「不要緊嗎？Alternate 上出現妳和大輝在交往的傳言。」
蓉驚訝得說不出話來。接著她們又說：「大輝的粉絲把妳的照片登在網路上。有妳被偷拍的照片，也有『新居見』和妳家人的照片。搞不好會遇到危險，妳最好小心一點。」蓉聽了緊張地全身僵硬。
在那之後，又有好幾個人告訴她同樣的事，但是蓉卻無計可施。她原本想要註冊 Alternate 帳號上網否定這些傳聞，但她遲遲無法動手。Alternate 的存在本身就是蓉畏懼的對象。
她也無法和大輝討論這個問題。她自己也還不知道，是因為不想要讓大輝擔心還是別有顧慮。
大輝是在暑假的時候出櫃。第二學期的第一天，蓉進入教室，班上同學就跑向她問：
「蓉，妳早就知道了嗎？」

蓉問「什麼事？」，對方就以強烈的口吻說：
「就是大輝喜歡男生這件事。」
蓉從來都沒有跟大輝提起關於兩人的傳聞，也自然而然迴避了Alternate的相關話題。也因此，蓉當然不會知道大輝開始使用Alternate，更不知道他的戀愛對象是男人。
事實上，蓉聽了之後感到鬆了一口氣。這一來兩人之間的傳聞一定會平息，自己和家人也不會遭遇危險。
然而更讓她感到安心的，就是她不會跟大輝成為真正的戀人。她是真的很喜歡大輝這個人，跟大輝在一起時，自己很常笑，也能表現得很自然，她也很尊敬大輝。他們雖然認識不到半年，她卻覺得兩人好像從以前就一直在一起了。
她有時也會想，這該不會就是真正的愛情，不過她對於大輝並沒有人家常常說的那種心動感。對於過去不曾特別喜歡某個對象的蓉來說，戀愛屬於未知的世界。她也不是沒有想像過，如果這就是戀愛怎麼辦。她腦中也曾浮現自己和大輝成為戀人的情景。不過這一來，他們兩人的友情一定會崩壞。
隨著大輝的出櫃，這樣的可能性消失了。蓉很高興可以繼續維持同樣的關係。
當大輝遲到進入教室，班上同學裝作什麼事都沒有發生的樣子，不過這只是在假裝跟過去一樣的演技，班上一整天都瀰漫著尷尬的氣氛。
當天放學後，蓉和大輝雖然沒有特別約定，但兩人都在教室待到其他人都走光。當教室只剩下兩人時，蓉謹慎地開口：
「是為了我嗎？」

「妳在說什麼？」
大輝在裝傻的時候，會搔耳朵後方。
「就是那個。」
「妳是指出櫃？」
「嗯。」
夕陽照射到教室內，大輝似乎覺得很刺眼而瞇起眼睛。
「才不是。」
蓉改坐在大輝對面，再次問他：「真的？」
「嗯。」
大輝粗魯的態度讓蓉有些在意，因此她故意用責難的口吻說：「那你為什麼不先告訴我？」
「就算是朋友，也有不方便說出來的事吧？」
大輝顯得不自在，但蓉已經無法回頭，繼續說：「可是你在 Alternate 卻說得出來？」
「是啊。」大輝站起來，轉身背對蓉。「蓉，妳有沒有稍微替我想過，我是經過什麼樣的思考過程，在猶豫、恐懼之後，才在喜歡男人的選項打勾的？」
「這種事——」
「我當然也替妳擔心，不過不只是這樣。這也是為了我自己。」
大輝說到這裡就停下來。蓉輕輕把手放在他的背上，低聲說：「對不起。」

她忽然想到植物的疏苗。為了成長，不論如何痛苦，還是得放棄某些東西。另一方面，她也不禁覺得，要是那麼痛苦，或許還不如不要成長。

蓉撫摸著大輝的背，對他說：「謝謝。」當時他的背也很冰冷。晚夏帶著餘溫的風搖動著教室的窗簾。

從這天起，兩人的關係更親近了。蓉比自己想像的，更自然地接納大輝，兩人也會討論喜歡的男人類型等等，話題比以前更加廣泛。

不過大輝周遭的環境卻並非如此。大輝說他的家人還沒有接納他，在學校也有不少人對他懷抱惡意。即便如此，他仍舊繼續表現得很堅強，因此對他的騷擾也逐漸減少。

大輝是在升上二年級後立刻和蘭迪開始交往。蘭迪比他們小一個學年，入學之後就立刻追蹤大輝。大輝過去即使受到追蹤也不會去見對方，這次原本也打算如此，但是上同一所學校的蘭迪卻在半路等他，並且積極地追求。

根據大輝事後的說法，他並不討厭這樣的情況。

大輝原本基於個人興趣就會上傳植物相關影片（Alternate 的個人資訊也能上傳影片連結），他在自己的頻道開玩笑地上傳他和蘭迪的情侶影片後，原本不到一百次的點閱率一下子就超過一萬。他自己也不敢相信，不過在那之後他就常常上傳情侶影片，後來獲得媒體報導，成了受到矚目的高中生。他的名聲越傳越廣，瞬間就成了話題人物。

不過蓉並不太常看他們的影片。大輝雖然希望蓉去看，但蓉總覺得畫面中的他好像別人。更重要的是，看到他在那個世界充滿活力的樣子，就會讓蓉覺得自己好像待在很狹小的地方，替自己感到悲哀。

「其實我很害怕。」

大輝把頭靠在蓉的肩膀上。

「分手之後，不知道大家會說什麼。有很多人支持我們，而且今後也有工作計畫。」

「是嗎？」蓉摸摸他的頭，柔軟的頭髮糾纏到手指上。

「不過這樣也很奇怪。和戀人分手時我卻更在意其他人的反應，而不是感到悲傷，光從這一點，就看得出來我們之間的感情早就結束了。」

大輝是第一次像這樣對蓉傾訴心事，因此蓉不知該如何反應。她姑且地說「我會陪在你身邊」，不過感覺好像是刻意加上去的。大輝用幾乎聽不見的細微聲音回了一聲「嗯」。

房間後方突然傳來「喀嚓」的聲音，靠在蓉肩膀上的大輝立刻抬起頭，為了解渴而喝了烏龍茶。

這扇門通往餐廳的廚房，兩邊可以輕易往來。門還沒完全打開，就聽見母親的聲音：「蓉，妳在那裡嗎？」

「嗯，怎麼了？」

「唉呀，大輝，原來你也來了。晚安。」

穿和服的母親對大輝擺出接待客人的笑臉。

「打擾了。」

「餐廳的冷凍庫有點問題，所以想請妳去買冰塊……有問題嗎？」

大輝雖然裝出和平常一樣的樣子，不過母親似乎看穿他有心事。蓉正猶豫著該怎麼辦，大輝就說：「我剛好要回去了。」蓉用母親聽不見的聲音問：「真的沒關係嗎？」他也用同樣大小的聲音回答：「沒關係。真抱歉，突然來找妳。」

蓉輕輕點頭，然後對母親說：「我送大輝回去，順路去買冰塊。買三袋就行了嗎？」

「嗯，謝謝。大輝，真抱歉讓你操心了。」

蓉送大輝到車站，道別時對他說：「你可以隨時打電話給我。」

大輝說：「嗯，不過今天我很累了，所以大概會先睡吧。」

蓉直到目送他的背影穿過驗票口直到看不見，才前往便利商店買了三袋冰塊。回家的路上，晚風輕輕撫過她的身體，吹散她的體溫。不過她摸到大輝時感受到的冰冷，仍清晰地留在手上。

這天晚上，她遲遲無法入睡。她拿起手機，下定決心點了影片分享的ＡＰＰ。這個ＡＰＰ是大輝擅自替她下載的，不過她已經很久沒有打開。她檢視大輝＆蘭蘭最新的投稿，標題為「有事向大家報告」的影片，是剛剛才上傳的。

5 天意

第二節課結束後，凪津帶著聖經和讚美歌集前往禮堂。

禮堂位在東棟和西棟以外的地方，必須走出校舍才能到達。不過在踏出校舍入口之後只需走一分鐘，因此在晴天不算太麻煩，但是在像今天這樣的雨天就很討厭了。

禮堂前方雖然有傘架，但是實際上很少有人拿傘，大部分的學生都把聖經和讚美歌集舉到頭上遮雨。凪津也以同樣的姿勢意思意思地保護頭部，全身溼淋淋地跑進禮堂。她正在拍落制服上的水滴，就聽到背後傳來志於李的聲音：「凪津！妳看過大輝&蘭蘭的最新影片了嗎？」

「還沒有。發生什麼事了嗎？」

「他們好像分手了。」

「什麼──」凪津忍不住發出很大的聲音。

「大輝上傳的影片裡說的，實在是太驚人了。不過仔細想想，邊自拍邊哭著說出分手經過，然後編輯之後上傳感覺也滿異常的。」

「他們兩個今天也有上學嗎？」

「我不知道。」

凪津感到很失望。兩人的關係結束，彷彿意味著 Alternate 的失敗。

凪津當然也理解，透過 Alternate 交往的人不可能都不會分手。人與人之間的關係沒有絕對，不過 Alternate 就是為了減少這種情況而存在的。

今天早上，網路新聞剛好出現 Alternate 突然增加新服務的情報。凪津打算在禮拜中打開手機，偷偷閱讀那則新聞。她坐在自己的座位上，為了避免待會還要多費功夫，預先把手機夾在聖經中。

禮堂的座位前排是一年級，中間是二年級，後排是三年級。每一班都依照名冊就座。幾乎所有人都坐在位子上了，但是凪津斜前方的冴山座位上卻沒有人。上課時她明明還在，現在不知道怎麼了。

凪津正感到奇怪，就看到冴山出現在臺上坐到管風琴前方。負責今天禮拜的老師則走到中央的講臺。

「今天的禮拜要開始了。讚美歌四六一號。」

當所有學生都起立，冴山便把手指輕輕放在鍵盤上，然後稍稍呼吸，按下響徹禮堂的和弦。

冴山彈奏的聲音明顯地和過去的伴奏者都不一樣。她的琴聲就好像飄浮在空中般輕盈，音色與以前彈奏的人差異之大，讓人覺得好像換了一臺管風琴，情不自禁地陶醉在其中。

然而冴山的管風琴聲有個問題，那就是不知為何很難跟著唱。她的伴奏飄飄然而難以捉摸，讓人唱著唱著會逐漸感到不安。

在場所有人都感到困惑，老師的視線也頻頻掃向她，但是她完全沒有調整，而是自由自在地繼續演奏管風琴。

阿門。

學生總算唱完了，老師宣布請他們「坐下」。

老師讀了一段聖經經文之後，加入自己的個人經驗開始說教，於是凪津打開夾在聖經中的手機，從預先加入書籤的新聞一覽當中，先點選了Alternate的官方網站，閱讀上面的公告。

Alternate株式會社公司營運的社交APP「Alternate」，將與進行基因分析服務的「Gene Innovation, Inc.」開發的APP「Gene Innovation」合作，推出新的交叉搜尋功能「GeneMatch」。透過這項技術，可以更精確地計算出交叉搜尋的數值。也因此請各位下載「Gene Innovation」，註冊帳號並進行檢查——

接下來的內容是介紹使用方式。

凪津第一次聽到「Gene Innovation」這個APP，不過她對此抱持很大的期待。基因階段的速配度不是靠感情或直覺，而是生物學方面的速配度。這正是凪津追求的。不過還不能太早做出結論。重點在於這個APP是否值得信賴。

她努力按捺興奮的心情，前往「Gene Innovation, Inc.」的網頁。她注意到的是公司名稱下方「透過基因分析，得到屬於自己的個性」這句話。她往下瀏覽，看到下方是一堆從來沒有看過或聽過的醫療術語，並開始感到頭昏。商品一覽當中除了基因檢測ＡＰＰ「Gene Innovation」之外，還有營養劑和化妝品，另外也有販賣因應法人與學者需求的基因分析軟體。

她閱讀「Gene Innovation」的產品說明。一開頭有以下的說明：

「Gene Innovation, Inc」至今已經檢測一百二十萬人以上的基因並進行資料分析。這項成果也運用在醫學領域，在預測疾病風險、改善體質、抗老等領域留下莫大的功績，另外也因為不斷更新資料，其精準度也越來越高。「Gene Innovation」是為了讓使用者更輕鬆得到自己的資料、並且加以利用而開發的應用程式。檢測程序可以在家裡簡單進行。使用「Gene Innovation」，就能知道自己容易罹患什麼疾病、為什麼容易發胖、膚質與髮質、血緣，還有個性傾向（一般認為個性有五十％是遺傳），為您提供更良好的生活形態。

個性有一半是遺傳——凪津為這句話感到錯愕。她不願相信自己跟那個人有相似之處。不過基因是無法改變的，難道她只能仰賴剩下的一半嗎？她想到這裡又改變念頭，覺得維持本性就行了。重點不在於她自己是什麼樣的人，而在於和誰相逢。

她忽然很想知道在Alternate之前，有沒有其他利用基因的交友ＡＰＰ。她用「基因交友ＡＰＰ」來檢索，在一堆可疑網站當中，找到一則媒體網站的報導，標題是

《透過基因尋找對象的交友APP『The one』實用性如何》。根據這則報導，在美國推出的「The one」這個APP，是根據「基因差異越大越容易受到吸引」的假說，以輔助免疫系統的十一個基因為基礎，建立判定速配度的系統。此外，「The one」也可以和社交網站連動。和Alternate完全一樣！

凪津讀完新聞報導之後大概掌握了「GeneMatch」的用意。從基因分析得到的先天性格傾向與體質、容易受到吸引的對象等資訊，結合如Alternate一般掌握的社群網站等資訊，就能更正確地找到「命中註定的對象（The one）」並推薦給使用者。

根據報導，「The one」收集的資訊會提供給癌症資料登錄團體，而「Gene Innovation, Inc」則是會收集更多資訊做為自家產品的參考。

凪津決定先使用「GeneMatch」。根據Alternate官方網站，首先要下載「Gene Innovation」，註冊帳號，然後再訂購檢測套件。

「起立。」

凪津因為看得太過專注，沒有注意到老師已經演說完畢。她連忙收起手機，站起來再度打開讚美歌集。禮拜最後的讚美歌稱作〈榮耀頌〉，和先前唱的不同，時長較短而曲數也較少。凪津進入本校不到兩個月，還沒有記熟讚美歌，不過只有〈榮耀頌〉的曲子記得越來越多了。

深羽的管風琴聲再度響起。凪津亢奮的心情隨著琴聲平靜下來。她緩緩張開嘴巴，配合輕妙的伴奏唱出來。

榮耀都歸與聖父、聖子、聖靈
全能之神
起初這樣，現在這樣
將來也這樣，永世無盡
阿門

凪津相信，將來的命運一定會更好。

禮拜結束之後，志於李跑過來告訴她：「大輝和蘭蘭都跟平常一樣坐在位子上。大家都在談論他們的事，可是他們竟然完全沒有動搖的樣子。靠分享影片出名的人，果然神經都很大條。對了，冴山彈得很棒吧。」

「我也覺得。不過她為什麼會突然被找去彈琴？之前不是都是三年級在彈嗎？」

「之前的伴奏好像離開學校了，所以才請她。」

「什麼？這個時期離開學校不是很奇怪嗎？為什麼？」

「我也不知道。」

志於李回答之後，有些難以啟齒地接著說：「凪津，我有話想跟妳說，可以嗎？」

「好啊，不過下一節課快要開始了。」

「不會花太久時間。這件事我一定要先告訴妳。」

凪津和志於李走出講堂，來到附近有屋簷的建築，兩人為了避免淋溼而靠在牆上。即使如此，雨水在地面彈起時濺到了腳上，仍舊感覺很不舒服。

「老實說——」

雨勢變得更加強烈。雖然距離很近，但卻很難聽清楚聲音。

「我交到男朋友了。」

「啊？」凪津不知道志於李有沒有聽見這個聲音。

「是在 Alternate 上認識的，其他學校的高二學生。」

「恭喜。」志於李似乎聽見了這句話，微笑著說「謝謝」。接著她又說：

「我想要第一個告訴妳。畢竟是妳教我很多關於 Alternate 的事，而且妳是我的好朋友，不過我有些難以啟齒。我應該要更早告訴妳的。」

「沒關係。」

從禮堂出來的學生淋著雨跑回校舍。在慌亂的景象中，只有她們顯得很悠閒，讓凪津對時間的感覺有些錯亂。

知道「大輝&蘭蘭」分手而感到寂寞的心情，和無法立即祝福志於李的心情是互相矛盾的。凪津的心情變得亂七八糟，內心湧出洪水般的情緒，但卻無法說出口，心中充滿了想要立即用文字抒發的衝動。

「很高興可以告訴妳。這一切都多虧了妳，真的很謝謝妳。」

志於李說完的同時，鈴聲就響了。「糟糕，快跑！」志於李抓住凪津的手，把她拉向校舍。

「嗯。」

凪津沒有抵抗，任憑志於李牽著自己跑。

＊

凪津把檢測套件附的細長棉花棒插入嘴裡，在臉頰內側左右各摩擦五次，放回盒子，完成了採樣程序。她填寫檢測同意書與基因分析申請書，把這些文件和檢測套件一起放入回函用的信封，投入郵筒。剩下的就只有等待結果了。

她回到房間，把複雜的情緒灌注到沒有人看的網路漩渦當中。她忽然想到志於李提到的，關於大輝的影片。她明明是超級粉絲卻完全忘記去看，她自己也感到驚訝。或許是因為兩人分手，使她的興趣也變淡了。

她點了縮圖，看到大輝淚眼汪汪地宣布自己和蘭迪分手，然後以顫抖的聲音說：

「今後我會一個人繼續活動。蘭迪，過去這段時間謝謝你。另外也要感謝所有支持我們的人！」

凪津忍不住發出聲音，嘆了一口氣。

即使遭遇這麼大的痛苦，大家還是會說「這段時間讓我得到成長」、「這也是很寶貴的回憶」之類的話來表達感謝，強迫自己肯定悲傷與受傷的時間。

其實根本沒這回事。不愉快的經驗當然最好是不要體驗。表達感謝只是不想承認自己的失敗罷了。

凪津聽到大門傳來鑰匙插入門把的聲音，立刻停止播放影片。回到家的母親發出奉承男性對象的嬌媚笑聲。接著她敲了房間的門，凪津便敷衍地回應。母親探頭說：

「抱歉這麼晚才回來。我現在開始煮飯。」母親的笑容像是戴上面具般僵硬。她離開時，雙手拿的超市塑膠袋和大腿摩擦，發出沙沙的聲音。

凪津心想，這個人也是感謝痛苦的那種人。

6 相反

尚志第二次來到東京，就感覺自己已經完全熟悉這個地方。到車站的路程也已經習慣了，不像上次那麼慌亂。想到自己或許會像這樣越來越融入東京，在佩服人類適應力的同時，也想到豐肯定也是這樣而感到寂寞。

他們約定的地點不是在圓明學園高中所在的南口，而是在北口的驗票口。這一帶不同於南口繁華熱鬧的氣氛，感覺較為安靜。時鐘臺上方矗立著裸婦舉起一隻手握拳、另一隻手伸向前方、單腳曲膝站立的怪異雕像。

距離豐指定的時間還有五分鐘。尚志坐在附近的長椅，打開手機打發時間。他自然而然地想要打開 Alternate，但是APP已經被刪除了。他對於自己才使用一年就養成習慣感到煩躁，便關上手機。

那天他在回程的夜間巴士上，也跟去程一樣無法入睡。與豐的重逢比他想像中得更匆促，只在一瞬之間。

小學時，他以為兩人會永遠在一起。隨著年齡增長，他可以理解豐在別的地方和其他人在一起是正常的，但內心的某個角落卻拒絕接受這樣的事實。

他凝視黑暗的窗外。當時他腦中響起的旋律是在禮拜堂聽到的管風琴音色。那個女生的身影浮現在眼前的景色之上，他的心情逐漸平靜下來。煩悶的感覺釋放到黑夜中，但過了不久他又開始想到豐，想到管風琴。在這樣的反覆當中，窗外的景色逐漸變亮，光線也照亮車內。

回到大阪的當天，尚志就接到豐的聯絡。他弟弟的手機收到追蹤通知，兩人總算能夠直接聯絡。

豐告訴他，自己的 Alternate 帳號是跟著同學一時興起註冊的，但幾乎沒有使用，平常也不會打開。在學校看到尚志之後，他想到或許有可能在 Alternate 上找到他，便檢視追蹤自己的人。雖然沒有看到尚志的名字，卻找到「樬丘」這個少見的姓，才因此猜到那應該是尚志的弟弟。

後來他們彼此傳了幾次訊息。豐一開始就向尚志道歉說自己可能會疏於聯絡，希望有機會的話能夠直接見面，談談這幾年間發生的事。尚志原本就有此意才會去東京找他，因此當然答應了。尚志除了打工之外沒有別的事做，於是配合豐的時間，再次前往東京。

豐比約定時間晚了十分鐘才來。他看到尚志便雙手合掌跑過來，嘴巴不知道在說什麼，大概是為了遲到在道歉吧。

「今天的班會拖得比較久。」

「喔。」尚志為了掩飾笨拙的回應，指著裸婦像問：「那座銅像有什麼意義嗎？」
「不知道，我從來沒想過。不過那種莫名其妙的銅像好像滿常見的。」
「也是。就算很好奇，通常也不會去查就忘記了。」
「我們要去哪裡聊？附近有麥當勞和咖啡廳。你肚子餓了嗎？」
尚志因為兩次遠征，錢已經剩得不多。如果是速食店應該還吃得起，不過這個時間吃的話，到了晚上肚子一定又會餓，因此他現在決定先忍耐。
「不知道為什麼，到東京肚子就不餓了。」他裝出笑容。
「真懷念大阪腔。」豐也跟著笑了。「我們往那邊走吧。」
豐說完就逕自往前走，尚志也跟上去。以前他們在一起的時候，印象中豐比較常走在後面。
尚志問他：「你好像長高了。是不是在做什麼運動？」
「我在打籃球，不過打得不是很好。你呢？有沒有參加社團？」
「我參加過流行音樂社，不過不太好玩。」
「為什麼是過去式？」
「我沒上高中了。」
豐瞥了他一眼，點頭說「這樣啊」。他的說法讓尚志有些在意。
「你是不是在顧慮什麼？」
「你為什麼這樣問？」
「因為一般來說都會接著問『為什麼不上學了』吧？」

尚志來到豐的旁邊，又說了一次：「你是不是在顧慮什麼？」
「沒有。」
一隻烏鴉飛過兩人頭上。
「好吧，你為什麼要退學？」
「什麼叫『好吧』？」
尚志一直壓抑心中的煩躁，但又忍不住透露在語氣中。他為了掩飾，便繼續說：
「也沒什麼特別的理由，只是沒辦法融入高中生活。蹺了幾次課之後，我就不再去上學，想說既然要留級，乾脆就退學吧。」
「你的家人沒有反對嗎？」
「沒有。我家採取放任主義，要不然也沒辦法像這樣隨隨便便就到東京。」
尚志又擠出笑容，但這次沒有之前那麼自然。
「反倒是你，為什麼不參加流行音樂社？你應該彈吉他才對！」
尚志順勢這樣問，豐便用有些無奈的口吻說：「我早就沒在彈了。」
「騙人！為什麼？你不是很喜歡彈吉他嗎？」
「你看那個。」
兩人走了一段路，來到種植成排樹木、高出地面的堤防，底下有河流流過。這條河叫網代川。座落在遠處的工廠上矗立著高聳的煙囪，排出的煙溶入天空飄流。較近的地方有足球場和步道，而豐指的地方似乎開著花。這些花高度參差不齊，顏色也不一樣，不過卻帶著些許無機質的感覺。兩人被奇妙的花吸引而走過去。

走近之後，他們才發現那不是花，而是風車。這些風車用寶特瓶製作，塗上鮮豔的色彩。有些忠實模擬花的形狀，有些則像火箭之類的機械，另外也有些保留寶特瓶的原狀。風吹過來，它們就同時轉動，發出「喀啦喀啦」的快節奏聲響。

「這些是圓明學園的小學生做的。很可愛吧？看到就覺得很愉快。」

豐邊說邊抓住轉動較緩慢的風車風扇，感覺只有那裡的時間停止了。

「我想要和你一起組樂團。」尚志喃喃地說。「我們不是說過有一天要一起組樂團，長大之後要再一起演奏嗎？」

「我們當時真可愛。」

「哪裡可愛了！還有，你說可愛是什麼意思？這種說話方式感覺好像要刻意拉開距離。」

「我要當醫生。」

豐鬆開抓住風扇的手，風車就像迷路般左右搖晃，然後又跟其他風車同樣地開始旋轉。

「我要追隨父親的腳步成為醫生。這是我自己決定的。既然有這樣的目標，我就打算盡全力去追求。我的目標不是成為醫生，而是要成為好醫生，所以沒有太多時間可以玩。」

圍繞著風車的綠葉撫摸他的手，好似在安慰他一般。

豐的家族世世代代都是醫生，祖父是大阪一間綜合醫院的院長。豐的父親也曾在那裡工作，不過因為不滿意院長方針而鬧翻。當時剛好有東京某家日本頂尖的大學醫院來挖角，請父親擔任教授；父親在百般猶豫之後決定離開祖父，選擇東京，也因此害得豐必須轉學。豐在決定要搬家之後就一直埋怨父親。尚志至今仍記得當時的對話——「誰要當醫生！醫生最好都死光光！」「醫生死了，病人也會死掉。」「那就讓醫生死掉，其他人都保持身體健康。」

尚志說：「太矛盾了。那你為什麼有時間打籃球？你不是打得很差嗎？那根本就是浪費時間嘛！不要打籃球，來彈吉他吧！」

「就算打得很差我也還是喜歡。可以轉換心情。」

「不不不，你不是很喜歡彈吉他嗎？你一直在彈吉他，而且彈得很棒。為什麼不彈吉他了？」

「那是過去的事。我現在已經完全不喜歡了。」

「騙人！我從來沒聽過彈吉他的人會不再喜歡彈吉他。音樂是不可逆的愛好！」

「可是我喜歡的吉他手幾乎都已經消失了。大家也都不彈吉他了吧。」

「怎麼可能！只是沒看到而已，大家應該都還在某個地方認真彈吉他。或許是在國外發展，也可能是成為製作人。對了，那『前夜』呢？『前夜』到現在都還在吧？」

「喔，『前夜』啊。我們以前的確喜歡這個團。」

「騙人……你已經沒在聽他們的音樂了嗎？」

「對我來說，吉他感覺好像……怎麼說呢？感覺變得很麻煩了。彈吉他就會忘記時間流逝，就這點來說我的確很喜歡，可是如果太投入，我的腦袋就會變得不對勁，想要一直彈下去，會讓我想要放棄當醫生，成為吉他手。」

「有什麼關係？」

「可以靠彈吉他生活的人只有一小撮。如果我去當吉他手，我只能想像到不幸的末路，但另一方面我又會覺得自己或許有可能成功。」

「不只是有可能，你一定會成功！」

「不行。要是心情搖擺不定，就註定我沒辦法成功。一旦採取客觀立場來看，我就沒辦法彈吉他了。」

「誰知道！或許這也可以成為個人特色吧？能夠採取客觀立場很棒啊！勝男不是也說過，玩樂團必須要能夠俯瞰大局嗎？」

「總之，我已經決定要討厭吉他。」

「別傻了，這種事怎麼能用決定的！你沒彈吉他之後，腦筋反而才變得不對勁吧？」

「反正我已經決定了。」

「你不要自己決定局限可能性，這樣不管對吉他或是對自己都很失禮。」

「你什麼都不知道，不要自以為是在那邊亂說！」

豐用大阪腔怒吼，讓尚志看到了小學時的他。看到他展現情緒化的一面，尚志反而感到高興，覺得總算見到豐了。尚志內心甚至還吶喊：再生氣一點吧！然而小學時代的豐很快就消失，接著他以異常溫和的聲音說：「尚志，你繼續打鼓吧。總有一天我會去聽你演奏的，從今以後我會永遠是你的粉絲。」

「你在說什麼？真噁心！」

尚志沒辦法多說什麼。他自己很清楚，眼前的局面是無法翻轉的。他也充分理解到，豐頑固的個性跟以前沒有兩樣。

兩人不約而同地坐在堤防上，眺望足球場上的中學生。

「OK！」「Pass！Pass！」「咻！」「超過去！」「射門！」「鏗！」

少年們的聲音、踢球的聲音，以及球撞到門柱上的聲音傳到堤防上。即使在五點的鈴聲響起之後，少年們仍舊繼續踢足球。

太陽躲到雲後方，灰色的天空顏色逐漸變深，兩人之間的熱度也逐漸消散。豐突然開口說：

「我希望你不要誤會。聽我說，我真的很羨慕你。」

「你說這種話，我當然會誤會。」

小學時的豐明顯和周遭的人不同。他雖然生活富裕，但是卻不會為此炫耀，總是表現得很自然。這是因為他對自己的高生活水準從未感到過絲毫疑問，擁有一顆堪稱遲鈍的心靈，無法察覺到自己與他人的差異。即便如此，他端正的姿態仍舊無法掩飾，周圍的人也對他另眼相看。

尚志的家庭則跟他不同。他父親原本在小型文具製造商工作，薪水幾乎都拿去支付體弱多病的母親的醫療費，甚至還得借錢。尚志雖然也想要哀嘆貧窮，可是想到母親就無法抱怨了。但即便如此，仍舊無法挽回母親的生命。母親在尚志剛滿六歲的時候過世。尚志雖然感到難過，但還是安慰自己，父親從此就可以得到解脫，經濟方面也會比現在更寬裕，勉強熬過悲傷。然而父親卻辦不到。他無法繼續工作，窩在家裡不出門。尚志和弟弟努力鼓勵父親，半年後父親總算能夠復職，但失去母親的影響太過巨大，三人的生活難以踏上軌道。

祖母看不下去，為了幫助他們三人便從神戶搬來一起住。父親得到幫助，想要賺回先前沒有工作的份，換了好幾份工作想追求更高的薪水，甚至上了遠洋漁船，長期不在家。此刻父親也不在家，尚志已經有一年沒見到他了。他會固定匯錢回家，因此應該有正常工作，只是不知道人在哪裡。

「尚志，你看起來總是很狂熱。這麼說有些抱歉，不過我覺得這樣的狂熱，或許是來自於無法得到滿足的需求。」

「你少在那邊裝聰明。這跟現在討論的話題無關吧？」

「話說回來，我小時候其實很羨慕你。」

「你拿著亮晶晶的吉他還說羨慕我，怎麼聽都像是諷刺。」

豐的父親因為喜歡，在豐很小的時候就買了吉他給他。他還是小學生的時候，手指就異常得長，因此小學三年級的時候就幾乎能夠按所有的和弦。

尚志是在上小學的時候，受到住在附近的勝男影響開始對打鼓產生興趣。父親下班後會到托兒所接弟弟回家，因此尚志小學一年級就自己放學回家，等他們兩人很晚才回來。祖母雖然也在家，不過尚志總覺得自己一個人跟她在一起很尷尬，因此越來越常在附近閒晃之後才回家。

有一天，在回家的路上，他聽到遠方傳來打鼓的聲音。他以為是祭典的鼓聲，彷彿受到吸引般，朝著聲音的方向走，來到一棟住商混合大樓。他奔上階梯，尋找發出聲音的房間。那是二樓走廊盡頭的房間。他從門縫窺伺裡面，看到一個長髮男人正在激烈地打鼓，他的額頭和臉頰上都有很深的皺紋。這個人就是勝男。

勝男發覺到尚志，停下來對他招手。房間裡的一整面牆壁都擺滿了唱片，櫃子和桌上則放了無數酒瓶。尚志要等到年紀稍長之後，才知道那裡是可以讓樂團演奏的酒吧「Bonito」。在那天之後，他放學後偶爾就會到那裡請勝男教他打鼓。

他第一次到「Bonito」的那一天，勝男給了他鼓棒，對他說：「不管是打枕頭或面紙盒都可以，在家練習打鼓吧。」尚志接受他的建議，在自己的房間製作沒有聲音的鼓來練習。

當他學會打八分音符節奏之後，就想要找別人一起演奏。然而當「Bonito」的客人上門、開始演奏的時候，尚志早就睡了。勝男也不會打鼓以外的樂器，因此當尚志的技術越進步，他內心就越感到焦躁。

小學三年級分班時，他和豐分在同一班。他知道豐會彈吉他之後就邀他到「Bonito」。他至今仍鮮明地記得他們初次演奏時的興奮。豐把Fender吉他插電之後，問尚志：「接下來怎麼辦？」尚志雖然主動邀他，不過兩人的音樂路線完全不合。

尚志受到勝男的影響接觸了披頭四（Beatles）、海灘男孩（The Beach Boys）、衝擊合唱團（The Clash）、音速青春（Sonic Youth）、超脫樂團（Nirvana）等音樂；另一方面，豐則受到父親的影響聽了很多爵士樂，譬如韋斯・蒙哥馬利（Wes Montgomery）、派特・麥席尼（Pat Metheny）、喬・帕斯（Joe Pass）、吉姆・豪爾（Jim Hall）等。他特別敬愛的是帕特・馬提諾（Pat Martino）（尚志當然不知道他是誰）。

除此之外，豐也會聽日本流行歌曲，但尚志因為家裡沒有電視或收音機，所以對流行歌曲不熟。因為這樣，他們即使要一起演奏，也不知道該選什麼曲目。

豐說：「你隨便敲敲看吧。我也隨便彈彈看。」

於是尚志重複敲打著簡單的節奏，而豐配合他彈起和弦。聲音的震動彷彿貫穿尚志的身體，直衝天花板，接著在和弦的餘音當中，豐又彈起 Solo 旋律。尚志感到震驚，但還是勉強跟上節拍，並聆聽豐的演奏。他雖然對吉他完全不熟，但仍舊能夠感受到豐的手指彈奏出清澄的音樂。尚志感到不甘心，硬是停頓了一下，接著突然改變節奏，一口氣提升速度。

豐有一瞬間顯得疑惑，不過也立刻彈起 Solo。勝男聽了拍手笑著說：「這是 Layla 嗎？好可愛的艾力・克萊普頓[2]。」

接著尚志又惡作劇地放慢速度，慢到他覺得豐應該彈不出任何音樂，然而豐卻擺出搞笑的表情彈起牧歌般的旋律，還望向他，似乎要他猜猜這是什麼曲子。尚志完全沒有頭緒，只覺得好像最近在哪裡聽過。

過了片刻，尚志發覺到這是什麼曲子，豐便高興地點頭，兩人一起開始唱：「茜色肩帶和莎草帽——」。這首〈採茶曲[3]〉是不久前在音樂課剛剛學過的歌謠。

「沒想到竟然是這首。」

---

2 Eric Patrick Clapton，被視為二十世紀最成功的音樂家與吉他手，有「吉他之神」的稱號。

3 日本經典童謠，創作人不詳，最早於一九一二年被收錄進相關教科書中。

「你發現得太慢了。」

不知是因為一起演奏了〈採茶曲〉，還是因為即興演奏的稚嫩，總覺得當時的「Bonito」好像瀰漫著綠葉的香氣。尚志至今仍偶爾會想起當時的氣味。

在那之後，兩人定期到「Bonito」進行即興演奏。多虧了豐，尚志對於音樂的知識大幅增長。

小四的時候兩人常常演奏「前夜」的歌。「前夜」的成員當時還是高中生，卻具備超越大人的高超技巧，天真無邪卻帶有挑釁意味的歌詞也引起話題。

每次在夕陽射入的「Bonito」演奏「前夜」的曲子，總是會感到內心深處熱熱的。豐的鼻子下方冒出小顆的汗珠，拚命彈奏吉他，當曲子結束之後就會用力深呼吸並癱坐在原地；尚志朝豐伸出手，發出「一、二——」的吆喝聲想要把他拉起來，但因為自己也用盡力氣，最後一起倒下——這是他們慣例的結尾。即便如此，他們仍舊不厭煩地一再演奏。直到豐小五轉學之前，兩人都像這樣度過放學後的時間。

「我到現在都會想起你的吉他。應該說，當時的記憶會自動跑出來，還包含影像和聲音。你離開之後過了六年，彈吉他的人變多了，我也跟其他人組過樂團，可是卻一點都不覺得過癮。那些人跟你比起來一點都不有趣。偶爾也會遇到很會彈的人，但還是比不上小學時候的你。如果把當時的影片上傳到網路，我們一定會成為網紅。」

「也許吧。你打鼓的動作也完全不像小學生，或許會因為很有趣而出名吧。」

「為什麼是因為很有趣受歡迎？應該說因為很帥才對。」

豐噗嗤一聲笑了，接著問：「勝男最近還好嗎？」

「勝男死了。」

「什麼？」豐像是要抹去自己的笑容般搖頭。「為什麼？」

「他得了癌症。大概是在你離開之後一年左右過世的。說真的，像他那樣毫無節制地抽菸喝酒當然會死，而且他應該還有其他不良嗜好吧。」

尚志半開玩笑地這麼說，但豐仍舊沉著臉。

尚志問他：「喂，你知道『Bonito』為什麼叫 Bonito 嗎？」

「我沒有想過。Bonito……Bonito 的意思是……」

豐拿出手機想要查詢，尚志便指示他：「你查『Bonito，西班牙文』。」

「美麗、漂亮、迷人——沒錯，我印象中就是這樣的意思。叫『Bonito』的店滿多的。」

「沒錯，我原本也以為是這個意思，不過我想大概不是，這個字還有其他意思。你這次查查看『Bonito，英文』。」

豐露出詫異的神情，迅速移動手指。

「鰹魚。」

「我是在喪禮的時候才知道，勝男[4]這個名字也可以讀成 Katsuo，跟鰹魚的日文同音，所以那家店才取名 Bonito。」

「原來如此，那大概是這樣吧。」豐的臉上恢復笑容。

4 日文漢字會因情況和意義而變換讀音，勝男可以唸成 Masao 與 Katsuo。

「說到底，勝男那個人根本和西班牙文的 Bonito 不搭吧。一定是從鰹魚來的。他配烤鰹魚比較適合。」

不知不覺中，足球場上已經沒有人了。

「尚志，抱歉。」

「你不用道歉。我還沒有放棄你。」

「抱歉。」

遼闊的天空逐漸變暗，對岸的大廈亮起一盞又一盞燈。兩人陷入沉默，尚志忍不住站起來，舉起一隻手單腳站立。

「你在幹什麼？」

「學車站前面那傢伙。」

豐雖然很捧場地笑了，可是尚志卻覺得好像是在安慰自己。他無法忍受，便說「我該回去了」。他眺望遠方，想知道風車是否還在轉，但是在黑暗中已經看不到風車了。

7 局面

「第一學期的結業典禮到此結束。」聽到導師的致詞，蓉便確實感受到高三的三分之一[5]結束了。空調吹出冷風，彷彿是要驅走從教室窗戶射入的陽光。學生們也知道走出這裡就吹不到冷風，因此雖然想要享受暑假的解脫感，卻遲遲無法離開教室。然而蓉並沒有時間去享受解脫感。她對大概好一陣子不會見面的同學開朗地說「下學期見！」，然後直接前往料理教室。

她打開門，看到大輝獨自坐在流理臺前的椅子。大輝舉起手對她說：「蓉，Summertime 到了！」然後就開始哼起比莉・哈樂黛的〈Summertime〉。大輝在那之後很快就恢復平常的樣子，頻繁地上傳影片。蓉一開始感到詫異，以為他的感情也不過如此，但是他成天忙碌的樣子也像是刻意裝出很有精神，因此蓉也盡量不去碰觸這個話題。

「蓉，妳今年暑假也很忙嗎？」

5 日本高中通常於四月開學，並分為三個學期，第一個學期結束就放暑假。

「我原本以為跟去年差不多，不過今年男子籃球社也拜託我們送餐。」暑假除了去幫忙農家及校友經營的餐廳、參觀食品公司等基本活動之外，也照例會幫參加校外比賽的體育社團送餐。往年送餐的社團頂多只有足球社和排球社的地區性比賽，不過今年又多了打進全國比賽的籃球社那一份。

蓉放下行李、穿上圍裙，一邊在頭上綁頭巾一邊反問大輝：「你呢？夏天要做什麼？」

「嗯~我現在沒有男朋友了，所以也不知道要幹什麼。」他開玩笑地說完又補充：「我不到學校，夏季蔬菜就會枯死吧。天氣這麼熱，應該沒有人會想要來幫忙園藝社。」

「你這麼說我就放心了。雖然我也很想盡量幫忙，不過一忙起來就難免會疏忽，而且社團也有很多人不想晒黑。」

「真是的！那些是你們自己要用的蔬菜，應該好好照顧才對。」

「謝謝你啦。」

「玉米下週應該就可以吃了。前端的玉米鬚變成褐色，就是收成的時候。」

「嗯。」

「可以的話最好早點收割，否則很快就會爛掉。還有，收割玉米一定要挑一大早才行。」

「那麼下星期替籃球社送的餐，就用玉米吧。」

蓉在白板正中央畫線，左邊寫「送餐內容」，右邊寫「一人份美食」。她剛寫完，笹川老師就來了。

「原來你們都在這裡。」

老師邊說邊從資料夾中抽出一張紙，遞給蓉說：「這是文化祭的企劃提案書。雖然還早，不過在暑假時間先想，到時候會比較輕鬆。」接著她又拿了一張給大輝。

「這是園藝社的。不要像去年那樣，期限快到了才交出來。」笹川老師把臉湊近大輝這麼說。

大輝把臉轉開，有些抗拒地說：「我不擅長寫這種東西。」

然而笹川老師繞到他的正面反駁他：「社員只有你一個，就算不擅長也沒辦法。如果你不喜歡的話，就去努力增加社員吧。」

蓉擦掉白板上的字，重新從左邊寫：「送餐內容」、「一人份美食」、「文化祭」。笹川老師看了，有些顧慮地說：「文化祭的提案書，也許交給新見以外的人比較好。」

「一人份美食」是即將舉辦第三次的比賽，圓明學園高中的學生參加這項比賽也是第三次。這是網路影片分享服務公司「Supernova」企劃的原創節目，由全國選拔十組高中料理社的學生，爭奪冠軍寶座。參加者要接受書面審查和預賽，獲選參加正式比賽的有十組，經過第一輪比賽剩下五組，準決賽剩下三組，再由這三組進行決賽。這三場比賽會進行直播，不過事後也能觀賞過去的比賽。

《一人份美食》的特色在於比賽規則。

正式比賽的所有對決，使用的食材都是當場指定。此外，每一場比賽也會給予主題，譬如「時間」、「海」、「願望」、「風的聲音」等等。在既定的比賽時間內做完料理之後，就要上臺介紹這道料理如何呈現主題。料理的故事性也是很重要的評分標準，而每一組如何處理主題也是節目重點之一。

兩年前，當時的社長以半玩樂性質報名了《一人份美食》，沒想到竟然通過書面審查，便選擇當時二年級的多賀澪為搭檔參加預賽。所有人都以為不可能會通過，可是兩人卻一反周圍的預期順利過關，得到正式比賽的門票。

決定參加節目演出之後，料理社就成為全校矚目的焦點。擦身而過的學生也會為社員加油，或是特地送飲料點心給他們。相對於社團內興奮的氣氛，蓉的心情卻相當低落。她懷疑社長是否有想過風險。她們未必會一路獲勝，也有可能會丟人現眼。蓉因為 Alternate 有過不好的經驗，因此怨恨毫不考慮後果就行動的社長。

然而圓明學園高中卻通過第一輪，進入準決賽。雖然在準決賽輸了，但兩人出人意料的戰績仍在校內與校外獲得佳評。蓉親眼看到兩人的活躍也改變了想法，她們挑戰的姿態打動了蓉的心。尤其是澪的身段舉止，讓有志成為料理家的蓉深受感動。

澪纖細而敏捷的動作和精準的判斷力，還有開闊的視野和設計能力不輸給任何一個參賽者。在平常料理社的活動當中，蓉沒有發覺到她有這麼堅強的實力。由於她的家裡和蓉一樣是開餐廳的，因此蓉更加產生親近感，並首次想要變得跟某個人一樣。

由於第一次播出後廣受好評，《一人份美食》隔年也決定舉辦。成為下一任社長的澪告訴社員，她打算再次挑戰。

「我無法原諒自己當時的失敗。我希望能再次藉助大家的力量。」平常總是冷靜而低調的她，說出令人意外的話語。

料理社員都表示贊同，合力製作書面審查用的菜單。雖然在這一關也有可能落榜，不過圓明學園高中順利地進入預賽。澪指名蓉當她的搭檔。「蓉的經驗很豐富，料理知識也很廣泛，沒有別人更能夠勝任搭檔。」聽到澪這麼說，蓉高興得幾乎掉下眼淚。她雖然對受到眾人矚目感到不安，不過因為她仍舊記得澪和社長去年活躍的姿態，因此最終決定要挑戰。

自己也想要以料理感動他人——這樣的想法在她內心與日俱增。

「我會盡全力輔佐社長。」她對澪說。澪點點頭，擁抱蓉說：「我們一定要贏。」蓉並沒有跟雙親討論。

她們順利通過預賽，代表圓明學園高中再次挑戰正式比賽。

《二人份美食第二季》的第一輪中，相對於緊張的蓉，澪則從容自如地進行烹飪，完成符合主題的料理。作品本身當然也很棒，不過更重要的是澪和去年相比有驚人的成長，靈活的創意也讓評審折服，全體一致通過讓她們進入準決賽。蓉受到澪堅強的姿態刺激，在準決賽也以不輸給她的精神發揮技藝，使圓明學園高中再次贏得評審的青睞。

到了決賽，她們原本也想一鼓作氣奪得冠軍。

然而這一天，澪的身體狀況卻不太理想。她覺得不舒服，雖然沒有發燒卻感到頭暈。蓉主張棄權，但澪卻堅持要出場。她一再地說，都已經來到決賽，不想要讓大家失望。

兩人隱藏澪的身體狀況不佳一事，參與決賽。食材是「猴頭菇」和「海鮮」，主題是「銀河」。兩人都沒有使用猴頭菇做過料理，甚至從來沒有碰過。她們不知道該如何處理這個像蒲公英絨球、或是小雪人的白色毛茸茸的食材。另一個食材「海鮮」也因為過於廣泛，讓兩人更加混亂。在兩人不知所措的時候，其他組已經開始著手進行料理。

澪的狀態仍舊顯得很吃力，最後她說：「蓉，妳來決定吧。」

蓉雖然沒有自信，但也只能聽命。她提議用猴頭菇做中式勾芡，淋在海鮮上。澪有一瞬間面露難色，不過最終還是點頭同意。

蓉把伊勢龍蝦裹在荷葉中蒸熟，澪則負責烤帆立貝。接著她們用文蛤熬成的湯汁及搗碎的猴頭菇製作勾芡，淋在海鮮上面。成品看起來並不差，味道也沒有問題，應該可以行得通。蓉很想要這麼相信。

圓明學園高中的料理被端到五名評審面前，評審的表情都沒有變化。

蓉擔任代表，解釋作品的主題：「宇宙充滿我們無法想像的神祕。地球也在其中，而地球表面有一大半是海。離我們很近的海洋，也有許多還沒有被解開的謎。也因此，我們想到要使用在海底生活的海鮮，讓人聯想到深海。我們利用蝦子、貝類、海膽，呈現地球的神祕與宇宙的神祕之間的連結。猴頭菇本身就代表神祕，外型說實在很奇怪。把這個像外星人般的菇類搗碎，做成醬汁淋在海鮮上，就是在呈現包覆地球的銀河和流星。」

蓉滔滔不絕地發表演說。

評審開始吃料理。綜合評價是：味道不錯，但烹飪方式沒有值得稱讚之處。最後發言的是去年不在場的評審，料理研究者益御澤武尊。

他在評審當中年紀最輕，大概三十多歲，但銳利的眼神和粗獷的聲音卻比誰都更具威嚴，外表讓人聯想到不動明王。

「妳的說明是事後勉強編出來的吧？」

他之前也發表相當辛辣的評語，因此蓉已經有心理準備，在丹田施力。

「也就是說，妳們面對陌生的食材，並沒有進行新的嘗試，而是把它放在自己的想像範圍之內，以海鮮為主角，猴頭菇則做成醬汁。可是另外兩組並沒有這麼做。他們以猴頭菇為主角。哪一種更具有挑戰精神，不用我說妳們也應該知道。借用妳說的句子，那個外型奇怪、像外星人的菇類，正是猴頭菇的魅力，不是嗎？而且這種食材非常纖細，口感也很好。妳們應該發揮它的特色，但卻是將它搗碎了。以無法想像的銀河為主題，卻把這種食材硬是塞進自己的想像範圍中，實在是太無聊了。對了，就像是依照指南書去旅行一樣，真的很無聊。」

旁邊的評審勸誡他：「你說得太過分了。」

蓉的雙頰紅到不能再紅，丹田已經失去力氣，只能拚命忍住淚水。澪撫摸她的背安慰她，卻更加增添空虛感。

蓉無法反駁。事實上，另外兩組的作品既具有實驗性質，完成度又很高。

其中一組做的是把猴頭菇當成麵包的漢堡風料理，就像麥香魚般，裡面夾了炸白身魚，並以海苔與醬油等製作醬汁調味。外觀雖然是西式料理，調味卻是和風，相當特別。

主題的「銀河」則以擺盤呈現太陽系，把猴頭菇漢堡擺在木星的部分，太陽的部分是番茄醬，地球是烤球芽甘藍，土星則是焦糖栗子，並以糖絲代表土星環，最後再把炭鹽灑在所有星球上面。這道料理兼具華美、驚奇與幽默，充滿別出心裁的巧思。

另一組做的則是以猴頭菇和海鮮做為內餡的小籠包。把湯汁迸出來、在嘴裡擴散的瞬間比擬為宇宙起始的大爆炸。小籠包的皮用菠菜的綠色、茄子皮的紫色、紅蘿蔔的橘色等混合為大理石色彩，同樣具有呈現外太空的意涵。

直播結束之後，蓉之前忍住的淚水一口氣宣洩出來。她一再對澪道歉。澪雖然對她說「都是因為我身體出狀況害的」，不過這種話並沒有辦法安慰蓉。

節目播出之後，她想要向父母親報告。把手放在「新居見」的門把上時，聽到裡面的客人說：「你們的女兒不要緊嗎？我家的孩子說她在 Alternate 上被批評得很慘。」

母親隨口敷衍並繼續聊天，但父親卻沒有發出聲音。

「妳真的要參加？」

「我打算參加。」

「這樣啊。今年的日期也一樣嗎？」

「我還沒有拿到具體的時間表，不過有可能是一樣的。」

「那麼社長可能又要缺席了。」

去年文化祭首日剛好撞上《一人份美食》的決賽日，因此她們只能從第二天參加。

「很抱歉，老是造成困擾。」

「別道歉，大家都會支持妳。企劃書可以交給別人來寫。那我先回生物教室一趟，待會再過來，你們先討論吧。」

笹川老師走出料理教室之後，大輝對蓉說：「沒必要那麼拚命吧？」

「我沒有拚命。不過既然被批評說沒有挑戰精神，當然不能不挑戰了。」

「去年妳哭得那麼厲害。」

其實蓉現在也很想要逃避。只要不參加比賽，就能盡情體驗高中生活最後的文化祭。但是另一個自己卻以諷刺的口吻挑釁：「妳好像很喜歡依照指南書旅行嘛！」

從預賽開始，就要組搭檔比賽。蓉還沒有決定要找誰。

申請書上只需寫下出場代表人的姓名，因此她寫下自己的名字。報名時需要的是符合主題的料理照片、做法和作品意涵。書面審查的指定食材是「無花果」，主題是「美與和諧」。

蓉打算用這個條件讓社員各自去思考料理內容，然後從中選擇搭檔對象。她注視著白板，用強而有力的筆跡寫下「無花果」。

*

籃球社的全國高中比賽在船橋市的綜合體育館舉行。蓉一行人搭乘電車，拿著剛做好的午餐來到體育館。只是送餐的話，其實可以找人幫忙就行了，可是不知為何，幾乎所有社員都自願參加這次行程。

在破紀錄的酷暑當中，如果是戶外比賽，應該沒有人會想來加油，不過既然是在室內，大家或許就有興趣來參觀了。

蓉是第一次來替籃球社加油，沒有認識的人，因此花了一番工夫才進入會場。或許是為了避免選手著涼，體育館內並沒有特別涼快。料理社員為此感到失望，不過還是前往圓明學園高中的加油區。蓉癱軟無力地坐在藍色塑膠椅上，像是要把疲憊的身體埋入裡面。

由於她一大早就去收割玉米，因此雖然才上午，卻已經很想睡了。把玉米燉飯做成飯糰的點子乍聽之下好像很簡單，可是實際製作卻相當費力。

比賽已經開始。不同於疲憊不堪的蓉，其他社員都很興奮地看著打籃球的男生。不請自來的大輝熱心地看著比賽，說：「大家的表情都很棒。」

「蓉，妳也來看看，搞不好裡面有未來的男友喔。」

蓉聽到惠未嘲弄的聲音。

「我累到沒那個心情。」

她雖然反覆洗過手，但從指甲縫隙仍舊可以聞到奶油的氣味，讓她感到飢腸轆轆，不過她總不能比選手更早吃掉送來的午餐。為了轉移注意力，就把視線移到球場。第三節結束的鈴聲響起。

圓明學園高中目前以59比54的些微差距領先對手。雖然是第一次參加全國大賽，不過戰況比預期的還要理想。

蓉雖然對於籃球沒有特別的感情，不過還是希望籃球社能夠贏這場比賽。如果他們輸了，全國大賽就到此為止，這一來選手想必會哭著吃飯糰。過去她也曾碰到好幾次這樣的情況，每次都感到特別難受。如果可以的話，她還是希望選手能夠笑著用餐。而且如果贏了，就能當作是替下一場比賽補給能源，她也會覺得好像一起參與了比賽。

話說回來，五分的差距隨時都有可能被逆轉。

第四節一開始的得分是由圓明學園高中取得。球隊的默契似乎很好，也很具氣勢，即使在外行的蓉眼中看來，氣氛也不壞。

大輝指著球衣背號二號的選手說：「那個球員技術很好。」

坐在旁邊的二年級社員說：「他是我們班的，叫作安邊豐。」

「二年級就被選進校隊，真厲害。」

大輝打開手機，在Alternate上搜尋這個名字，然後喃喃地說：「他看起來好像沒有交往對象。」在剩下兩分鐘的時候，圓明學園高中被追成平手，然後維持同分結束第四節，準備進入延長賽。

在中場休息時間，來加油的選手家人和朋友、沒有上場的籃球社員，還有蓉等料理社員也都感受到緊張氣氛。即使是喜歡開玩笑的大輝，在這種時候也緊閉著嘴巴，眺望在場上集中精神的球員。

蓉感覺豐好像缺少了什麼。即使是她這種外行人，也看得出豐的球技確實很好，可是豐並沒有抵抗比賽趨勢的氣勢，看不出想要自己抓住勝利的企圖。這種捉摸不定的特質或許也是武器，不過他淡然的態度似乎也具有降低士氣的作用。

五分鐘的延長賽中，圓明學園高中先前的勇猛戰鬥好像消失了一般，一下子就被對方得分而落敗。選手和對手敬禮握手，集合到總教練與教練所在的板凳區，彼此拍背安慰對方。

過了不久，選手來到加油區。三年級的選手們大聲說：「最後的夏天能夠參加全國大賽，已經很值得高興了。」但聽起來像是在找藉口。在這些人當中，依舊只有豐臉上沒有不甘心的表情，態度自若到不自然的地步。當周遭的人對他說話，他便適當地隨口附和。

「來來來，吃飯糰打起精神吧。」

惠未刻意擺出開朗的態度，分發用鋁箔紙包起來的飯糰。籃球社員邊哭邊咬飯糰，與其說是吃飯糰，不如說是塞飯糰到嘴裡。

蓉心想，像那種吃法，被吃掉的白米和玉米也無法瞑目吧？她拿了自己的份，卻遲遲提不起勁去吃，或許是因為比賽的興奮還沒有散去，不知何時已經失去了食欲。而且這個飯糰的熱量很高。今天她沒有其他活動，待會就要回家了，那麼還不如回家之後做清淡的晚餐，然後把飯糰留到明天再吃。她邊想邊重複把飯糰往上拋又接住的動作。

「那個……」這時背後突然傳來聲音，害蓉不小心接漏飯糰。

她連忙想要撿起來，不過飯糰卻滾到椅子底下的深處，很難用手搆到。

「妳在找這個嗎？」

蓉回頭，看到一名男生拿著飯糰遞給她。這個男生似乎是從椅背後方撿起來的。

蓉羞愧地說「謝謝」，接下飯糰。

「對不起，突然對妳說話。」

男生的肌膚、眼珠和頭髮的色素都很淡，看起來很清爽。蓉原本偏高的體溫也瞬間降低。她覺得好像在哪裡看過這個人，卻想不起是在哪裡，男生便指著自己的臉主動告訴她：「去年參加《一人份美食》的時候……」

「啊！」

當時他穿著白衣、又戴著帽子，給蓉的印象跟現在不太一樣。

「妳想起來了嗎？我叫三浦榮司。」

他是去年在《一人份美食》決賽中，製作猴頭菇漢堡獲勝的永生第一高中學生。蓉回頭看先前對手球隊的選手，運動服上果然用羅馬拼音印著「EISEI（永生）」。她只注意到自己學校的球隊，因此沒有發現對方球隊是自己在《一人份美食》敗北的高中。

如果她知道，一定會更拚命地替本校加油——她邊想邊正式自我介紹：「你好，我叫新見蓉。」

「我當然記得，所以才會跟妳打招呼。」

榮司眼尾擠出皺紋笑了。當時他給蓉的印象更為文靜。蓉為了喚起關於他的回憶，盯著他的臉看。他突出的顴骨上長了幾顆雀斑。

「妳是來送餐的？」

「嗯，因為是第一次打進全國高中大賽，所以料理社的人一起來送餐。」

蓉不知不覺被他影響，也用同輩的說話方式。

「你們做了什麼？」

「玉米飯糰。」

「啊，就是那個嗎？」

榮司指著飯糰，蓉便點頭說「對」。他把鼻子湊近蓉的手，然後說：「有奶油的味道。」外側的鋁箔紙似乎也沾到了一點奶油的油分。

「這種很受歡迎。尤其是比賽之後。」

「不過比賽輸了，大家應該都食不知味吧。」

「沒這回事。」

榮司在蓉的旁邊坐下。球場上，下一場要出賽的球員正在進行運球、傳球的熱身。

「悲傷時吃的東西，比高興時吃的東西更重要吧？」

蓉望向選手，看到他們的表情跟開始吃的時候截然不同，臉上已經泛起笑容，籃球社社長也開始在談今後的計畫。

「的確，你說得也許沒錯。」

「對了，妳如果不想吃那個，可以給我嗎？」

「什麼？」

「我也想知道妳做的飯糰是什麼味道。」

蓉並不介意給他，不過在《一人份美食》打敗過自己、看到自己失態的他要是發表評論，蓉會覺得自己大概無法承受打擊。她正在猶豫，榮司似乎看穿了她的想法，問她：「妳在想我會仔細品味嗎？」

蓉逞強地說「沒這回事」，把飯糰遞給他。

榮司剝開鋁箔紙，凝視飯糰片刻，然後緩緩拿到嘴前咬了一口。他的一口意外地小，和籃球社員截然不同，讓蓉也搞不清楚他們吃的是不是同樣的東西。

「怎、怎麼樣？」

「太棒了。」

蓉原本預期他會說出評審般的評論，因此突然感到如釋重負。

「真的？」

「比賽結束之後想吃的，就是這種東西。雖然覺得奶油好像有點多，不過在流汗之後，運動社團的人就是想吃這種高熱量的食物。玉米樸素的甜味也很棒。」

「這個玉米是在我們高中的農園種的。我們和園藝社共同栽培蔬菜。」

「該不會是今天早上採收的吧？」

「沒錯。你吃得出來？」

「嗯，怪不得這麼新鮮，也很有嚼勁。」

蓉老實對他說：「沒想到這麼簡單的飯糰也能獲得稱讚。」接著她又戰戰兢兢地問：「三浦，如果是你，會怎麼做送餐用的飯糰？」

「嗯——如果是我的話，會覺得選手應該想吃肉，就會加入培根，或是做成肉卷飯糰。不過做得這麼簡單絕對比較正確，畢竟送餐用的食物與其說是正餐，反倒比較像是點心。如果加入不必要的變化，得到兩極化的評論也沒有意義。」

榮司在《一人份美食》做出那麼異想天開的作品，因此蓉原本以為他會說出更奇特的點子，不過了解到他是個能夠為吃的人思考、尊重對方的人之後，蓉雖然受到稱讚，卻覺得好像再度輸給了他。

「謝謝。」

「吃到這麼好吃的東西，我才應該說謝謝。」

他直視蓉的眼睛這麼說，讓蓉難以承受而垂下視線。她為了隱藏內心的尷尬，便問他：「你為什麼會來這裡？」

「我們也是來替籃球社加油的。」

「你們也準備了餐點嗎？」

「我們做的是三明治，不過我只有稍微幫忙備料而已。」

「有剩下來的嗎？」

「也許有吧，可是我不能拿給妳吃。便利商店的三明治都比它好吃。我們學校的料理社超級保守。」

「真不敢相信，有你在的料理社竟然會很保守？」

「只有我和上次搭檔的室井是怪胎。」

這時從遠處有人呼喚：「榮司！」榮司指著那個人告訴蓉「他就是室井」。

他接著站起來說：「抱歉，我該走了——啊，妳今年也要參加《一人份美食》嗎？」

下一場比賽開始的哨聲響起，選手進入球場。

「我暫時打算報名。」

場上傳來籃球鞋摩擦在地面上的細碎聲音。

「如果書面審查通過，就會進入預賽。」

「這樣啊。我們被列為種子，可以直接參加正式比賽。我們好像必須以上屆冠軍的身分參加。你們如果過關，我們又可以一起比賽了。」

他說完對蓉露出爽朗的笑容，走回自己的座位。走到一半，他轉頭說：「對了，我會在 Alternate 追蹤妳！拜託妳囉！」

他朝蓉揮手。蓉雖然回覆他「我沒有在用」，但是她的聲音被某一隊先馳得分的歡呼聲淹沒，沒有傳到榮司耳中。

8 起源

「我有事想要請教老師。」

第一學期最後的班會結束之後，凪津對導師笹川老師這麼說。

「我有些預先安排的事要做，如果妳可以等我的話——」

「沒問題。」

「那妳可以到生物教室等我嗎？」

「好的。」

凪津和志於李聊了一會之後，前往生物教室。途中她經過料理教室，看到笹川老師、大輝和一名學姊在裡面，白板上寫著「送餐內容」、「一人份美食」、「文化祭」等文字。

她想起去年十一月，她為了參觀學校，和補習班的同學一起來逛圓明學園高中的文化祭。當時的景象和她看過的其他學校完全不同，學生和老師都打心底享受校園生活，並且能夠讓人感受到為了充實生活奮鬥到底的氣概。

她原本認定學校生活是很痛苦的，必須跟合不來的人在一起做毫無興趣的事，度過無意義的時間；而同學也跟她一樣，只是在等待時間流逝。這樣的教育制度有什麼意義？凪津一直懷抱著鬱鬱寡歡的心情，只為了避免出社會時吃虧而好好讀書，希望能夠進入升學率高的高中。

對於這樣的凪津而言，圓明學園高中學生充實的表情、與老師之間的距離、鼓勵自發性的自由校風，帶給她很大的衝擊。她也去過其他高中的學園祭，但沒有感受到像圓明學園高中這樣充滿活力的氣氛。

她決定要上這所學校。

不過當她告訴母親，母親卻面有難色，對她說這所學校的學費太貴，希望她可以上公立學校。凪津說服母親，說她會拿獎學金上學。而當她順利考上時，母親並沒有為她高興。

在這所特地拿獎學金進來的學校，她是否充分享受了校園生活呢？

凪津進入生物教室，聞到室內殘留著強烈的藥品氣味，不禁皺起眉頭。她無法忍受而打開窗戶，夏天的熱氣便乘虛而入。熱氣的氣勢相當驚人，不到幾分鐘，室內氣溫就跟外面幾乎沒有兩樣。她滿身大汗，再度關上窗戶。雖然比剛剛好一點，不過室內仍舊殘留著氣味。

她打開手機ＡＰＰ「Gene Innovation」，檢視今天早上收到的基因檢測結果。上面詳細記載著癌症與成人病的風險、什麼因素容易導致什麼樣的肥胖，並以易懂的方式說明對策。

凪津雖然一條條閱讀，但是她對這些項目並沒有興趣。對於高中生來說，癌症和成人病並沒有現實的迫切性。在這些項目中，她最感興趣的就是自己的祖先來源，不過因為上面有太多專業術語，因此她無法完全理解。

「真抱歉，讓妳久等了！」

老師一走進生物教室，就說「裡面好熱」，並降低空調的設定溫度。

「對了，妳期末考考得很好。跟期中考一樣，每一科的成績都很高，尤其是生物特別高分。」

兩星期前的期末考分數要等到第二學期才會收到。凪津雖然感謝老師提前告訴她結果，不過也擔心身為老師這麼做會不會有問題。

她的生物成績之所以很好，要多虧 Alternate 的新功能「GeneMatch」。考試範圍剛好包含基因的部分，凪津很快就吸收她過去完全沒興趣的遺傳學相關資訊。她無法滿足於考試範圍，甚至還預習了生物課本，並開始閱讀專門書籍。即便如此，這些資訊仍不足以全面解釋「GeneMatch」。

老師脫下外套，捲起袖子，用水沾溼抹布擦桌子。

「明天這裡就要借給當地的志工。他們要為小孩子舉辦實驗活動，所以我必須整理才行。對了，妳想要談什麼？」

「老師，妳喜歡基因嗎？」

「基因？嗯——我不知道自己喜不喜歡，不過這是很有興趣的主題。」

「最近 Alternate 新增了藉由基因判斷速配度的功能。」

「我在網路新聞上看到了。」

「老師，妳對這件事有什麼看法嗎？」

「GeneMatch」很快地成為話題，最近常常出現在網路新聞上，不過也有不少專家批評它缺乏科學根據；此外要在「Gene Innovation」註冊帳號、檢測基因也要耗費工夫，因此實際利用的使用者不多，一般認為「GeneMatch」失敗了。不過瓜津仍舊無法拋棄對「GeneMatch」的期待。

「嗯，藉由基因判斷速配度……」

「啊，我來幫忙。」瓜津伸出手，老師就說「真的？謝謝妳，拿去吧」，把手中的抹布交給她。

接著老師拿出另一條抹布，繼續說：「這個點子的確充滿夢想，不過光憑基因，真的能夠找到完全契合的對象嗎？」

「聽說有一種叫作人類白血球抗原（HLA）的基因，會跟荷爾蒙有關。」

「妳懂得真多。」

「它會影響到身體的氣味。據說大腦會追求和自己的HLA關係較遠的人，以便留下免疫力更高的子孫。」

「那一排還沒有擦，拜託妳了。」

笹川老師擦完桌子之後，接著又開始擦陳列骨骼模型、玻片標本的標本櫃。

「關於這一點也很難說。就生物學上來看，或許是有可能的，但是速配度應該不只是這樣吧？妳願意接受只為了留下優秀子孫的速配度嗎？」

「如果在生物學上是正確的，那麼我願意接受。我反倒覺得，光憑外表就喜歡上對方這種理由太過模糊，也很危險。」

「哈哈哈，妳說得真直接。」

凪津擦完桌子之後，在白板附近的水槽洗抹布。

「我認為關於HLA的說法仍舊只是假說而已。」

「不過已經有實驗證明了。那是利用T恤做的實驗。」

「那個實驗也很奇怪。」

一九九五年，瑞士動物學家在一場實驗中，找了四十四名男性連續兩天穿同一件T恤，然後找四十九名女性來聞T恤，調查她們的反應；結果幾乎所有女性有好感的氣味，都屬於HLA和自己相差甚遠的男性，而據說這是為了避免近親交配的生物本能的系統。

「雖然聽起來好像很有道理，但是從這個觀點來看，我覺得這樣的系統與其說是為了找到速配度高的對象，不如說是為了排除速配度低的對象。話說回來，妳心目中理想的速配度是什麼樣子？」

「我認為是合理而能夠持續的關係。」

凪津拉了一張前方的椅子坐下來，繼續說：「雙方利害關係完全一致，即使是個性上有問題的部分，也能夠彼此完全契合，兩人都是對方獨一無二的對象。如果有那樣的人，應該就可以永遠在一起了。」

「可是人是會變的，也可以說是不定形的。要為妳的條件尋求生物學上的佐證，應該會很困難。」

「也許吧。不過如果是利用像 Alternate 這麼龐大的資料的ＡＩ，或許可以得到很接近的結果吧？譬如可以長久在一起的夫妻傾向，ＡＩ應該懂得比人類還多。」

「的確，不過那只是統計和機率理論罷了。」

「老師，妳好像對這個理論抱持否定的態度。」

「大概是因為我覺得生物沒有那麼簡單。對了，我有個東西想要給妳看。」

笹川老師把手伸進剛清理完的櫃子，從裡面拿出筒狀的容器。那似乎是泡福馬林的標本，裡面是褪色的動物。凪津即使從遠處看也覺得噁心，不禁把視線移開。

「別那麼害怕，不要緊的。這是我製作的貓的浸液標本。」

笹川老師說完，把福馬林標本的瓶子放在凪津面前。那隻貓非常小，不過引起凪津注意的，不是宛若小玩偶般的尺寸，而是形狀怪異的頭部。

「這是在我老家誕生的五隻貓當中的一隻——不對，應該說是兩隻比較正確。」

貓的頭部一分為二，有兩張臉，也有兩副眼睛、鼻子、嘴巴、耳朵，脖子以下卻只有一隻，讓凪津聯想到子葉。

「這是我的珍寶，名字是拉利和巴利。」

貓在瓶中稍稍晃了一下。

「牠們剛出生就死掉了。我媽媽覺得很噁心，想要立刻埋起來，可是我不知為何卻深深受到牠們吸引，無論如何都無法拋棄牠們，於是決定泡在福馬林裡。」

凪津聽到笹川老師這麼說，內心有些害怕，不禁往後退。

「看著牠們，就讓我想到很多事。比方說無法順心如意的事，或是生命的複雜性。

我會想到科學無法解釋的問題還有很多，而自己是多麼渺小——雖然是很陳腔濫調的想法，不過的確會讓我陷入那樣的思考迴路。」

不論遇到不愉快的事或高興的事，笹川老師都會告訴拉利和巴利。凪津雖然覺得這種行為像玩洋娃娃般幼稚，不過自己使用 Alternate 似乎也有異曲同工之妙。

「連大自然也不完美，我相信人類更是無法超越自然。所以我對於利用基因判定速配度之類的，也感到懷疑。」

接著笹川老師又說，「這件事妳要替我守密，畢竟有很多人大概無法理解。要是被家長或其他老師刁難，也會很麻煩」，然後把拉利和巴利放回櫃子裡，問凪津：「妳已經進行基因檢測了嗎？」

「是的。」

「給我看看。我很好奇他們是怎麼分析的。」

凪津雖然有點不好意思把自己的基因分析結果拿給別人看，不過笹川老師也給她看了自己的祕密，所以她也很難拒絕。她猶豫之後，還是把結果顯示在手機上，拿給笹川老師看。

「哦，原來是這樣寄來的。」

老師端詳了好一會，喃喃地說：「妳的單倍群是B群的。」

「啊，我不太懂那是什麼。這個『粒線體單倍群』到底是什麼？」

凪津指著這個項目，笹川老師便說「喔，這個啊……嗯，該從哪裡談起呢」，然後走到白板前，粗略地畫了世界地圖。

「現代人類是從智人演化的，根據粒線體DNA分析的研究，智人比較有力的說法是在非洲誕生的。粒線體DNA不能從父親遺傳，只能從母親遺傳，所以追溯到底就會找到『粒線體夏娃』這位女性。今日的人類據說就是由這位『粒線體夏娃』衍生的三十五位母親的子孫。」

笹川老師以非洲大陸做為起點，畫上分歧的箭頭。凪津張開嘴巴，輕輕地念「粒線體夏娃」。這個詞不知為何感覺有點浪漫，讓凪津暗自聯想到波提切利的畫作《維納斯的誕生》中的裸女。

「大概就是像這樣，從非洲分散到全世界。每一類群的『誕生時期』、『地點』、『移動路徑』都不一樣。」

分歧的箭頭有幾條集中到日本。

「日本人當中，大約有九十五％歸類在以三十五人中的九人為起源的『單倍群』。也就是說，是從這九條路徑之一來的。調查基因，就可以知道自己屬於哪一類群。妳是屬於B。」

笹川老師說「妳等一下」，走出生物教室，過了一陣子又回來，翻著一本書向凪津說明她所屬的單倍群。

老師說，單倍群B是在大約四萬年前誕生於東南亞，被認為是最早到達日本的移民。

「據說日本人大約有十五％屬於這個類群。另外在美洲大陸、或是環太平洋的島嶼也有很多，譬如夏威夷的原住民有九成屬於單倍群B。也就是說，這個類群是渡海擴散到各地的。」

「當時的人怎麼渡海？」

「應該是划獨木舟吧。真是勇猛堅強的精神。」

凪津在這個瞬間，產生了自己在渡海旅行的錯覺。

空無一物的四周，只有永無止境的海平線，有時會遇到驚濤駭浪，擔心這趟旅程永遠不會結束；即便如此，仍舊憑藉太陽與星星的位置計算方位，拚命划著木槳往東航行。最後終於看到一座小島。那裡是只屬於自己的島嶼。樹上結著果實，地面湧出水，百花盛開，鳥在鳴叫。

我要在這裡生活。我獨自一人找到一直在追求的桃花源。

*

凪津離開生物教室回到教室，完成連結「Alternate」與「Gene Innovation」的設定。接著她用「GeneMatch」來檢索。她原本預期螢幕上會一直閃爍「matching now…」的文字，而她在等待結果時心跳會越來越快；不過實際的檢索過程卻出乎意料地迅速。

名單依照百分比數值，由大到小依序排列。

凪津不禁懷疑自己的眼睛。

這個數字令人難以相信，甚至讓她懷疑會不會是錯誤。

至今為止，她找到的速配度再怎麼高，也只有六十幾％。她在網路上看過據說曾出現過七十％以上的數字，不過這些留言都不太可信。九十二％這種驚人的數字，當然更是絕對不可能出現。

列在最上方的男人名字是「桂田武生」。

九十二・三％。

第二名是七十九・五％，第三名是七十八・一％。七十幾％的結果還有十二個，六十幾％則多到幾乎數不清。

只有桂田武生的速配度高到其他人完全比不上。由於太缺乏真實感，凪津呆了好一陣子。

數字這麼高的對象，應該立刻追蹤才行；然而當對象實際出現在眼前，她卻遲遲無法動手指。使用這項功能的人應該很少，所以再等段時間，或許會出現更好的數字。不過如果還沒出現，這個人就遇到好對象怎麼辦？更何況對他來說，自己未必是第一名。

各種念頭在凪津腦中旋轉。想再多也沒有用，因此她便豁出去追蹤對方。

他會同樣地追蹤自己嗎？如果被置之不理怎麼辦？要是只有自己一頭熱，感覺不是很蠢嗎？

正當凪津對自己多慮的個性感到受不了，她的手機響起輕快的鈴聲。螢幕上顯示通知：「妳已經和桂田武生連結了！你們可以直接聯絡對方！」

9 衝動

尚志回到大阪之後，幾乎所有時間都躺在床上。

由於他無法使用Alternate，因此高中時常常在一起玩的夥伴也很少聯絡了。剛退學的時候，他們還會透過電話和簡訊交談，不過或許是因為感到不方便，次數就逐漸減少，彼此也不再見面，因此尚志不知該如何打發時間。他不知道沒有Alternate該如何度日，又沒有精神去做任何事情，打工也越來越常缺勤，唯一在做的事就只有聽音樂而已。

對於這樣的尚志，祖母和弟弟似乎都沒有特別在意。祖母平常總是和住在附近的朋友出門，剛升上高中的弟弟過著充實的生活，似乎也不想被無精打彩的哥哥影響，盡量避免接近他。

尚志也沒什麼食欲，連續兩個月都很少吃東西。他想要難得練一下打鼓，拿起鼓棒卻無法施力，光是敲打面紙盒就掉了好幾次鼓棒。

他想試試看能夠發出多大的聲音，但他的聲音卻出乎意料地乾枯，很難想像是自己的聲音。陽光從緊閉的窗簾縫隙透進來，只照亮他臉孔的下半部，就好像聚光燈打在他嘴巴上一般。

他突然對這一切感到厭惡，撿起鼓棒走出家門。在這個他從出生後住了十七年、已經熟知每個角落的地區，他的雙腳仍自然而然走向去慣的地方。他用手中的鼓棒敲打電線杆、欄杆和灌木，在夕陽西斜的街道上持續前進。

商店街沒什麼人，拉下的鐵門上積了灰塵的店家也不少。即使是營業中的店，探頭進去也看不到人影，必須進入店內呼喚才有人出來。即便如此，到了晚上酒家和酒吧開始營業，酒醉的人還是會讓這裡稍微熱鬧一點。他們從喉嚨吐出溫熱的空氣，藉由暫時性的興奮假裝忘卻痛苦。

小時候他覺得這樣的街道很有趣。或許就像在逛動物園，藉由觀察得到樂趣。然而隨著他的年齡開始接近大人，他開始無法裝作事不關己。也許他有一天也會變得跟那些人一樣。

他想要逃跑。他以為只要到東京見到豐，就能產生改變；然而他的孤獨比去東京之前更嚴重，虛無感淹沒他的全身。

他走出商店街時已經汗流浹背。很久沒洗的T恤散發刺鼻的臭味。他心想：這就是從我流出的體液濃縮的氣味嗎？這個氣味就好像自己的鬼魂。他彷彿被這個鬼魂引導般向前走，不久之後就看到那棟住商混合大樓。

夕陽餘暉反射在柏油路面，讓鬼魂的濃度變得越來越高。

他已經五年沒來這裡了。勝男死後，那家店殘留了好一陣子。由於勝男沒有親屬，因此收拾「Bonito」應該是大樓屋主的責任，但他因為嫌麻煩，遲遲沒有辦理手續。與店主熟識的常客趁這個機會，以「敬酒」為藉口到這裡喝剩下的酒。因為可以喝免費的酒，店主已故的店裡呈現從前想像不到的盛況，不過這樣的狀況並沒有維持多久。當酒都喝光之後，「Bonito」剩下的就只有空瓶和樂團用的樂器。

尚志在那裡繼續打鼓。在豐與勝男都離開的「Bonito」，他默默地打著節奏。狂暴的鼓聲迴盪在灰塵飄舞的室內。

不久之後，連鼓都不見了。據說是屋主賣掉的。有傳言說，屋主用賣掉鼓的錢清掃店內，打算尋找新的租客，但實際上那套鼓似乎沒換到多少錢。

尚志走上二樓，看到懷念的狹長走廊。他眼前彷彿浮現晃動著書包、在走廊上奔跑的自己和豐。尚志能夠清晰地重現兩人的身影。

「Bonito」的招牌已經被拆下來。骯髒的牆壁上，只有那個部分是突兀的白色。門雖然關著，不過尚志轉動門把，門就打開了。他踏入漆黑的室內一步，尋找電燈的開關。他按下開關，但沒有反應，只聽到細微的「啪、啪」的聲音。吸收一切光線的黑暗延伸到裡面，彷彿沒有盡頭。

即使看不見，他也知道，裡面跟當時一樣空無一物，一定也沒有清掃。

他走出住商混合大樓，走向三年前成立的大賣場。他常聽人說，就是因為蓋了這座大賣場，商店街的客人才會流失；他甚至曾在大賣場內看過有人如此抱怨。

雖然是平日，不過賣場有許多帶小孩來逛的客人，到處都可以聽見小孩子的聲音。尚志搭乘電扶梯到四樓，進入唱片行試聽音樂。設置在入口附近的新專輯區，寫著「即將走紅的另類樂團」。這個樂團的成員有主唱、吉他手兼主唱、貝斯手、鍵盤手、取樣（sampler），沒有鼓手。

他走出唱片行，前往斜對面的「柏木樂器行」。

「柏木樂器行」的店面橫向很寬，顯得相當開放，即使從通道也能看到誰在裡面。今天店內有些闔家來逛的客人，以及穿制服的國高中生，另外也可以看到三河在店內招呼客人的身影。

三河一看到尚志，就舉起手對他打招呼：「好久不見。」

「我最近很忙。」

柏木樂器行陳列各式各樣的樂器，有廉價電子琴、吉他、貝斯、烏克麗麗，另外也有薩克斯風、小喇叭等管樂器。不過各種樂器的種類很少，屬於以初學者為對象而不是專門的店。

「三河，我可以敲敲看嗎？」

或許是因為沒其他地方擺，不太常賣出去的爵士鼓放在店中央的位置。雖然可供購買，但因為所有人都能試打，因此傷痕累累，與其說是商品，不如說是娛樂用器具。

「好啊。店裡也有客人，你就像平常一樣打鼓吧。」

「Bonito」結束營業後，尚志常常到「柏木樂器行」打鼓。他從這裡剛成立的時候就常來，因此跟店長及店員三河都很熟。三河比他大五歲，又跟他念同樣的國高中，因此特別照顧他。沒有客人在的時候，他會讓尚志在不造成困擾的範圍內自由打鼓；即使有客人在，有時也會以「客人喜歡的演奏」為條件允許尚志打鼓。尤其是在國中時，因為尚志的臉孔還很稚嫩，與熟練的打鼓技巧形成很大的對比，常常引來店內客人的掌聲。也就是說，這套鼓上面的傷痕幾乎都是尚志造成的。

他把自己的鼓棒放在敲打過許多次的疊音鈸旁邊。光是這個動作，就讓他紛亂的腦袋逐漸恢復秩序。

他輕輕敲了一下。清脆的金屬聲宛若打水漂的石頭般，一路彈到遠方。僅僅這一聲，對此刻的尚志來說感覺就無比溫柔。接著他用鼓棒打出「一、二、一、二、三」的計數。

在中意的前奏之後，他以有些緩慢的速度敲打最早學會的八分音符節奏。他任憑節奏引導，完全投入在打擊聲中。不久之後，節奏變成十六分音符，每當穿插一段即興演奏，就會變化強弱，嘗試種種不同的音色。店內的客人和走道上的人都頻頻看他，但尚志完全不在意，毫無雜念地在從自己溢出的節奏之海中游泳。

——今後我也會永遠是你的粉絲。

這是什麼鬼話。

——我真的很羨慕你。

什麼鬼話。

——或許是來自於無法得到滿足的需求。

他的確完全無法得到滿足。他總是感覺很空虛，不知何時才能填補這個空洞。

豐那副放棄抵抗的表情在尚志腦中無法揮去。

那傢伙為什麼變成那麼無聊的人？他以前應該會說些更貼心的話才對。搞什麼！只會用無聊的表情說出無聊的話。搞什麼！搞什麼！

尚志突然停下手腳的動作。

原本浮游的節奏冷不防地消失，讓觀眾的表情起了變化。雖然只是鼓聲停下來，但大賣場的一角卻出現緊繃的氣氛。

他原本能夠放鬆力氣打鼓，但手腳卻忽然開始不規則地顫抖，身體好像被綁住般難以活動。

有人在壓住他。一定是剛剛那個鬼魂。

尚志彷彿要擺脫鬼魂般，不顧身體的顫抖，使勁敲響碎音鈸。這是具有破壞性、彷彿要瞬間摧毀建築物的爆炸聲。

他又敲了一次，接著再敲一次。單發的破壞聲響連結在一起，就成了節奏。

他用全力敲響開放的腳踏鈸、小鼓、大鼓，震耳欲聾的聲音讓聽的人皺起眉頭。尚志想要大音量而刺耳的敲擊聲。他甚至不在乎自己的耳朵壞掉，最好連手腳、全身都彈開。

痛苦程度雖然越來越嚴重，但他卻無法停下手腳。他的動作就好像天真無邪在破壞東西的小孩子，鼓聲的豪雨逐漸變得讓人無法忍受。

在節拍的另一端，有人在呼喚他：「尚志！」

這也是鬼魂嗎？

他被抓住肩膀，但仍舊無法停下來。他投入剩餘的所有力量，敲響銅鈸。

「尚志！」

他閉上眼睛，身體好像只剩下手和腳尖。當他想像到只有四肢的動物，不禁笑了一下。在這個瞬間，他感到身體突然飄了起來。即便如此，他仍舊把手伸向鼓，但很快地就被推向後方，背部撞在牆壁上。

「你在幹什麼？」三河探頭看他的臉，眉間擠出皺紋。

「你……在幹什麼？」

三河又問了一次，這回的聲音比剛剛溫柔一些。

＊

尚志被帶到柏木樂器行的辦公室。三河讓他坐在折疊椅上，叫他「休息一下」。三河沒有問他任何問題，只說「你要待多久都沒關係」，然後回到店內。

辦公室很安靜，令人難以想像是在樂器店內，只聽見通風扇以一定音程旋轉的聲音。尚志不久便睡著了，直到店要打烊的時候才被叫醒。當他張開眼睛，心情異常平靜。

他對三河說「今天很抱歉，造成你的困擾」，然後離開大賣場。

商店街稀稀疏疏地亮著燈，從餐飲店的門縫傳來笑聲。尚志用帶在身上的鼓棒敲了這家店的門，發出銳利的「鏗」的聲音，裡面立刻有人走過來。尚志連忙拔腿跑回家。

在回程的路上，他看到祖母的身影，但他並不想要叫住祖母。他保持一定的距離，跟在祖母後方走回去。

他從建築外面望著祖母走上公寓四樓，想起父親曾說過「這棟公寓沒有電梯，所以比較便宜」。祖母顯得很辛苦，不時在樓梯之間的平臺休息，然後又緩慢地往上爬。

他等到看不見祖母的身影之後，才開始爬樓梯。來到家門口，從稍微打開的窗戶可以聽到裡面的聲音：「咦？尚志不在嗎？」

「我回到家的時候，他已經不在了。」

「他去哪了？」

「我怎麼知道。」

「他明明一直窩在家裡，可是又突然不見了，真是個怪小子。晚餐要吃什麼？」

祖母在窗戶旁邊的水槽洗手，問尚志的弟弟：「我來做炒青菜吧？」

「好啊，我可以放到泡麵裡吃。」

尚志聽到打開冰箱的聲音。聽過無數次的日常生活的聲音清晰傳來，雖然看不見室內景象，兩人的動作仍舊彷彿歷歷在目。

祖母邊切菜邊說：「他願意出門，就值得高興了。我本來還在擔心，要是他今後一直待在家裡怎麼辦。你應該也有跟豐哥哥談過吧？」

「有啊。我有說過，『不要給哥哥錯誤的期待』。」

敲在砧板上的菜刀節奏不太穩定，讓尚志有些在意。

「他會不會誤解了你的意思？」

「應該不會吧？」

「你是怎麼跟他說的？」

「我告訴他，『哥哥連高中也沒上，只顧追求組樂團的夢想，還說要到東京找豐哥哥，所以請你明確地拒絕他』。」

「那他說什麼？」

「他笑著說，他得繼承父親的衣缽當醫生，所以沒有空閒時間。」

喀喀喀、轟！瓦斯爐點著了火。

「那是尚志去見豐之前的事吧？他們見面之後，豐有沒有跟你說什麼？」

「有啊，他說：『我已經說清楚了。』他也說，他有叫哥哥『不要再打鼓，去找工作吧』。」

——尚志，你繼續打鼓吧。我哪天會去聽你演奏。

「這麼說，尚志是把這句話當真，才那麼沮喪吧？」

蔬菜被丟進加熱的煎鍋裡，水分釋放到空氣中。水蒸氣從窗戶縫隙溢出，飄到夜空中。原本靠在牆上偷聽他們對話的尚志蹲下來，抬頭看水蒸氣飄上去。天上有三顆不知名的星星在閃爍。

他把視線移到前方，透過柵欄看到街景。街上的燈光很稀疏，只有商店街的路燈沿著街道亮著。馬路上沒有車子，紅綠燈卻兀自從綠燈轉為黃燈、紅燈，然後又轉為綠燈，一再反覆。尚志心想，這裡果然是鬼魂的城市。

他們在尚志不在場的地方交涉，告訴他的卻是跟交涉結果不一樣的內容。大家都像這樣邊說謊邊談論他的事。尚志並沒有感到錯亂。他覺得這一切反正都是鬼魂的勾當。不過他不能一直跟鬼魂廝混在一起。趕快超生吧！拜託！

「尚志差不多也該回來了吧？」
「應該吧。已經很晚了。」
「要不要多做一份？」
「嗯。」
「那就替他加點肉吧。」
「為什麼只有哥哥可以吃肉？」
「有什麼關係？今天比較特別。」
「好吧。」
「我要一展身手，做特別好吃的料理。」
「我的份也請妳一展身手吧！」
兩人的笑聲隨著水蒸氣從窗戶傳出來。兩人在等的是尚志不認識的人物。

10 預感

「我差不多已經決定了。」

蓉把列印出來的社員郵件一一用磁鐵貼在白板上。紙上的內容是使用無花果製作的料理照片和做法，以及製作這道料理的用意。大輝、笹川老師和去年的社長澪仔細閱讀每一則郵件。

蓉已經全部讀過，因此在貼完之後就靠在後方的流理臺。

澪目前就讀圓明學園大學文學院，在此同時為了學習料理，除了幫忙家裡經營的餐廳之外，也在另外幾間餐廳打工，時間絕對不算充裕；不過她在畢業之後仍舊關心蓉，兩人常常彼此聯絡。前幾天蓉告訴澪，她今年也打算參加《一人份美食》。

澪對她說：「妳有任何問題都可以找我商量。」

蓉便拜託她「我希望妳能跟我一起挑選搭檔」，澪很爽快地答應了，於是今天就趁學業與工作的空檔特地過來。

從烈日下的操場傳來足球社員激烈的喊聲，與料理教室的寂靜形成對比。

「這些幾乎都是甜點。」

澪大致看過一次，憑獨斷把淘汰的料理取下來。

「就算是甜點也沒關係，不過條件是不能太老套。」蓉邊說邊離開流理臺。

她向全體社員徵求參加《一人份美食》所需的無花果料理，但交上來的幾乎都是沒什麼花樣的蛋糕、水果塔、派、果凍等甜點。

大輝交叉雙臂說：「惠未的料理不錯吧？不過她好像不打算參賽？」

「嗯，我原本以為最後大概還是會跟惠未搭檔，結果被她拒絕了。不過她還是替我想了料理內容。」

蓉原本以為同樣是三年級、經驗又豐富的惠未是最有力的人選，可是她寄來的郵件上卻附上一句：「我不打算參賽，對不起。」蓉不用問也知道她的理由。她一直在最近的地方看著受傷的蓉。

「就算惠未有意參賽，我也不會選她。」

澪把惠未的料理也取下來，用嚴厲的口吻這麼說。蓉也和她有同樣的看法，因此鬆了一口氣。

惠未的料理採用越式三明治「餅麵」的風格，在法國麵包中夾了無花果、肝醬、生火腿、洋蔥片、香菜，並且用魚露和辣椒醬調味。不是甜點這一點很好，可是卻缺了點趣味，感覺只是把自己喜歡的食材搭配在一起，用自己擅長的方式來製作料理。

「妳選的是她吧？」澪指著唯一留在白板上的料理。

「是的。」

大輝探頭看料理內容，然後說：「沒想到她竟然會想出這麼大膽的點子。真的不能以貌取人。」

笹川老師說：「這個女生的考試成績沒有很好，不過或許對於自己喜歡的東西，就能夠全心投入吧。」說完她立刻摀住嘴巴說：「當老師的不應該說這種話才對。」

這道料理是一年級的山桐惠美久提出的。她的郵件標題是「無花果壽司」，照片上除了無花果之外，還有檸檬、柳橙壽司。色彩繽紛的照片很可愛，不過乍看之下會覺得是有些幼稚的點子。

然而惠美久在郵件正文內寫的料理意涵卻很吸引人。

——這道料理是從我喜歡的一首詩得到靈感。這是烏拉圭詩人璜娜·伊芭波露（Juana de Ibarbourou）的詩。

接著她引用了這首詩。

無花果樹

因為表面粗糙不平，
因為樹枝的色彩黯淡，
我為無花果樹感到可憐。

我的農園種植著一百棵美麗的果樹。
豐潤的李子樹，
筆直的檸檬樹，
長出嫩芽的柳橙樹。

到了春天，
在無花果樹的周圍，
每一棵樹都長出花朵。

可憐的樹顯得很寂寞。
扭曲的樹枝
絕對不會長出密實的花蕾⋯⋯

也因此，
每當我經過她身旁，
就會盡量用溫柔、愉快的
口吻對她說：
「在果園的所有樹木當中，
無花果樹最美麗——」

如果她能夠聽見我的聲音，
能夠理解我說的話，
那麼樹木善感的靈魂中，
一定會蘊藏深刻甜美的喜悅。

到了晚上，
當微風吹過樹梢，
她大概會因為太高興而炫耀：
「今天有人說我很美麗。」

璜娜．伊芭波露
齋藤文子譯

——我很喜歡這首詩。每次讀這首詩時，就會受到鼓舞。

無花果的花從外側是看不到的，據說也因此才稱作無花果。樹木的外觀雖然不起眼，但卻蘊藏著美感。

所以我想到要用無花果製作像花一樣漂亮的壽司。而且不只是無花果，我還打算用詩中提到的李子、柳橙、檸檬來做壽司，然後透過擺盤，讓無花果成為主角。

或許有人會排斥米飯跟水果搭配，不過每一種水果的搭配都會經過設計，無花果壽司的米飯會加入橄欖油——

接著是關於每一種壽司的說明。

照片中的無花果壽司上有玫瑰花形狀的裝飾，使用生火腿、起司、羅勒等一般認為很搭的食材重現花朵。其他水果壽司的做法，也都發揮了各自的特色。

問題當然很多。就如惠美久自己說的，也有人不喜歡水果和米飯的搭配。而且無花果的果肉很軟，如果要切成薄片、捲成花的形狀，就必須要用具備挺度的東西來支撐。在這道料理中，她是把無花果放在生火腿上，不過這一來尺寸就會相當大，少說也有十公分左右，要稱為壽司有些勉強。大輝看到照片就說：「這樣子看起來比較像是散壽司。」

澪聽了也說：「其實不用勉強做成壽司，做成燉飯之類的會比較好。」把偏硬的燉飯用模具做出形狀，然後在上面裝飾無花果做的花朵，感覺的確不錯。

像這樣會讓人想要提出種種新點子的，就只有惠美久的料理。最重要的是，她的創意讓蓉感到驚訝。從這首詩想到要用水果製作花壽司，這樣的靈感是蓉怎麼想都想不到的。

「先不管各種細節，我認為她是必要的人選。蓉，妳跟這種想法靈活的人搭檔，一定會得到好成績。」

「可是惠美久的刀功、技術都有些問題。速度不是也很重要嗎？」

「這一點要由妳來支援。搭檔要互相幫助才行。」

不過蓉真正在意的不是這一點。

參加《一人份美食》時，搭檔之間的信賴關係很重要，然而惠美久卻是與蓉距離最遠的人物。製作韓式煎餅的那一天，就是她質問蓉「不能做正統的料理嗎」。蓉面對她的質問，不禁也用高壓的態度回答，在那之後兩人的關係就變得很尷尬。後來也發生過幾次類似的情況，也因此，其他料理社員都盡量不讓兩人不小心靠得太近。

然而《一人份美食》的期限已經迫在眉睫。蓉心想，要追求冠軍，就不能繼續逃避惠美久，因此事先約她到這裡。

到了約定時間的下午一點，山桐惠美久準時出現。穿著制服的她把染成淺色的頭髮綁成馬尾，髮梢很仔細地燙捲，眼線從眼尾往上延伸，看樣子正享受著暑假限定的打扮。

「有什麼事嗎？」惠美久抬起下巴，慵懶地問。

蓉事先只告訴她有話要跟她說，請她到學校來，並沒有說明目的。這是因為如果大輝、澪和笹川老師主張其他社員比較好，那麼就未必會選她當搭檔。

「我們認為妳的料理最好。」

蓉率直地告訴她。跟惠美久說話的時候，採取開門見山的方式應該會比迂迴戰術好些。蓉又繼續說「在場的所有人都這麼想」。惠美久聽到了，臉上突然露出高興的表情。不過她看的不是蓉，而是澪。

「妳是多賀澪學姊吧？」

「是啊。」澪困惑地回答。

惠美久激動地湊近她說：「我是妳的粉絲！我看了好幾次的《一人份美食》，因為太崇拜妳，才選擇進入這所高中。我可以稱呼妳為澪學姊嗎？」

澪感到不知所措，但還是說「我覺得妳的料理很有意思」，惠美久便摀住嘴巴，用好像隨時要哭出來的聲音說：「沒想到我竟然能獲得澪學姊的稱讚……」她的反應跟平常的形象完全不同，熱誠的模樣讓蓉啞口無言，不過另一方面她也覺得可以理解。

蓉挺直背脊，正式對她說：「就是這樣，所以我希望妳成為我的搭檔，一起報名參加『一人份美食』。即使妳不喜歡我也沒關係，妳願意跟我一起參加比賽嗎？」

惠美久第一次參加社團活動時，離去前之所以說那些話，想必是因為她是澪的粉絲。澪去年挑戰最後一次的《一人份美食》時，她一定很希望澪能夠得到冠軍。蓉毀了澪獲勝的機會，因此惠美久敵視蓉也是可以理解的。

「我並不討厭新見學姊。畢竟妳是澪學姊選的搭檔，也因為有妳在圓明學園高中才能進入決賽。我現在能夠跟妳一起參加社團活動，也覺得很光榮。」

「可是妳說我是不會冒險的人。」

「那是因為……」

惠美久扭曲著臉，低下頭。

「我原本希望進入社團之後，一定要跟妳成為好朋友，也很期待見到妳。進入社團之後，我立刻註冊 Alternate，尋找學姊的帳號，結果卻發現妳沒有使用 Alternate。我知道這樣很任性，可是我感到好像遭到背叛，另一方面又覺得果然如此，並且和那場決賽聯想在一起……」

她說到這裡把手放在胸前說：「很抱歉我說了那麼過分的話。」相對於注重打扮的外表，她的指甲並沒有做任何處理。蓉想起第一次跟她說話那一天並非如此。

「我沒有想到妳有這樣的想法。真抱歉。」

「請不要道歉。都是我太任性了。」

兩人雖然這麼說，但長久累積的心結當然不可能立即解開。蓉雖然理解了惠美久的說法，不過她之前的舉止態度仍舊非常誇張，而且只因為沒有使用 Alternate 就被懷恨到這個地步，也讓蓉感到有些莫名其妙。

在這樣的狀態下，要在《一人份美食》獲勝可以說是痴人說夢。蓉思索著是否應該由自己主動原諒對方，但這樣的想法感覺也有些傲慢。

就在蓉煩惱的時候，大輝以樂觀的口吻問惠美久：「那麼，妳願意參加『一人份美食』囉？」

惠美久問：「選我真的沒關係嗎？」

蓉還來不及開口，澪便回答：「我相信只有妳能勝任。」

惠美久聽她這麼說，紅著臉，強而有力地回答：「好的，請多多指教！」

接下來惠美久便談起自己的經歷。她在國二之前完全沒有做過料理，不過在偶然看到《一人份美食》之後，發現到料理的樂趣，在準備圓明學園高中入學考的同時，也開始學料理。話雖這麼說，不過她大多數時間是花在看料理相關的影片、書籍或漫畫，在考上之前只有幫忙做家事程度的料理經驗。照她的說法，她現在的料理技術是放榜之後到暑假之間學會的，成長速度堪稱驚人。

下個星期之前就得填好報名表，寄到《一人份美食》的製作單位。在那之前，必須先改善這道無花果水果壽司，並且在製作中培養團隊默契、提升技術才行。社長的工作就先請惠未和其他社員幫忙，蓉和惠美久將全心投入「一人份美食」的準備工作。澪和大輝也答應有時間會來幫忙。

當惠美久聽到把水果壽司改成燉飯的點子，她便說「原來還有這個方法」並接受了。澪也提出別的建議：「璜娜・伊芭波露是烏拉圭人吧？或許可以加入一些烏拉圭的元素。」蓉雖然贊成這個意見，不過她對烏拉圭料理並不熟，因此決定回去做功課，到下次之前再決定是否要加入。

「惠美久，請多多指教。」

蓉伸出手，惠美久也鄭重地握住她的手，恭敬地說：「好的，請多多指教。」

蓉雖然想要縮短兩人之間的距離，但是惠美久並沒有看她的眼睛，從掌心也感受得到疏遠的態度。蓉邊握手邊思索該怎麼辦，這時料理教室的門突然打開了。教室裡的五個人同時把視線轉向門，看到一名男生戰戰兢兢地探頭進來。蓉看到這張臉感到驚訝，不過先發出驚嘆聲的是惠美久。

「咦？三浦榮司？」

三浦稍稍點頭，說：「大家好。」

惠美久興奮地喊：「天哪！為什麼？三浦榮司為什麼會在這裡？」

榮司沒有理會她，高興地笑著說「妳果然在這裡，太好了」並走進來。

「妳說要參加『一人份美食』，所以我就猜想，放暑假之後妳可能也會到這裡。」

「為什麼？」

「剛剛我差點被警衛攔下來，不過那個人好像有看《一人份美食》，所以我告訴他『我要去料理社打招呼』，他就讓我進來了。安全措施這麼寬鬆沒問題嗎？啊，妳不是這個意思？」

看到蓉不自覺地後退，榮司便搓搓鼻子說：

「我是不是造成妳的困擾了？我在 Alternate 上搜尋妳的名字，想要追蹤妳，可是沒有找到。我原本以為妳一定有在用。」

「所以你才特地過來？」

「嗯，我希望妳可以告訴我聯絡方式。我不希望下次見面要等到《一人份美食》。」

惠美久看到他們的互動，不知誤會了什麼，一本正經地詢問：「你該不會是來偵察敵情的吧？」以及「新見學姊該不會是永生第一高中的間諜？」等等完全狀況外的問題，三浦便說「哈哈，妳會這麼想也是難免的」，並搔了搔太陽穴附近。

「沒這回事。我真的只是單純來看新見同學而已。」

大輝聽了笑嘻嘻地看著蓉。蓉抓住三浦的手臂，先把他拉出料理教室。

走廊比料理教室更熱，不過走著走著，就感覺到從某間教室吹出來的冷氣。走出校舍之後，酷熱的空氣與蟬鳴聲湧向兩人。

三浦擔心地問「外面會不會太熱？」，不過蓉逞強回答：「沒關係。」

他們走出高中校區，往大學的方向走。主要道路兩旁種植著櫸樹，樹下設有長椅，兩人便並肩坐下來。或許是因為走得太快，蓉的心臟跳得很激烈，不過三浦卻一臉淡然的表情，讓她不禁感嘆不愧是男生。

接著兩人陷入尷尬的沉默。在籃球全國高中大賽，以及剛剛在料理教室的時候，三浦都很多話，因此蓉原本以為他會主動開口，不過他卻保持沉默。

直到蓉顯出困惑的表情，他才開口說：「妳現在大概覺得很尷尬吧？對方如果突然不說話，感覺真的很討厭。自己心裡會不斷思索對方現在在想什麼，而且會覺得好像應該主動說些什麼。沉默簡直就是暴力。」

蓉完全無法理解他想做什麼，只覺得他很自我中心，不過他完全沒有愧疚的態度，雙手握在一起伸懶腰。

「好甜的味道。」

「嗯？」

蓉問他：「是香草嗎？」

「啊！」他抬起視線看自己的頭髮。「妳聞到了嗎？我不小心把香草油沾到頭髮上，感覺好像自己變成香草一樣。再加上天氣這麼熱，味道更明顯，真的好噁心。」

蓉露出沉思的表情。

他繼續說：「我中午的時候跟我妹一起做戚風蛋糕。我有個念國中的妹妹。她跟我說想要學戚風蛋糕的做法，所以我就拿出很久沒用的香草油，沒想到蓋子黏住了。我硬是把它打開，裡面的液體就噴出來。我用水沖過頭髮，不過好像還是得好好洗頭才行。油沾到手上也很難洗掉，真的很麻煩。」

蓉想像三浦和妹妹做蛋糕的情景，不禁莞爾。

「對了，下次來吃我的料理吧。」

樹葉的影子落在地面，三浦用腳畫著影子鋸齒狀的邊緣。

「上次妳給我飯糰的時候，我就想要請妳吃我做的料理。」

接著他把腳放在葉子上，像是在嬉戲般移動。

「我吃到飯糰的時候，就覺得妳一定是個好人。做那個飯糰的人或許不是妳，不過我覺得有點像是把妳吃掉一樣。」

蓉嚇了一跳看著他，他連忙修正說：「對不起，這樣講好像很噁心。我沒有別的意思，只是真的這麼覺得。所以我才說，希望妳吃我的料理。」

「那是我做的。」

「果然！」

蟬殼不知從哪裡掉下來。

「我就知道。我可以感覺得到。」

蟬殼宛若迷路般，被風來回吹動。

「三浦，你想被我吃掉嗎？」

蓉開玩笑地問，三浦用有些迷惑的表情說「嗯」。蓉看到他的表情，心想這下不妙，便移開視線。

「這個月、下個禮拜左右，妳哪一天有空？」

三浦拿出手機，顯示電話號碼。

「妳應該至少有手機吧？」

「我只是沒有在用 Alternate，別把我當成原始人。」

蓉打電話給三浦，他的手機上便出現蓉的電話號碼。

「謝謝。一定要來吃喔。」

三浦說完在手機上檢視時間，然後說：「抱歉，我該走了。我原本擔心妳可能不在，所以很高興可以見到妳。下次見。」他揮手道別。

「嗯，再見。」

三浦從大學的門離開。蓉目送他的背影之後，收到大輝傳來的簡訊，除了「他沒有女朋友」的文字之外，也附加了一張螢幕截圖。這是三浦榮司在 Alternate 上的個人資訊。

蓉感覺好像還聞得到香草的氣味，蟬殼則不知道被吹到哪裡去了。

11 執著

隨著目的地接近，電車內瀰漫著興奮的氣氛。車窗外的景象從都會的高樓大廈變成住宅區，建築高度越來越低。車內有個小男孩指著散布在蔚藍天空中的雲朵，笑咪咪地對母親說話。

凪津看到這樣的景象稍微鬆了一口氣，不過馬上又變得不安。

桂田武生住在埼玉縣，就讀當地高中，和凪津一樣是高一。他在Alternate上的照片老實說很不起眼，不會給人留下深刻印象。桂田的個人資訊只有生日，因此凪津無從得知其他資訊；她自己則把喜歡的藝人、討厭的食物等種種瑣事都詳細列出來，還放了其他幾個社群網站的連結。

由於她幾乎公開了所有資訊，因此她感到對自己比較不利。

在雙方連結之後，凪津主動傳訊息給桂田：「有空可以見個面嗎？」回答很快就傳來了：「好的，請多多指教。」兩人傳送訊息的畫面異常簡單。

到這裡都還算順利，但兩人之間的對話很快就中斷了。凪津沒有約會經驗，不知道該如何和對方見面。她等桂田提出建議，可是不論怎麼等，畫面都沒有變化，因此她只好尋求志於李幫忙。

她把桂田的事告訴志於李，志於李便感同身受地替她高興，立刻幫她擬定約會計畫，甚至還提及凪津想都沒想過的未來：「如果你們開始交往，我們就來一場雙對情侶約會吧！」

走出車站，夏季特有的鮮豔色彩映入凪津眼簾，她的內心也稍稍感到雀躍。為了海水浴場而來的觀光客在豔陽下瞇起眼睛，走向海岸。凪津看著手機上的地圖，朝著與人潮相反的方向行走。

約定時間已經過了。凪津雖然是故意遲到的，不過她有些擔心對方會不會感到不耐煩。

過了五分鐘左右，她看到巷子裡「藍度咖啡廳」的陳舊招牌。她走近有點髒的窗戶探視裡面，看到昏暗的店內只有一名戴眼鏡的青年，低著頭在玩手機。他的樣貌和 Alternate 上的照片幾乎一模一樣。

凪津沒有任何深刻感受，不過現實或許就是如此。她彷彿在觀賞水族箱裡的稻田魚般凝神觀察他，結果隔著窗戶與店員對到眼，只好豁出去打開門。

門鈴發出叮噹聲。桂田抬起視線，瞥了凪津一眼，點了點頭，沒有舉手招呼，再度把視線移回手機上。凪津感到好像被對方拒絕，很想退回去，不過還是戰戰兢兢地在他對面的座位坐下。

「對不起，我遲到了。」

凪津開口說話，對方便小聲回應：「沒關係，我正在玩遊戲。」他的聲音比凪津想像的高，帶點鼻音。桌上放了乳褐色的飲料。凪津原本以為是歐蕾咖啡，不過飲料裡可以看到往上漂的氣泡，所以應該是微碳酸飲料。

凪津指著杯子問：「那是什麼？」

他回答：「邱比特。抱歉，可以請妳等一下嗎？」

凪津不了解他的意思，想要繼續追問，但或許是因為沒有玩到告一段落，因此他仍舊以認真的神情玩遊戲，凪津只好等他結束遊戲。在他靈活地移動手指的同時，店員端來水和擦手巾，問凪津「請問您要點什麼」，凪津便拿了菜單。上面的確有列出「邱比特」。

凪津點了漂浮汽水。她邊吃上面的冰淇淋邊看桂田。

桂田的一頭捲髮就好像不聽話的幼稚園童般到處亂翹，瀏海覆蓋到的眼鏡鏡片表面有刮痕，並且因為沾到油脂而霧霧的。鏡片後方的黑眼珠追逐著手機螢幕上的某物而游移。他身上素色的白T恤領口變鬆並垂下來，從領口和袖口伸出的脖子和手臂顯得蒼白而不可靠。

看到他的T恤，凪津想到荷爾蒙實驗。她想像自己用力聞這件T恤的樣子，不禁扭曲臉孔。在個性嚴謹的凪津眼中，桂田的打扮完全不符合自己的性格。如果自己是男生，一定不會變成桂田這樣的外表。不過她還是告訴自己，速配度並不只是看共同點。

凪津把手機放在咖啡桌上，待機畫面顯示著時間。當螢幕變暗，凪津便點一下再度顯示時間。她不知道自己還要等多久。為了避免在意時間，她把手機螢幕翻到下方。最近剛買的手機殼上繪有飛艇的圖案。凪津用手指摸著它的輪廓。

這時桂田突然發出沮喪的「啊啊」的聲音，然後說：「抱歉，讓妳久等了。第一次見面還讓妳等我把遊戲玩完，真是不應該。剛剛因為活動正好開始，所以沒辦法停下來。」

桂田歉疚地縮起肩膀。

凪津問他：「你在玩什麼遊戲？」

桂田把手機螢幕拿給她看。畫面上有許多卡通美少女角色。桂田對她說明：「是由這些女生戰鬥的RPG。妳不玩遊戲嗎？」

「嗯，太複雜的內容我會跟不上。」

「是嗎？我以為在Alternate上使用『GeneMatch』的人一定都喜歡玩遊戲。」他說完喝了邱比特。

「這就是你的目的嗎？」

「啊？」

「你使用『GeneMatch』，是為了尋找喜歡遊戲的同好嗎？」

桂田顯得有些不知所措，游移著視線說：「不是。我只是沒來由地這麼想。」

「那麼是為了什麼？」

桂田摸了摸眼鏡左右兩邊的鏡腳，對她說：「呃，因為我喜歡新的事物？只有高中生能夠使用的『Alternate』對我來說很新奇，所以也想要使用新功能。另外我也想了解自己的基因。」

先前面無表情的他突然說：「我的祖先是來自中國大陸的單倍群D，是日本最多的基因。稻作文化據說就是這個類群帶來的。」

於是凪津也告訴他：「我是單倍群B，據說是從海上來的。」

凪津把冰淇淋壓進汽水裡。氣泡往上冒出來，幾乎要從玻璃杯溢出。

「伴同學，妳為什麼開始使用『GeneMatch』？」

凪津被稱呼為「伴同學」，不禁嚇了一跳。兩人既然連結了，對方知道自己名字也是理所當然的，不過她還是無法接受這個事實。

「因為……」凪津說到這裡停下來，接著冷冷地回答：「等到有一天我想說的時候再告訴你。」

「這樣啊。說得也對。」桂田低下頭。「畢竟我們才剛剛見面而已。」

桂田望向窗外。凪津覺得好像有點對不起他，不過也懷著些許復仇的心意。

她原本認為，由Alternate配對的對象不論是什麼樣的人，到頭來一定會產生戀愛感情，因此第一次見面並不是那麼重要，不過她內心深處還是期待著某種戲劇化的場面。她相信完美的配對一定會自然而然具備那樣的過程。然而桂田的一舉一動不會讓她產生任何心動的感覺，跟學校的男生沒什麼兩樣，甚至搞不好更差。

「桂田。」

桂田被稱呼名字，似乎也有些不知所措。

「你有沒有見過藉由『GeneMatch』連結的人？」

「沒有。妳呢？」

凪津內心並沒有完全冷卻，因此聽見「沒有」感到稍微安心，不過報復心的餘燼讓她說謊：「見過幾個。」

「這樣啊。」

接下來是很長的一段沉默。凪津決定不要主動開口，不過桂田似乎也不打算說話。志於李說她第一次約會是在電影院。根據她的說法，即使不知道該談什麼，只要看電影就能度過時間，看完也可以討論電影內容，對於第一次見面的對象來說非常適合。不過凪津並不這麼想。她認為就是在不知道該談什麼的時候，才能看見一個人的本性。沉默才是對方的本質。

不過她雖然當初意氣昂揚地這麼想，一旦自己置身於這樣的立場，就沒有閒情去檢視對方本性。此刻她只想要把注意力從桂田身上移開。她想要把思緒跳得更遠，去想最近剛發售的化妝品、昨天看到的不擅長游泳的企鵝影片、蘭迪自己拍攝的影片很無聊、觀看次數很少、所以想要找大輝重修舊好……等等，但是每一個念頭都維持不久。

在這段期間，桂田武生就好像被冷凍保存般，一動也不動。

不知道過了多久的時間，也不知道還要繼續像這樣等多久。凪津感到很蠢。她應該立即判斷桂田武生這個人不適合，趕快離開這裡，然而她的心意仍舊被Alternate留住。

「九十二・三%。」

她原本只是在腦筋裡想，沒想到卻不小心說出口。桂田抬起頭看凪津。凪津輸了這場耐性比賽，懊惱地握住拳頭。

她放棄堅持，繼續說：「根據 Alternate 的計算，我們兩個的速配度是九十二．三％。這個數字以平均來看也很高，在我的名單中是最高的。」

「的確。」

或許是因為一直沒有開口，桂田的聲音聽起來有很明顯的口水聲。

「我也一樣。其他人幾乎都沒有到七十％。」

凪津對於桂田的速配度，似乎比桂田對於凪津更為突出。

「這個速配度有 Alternate 龐大的資料支撐，所以應該不會錯才對。不過到目前為止，感覺不是這樣。」

桂田尷尬地用手指搓了搓臉頰。

凪津繼續說：「我們的速配度應該很高才對。我想要知道究竟是怎麼樣的速配。」

桂田明顯感到不知所措，而他這樣的態度讓凪津更加煩躁。

「你為什麼喜歡新的東西？」凪津問。

邱比特的杯子上凝結水珠，把印有店名的杯墊弄溼了。漂浮汽水的杯子也同樣溼溼的。

「我也不知道為什麼。我沒有想過這個問題。」

桂田再度用手摸摸左右兩邊的鏡腳。

「不過，大概是因為可能性吧。」

他似乎在說話的同時思考，因此句子斷斷續續的。

「沒錯。新的東西具備可能性，可以將自己從現在的地點帶到別的地方。過去到現在、現在到未來，基本上是連續的；如果沒有發生特別的事，未來就只會跟現在一樣，可是新的東西卻具有改變未來的可能性。雖然要等到前進之後才知道是好是壞，不過可以成為引爆劑、分歧點。這一來就能變成跟現在不一樣的自己——」

「這麼說，你不喜歡現在的環境嗎？」瓜津湊向前方問他。

「即使到了新的地方，那裡總有一天也會變舊。如果只追求變化，就永遠沒辦法安定下來了。喜歡新的東西，不就代表到哪裡都不能得到滿足嗎？」

冰淇淋完全融化的漂浮汽水變得混濁，感覺髒兮兮的。

「如果想要改變，就不應該寄望於新的東西，應該要自己立刻行動才對。在那邊等著某個人、某樣東西帶來變化，也不能保證能夠順利得到美好的未來。光是期待，不會有任何改變。所以我也一直……」

瓜津說到這裡停下來。她的眼睛變得乾燥，身體熱熱的。她感到焦慮、煩躁，不論說什麼好像都變成針對自己。

「也許吧。」桂田沒有反駁，只是點點頭。接著他用裝傻的表情笑著說：「也許我只是在逃避。伴同學，妳真聰明。」

「這不是聰不聰明的問題。」

跟他說話，就會讓瓜津討厭自己。

「那個……」

桂田的聲音稍微變大。

「妳為什麼要跟我見面？」
「因為速配度九十二・三％的關係。這是最高的數字。」
「可是妳也去見其他人了吧？」
「什麼意思？」
「妳剛剛不是說，透過『GeneMatch』見過幾個人嗎？」
「那又怎麼樣？」
「一般來說，不是應該從速配度最高的人開始約嗎？可是妳第一個沒有找我，而是去找其他人吧？所以我想知道，妳為什麼選在這個時間點來見我。」
凪津沒想到先前隨口說的謊言會在此時被重新提起。的確就如他所說的，這樣或許有點奇怪，但凪津也不想找太複雜的藉口，便冷冷地說：「我同時聯絡幾個數字很高的人，然後依照約定的順序見面。沒有特別的意思。」
「這樣啊。」
接下來是最後的沉默。
過了一陣子，桂田提心吊膽地開口說「妳要不要喝喝看」，把邱比特遞給她。
「這是混合可樂跟可爾必思的飲料，我因為是第一次看到，所以試著點點看，不過滿好喝的。」
接著他又用開玩笑的口吻笑著說，「我果然還是點了新的東西」。凪津沒有心情笑，回答他「我不想要」。桂田說「很好喝喔」，並再度笑了笑，但他的嘴巴微微在顫抖。

凪津在這間咖啡廳和桂田道別。桂田問凪津要不要一起回車站，但凪津只想趕快離開他。

凪津也想過要不要自己去原本計畫的水族館和海邊散步，不過她覺得花這個錢有點浪費，還不如回去看企鵝影片，於是立刻搭上電車。反射著夕陽的海面很美，不過她心想，一定是因為從車窗望出去才會覺得美。有些東西隔著一段距離，會比從近處看更美。

車窗上映著自己的倒影。

她化了妝，頭髮也在美容院做了造型，身上穿的是衣櫃裡最喜歡的衣服。她特地打扮，就是為了讓桂田看到自己最喜歡的一面，但此刻看到自己的倒影，她腦中卻不斷湧出充滿惡意的言語，幾乎快要把腦袋撐破。必須趕快處理才行——她拿出手機，拚命地活動手指。

12 離鄉

夏季期間，尚志決定到三浦半島的旅館打工兼住宿。他告訴祖母這個計畫，祖母便高興地說：「工作對人來說，是很重要的。加油喔！夏天結束之後，你隨時都可以回來。」祖母應該不是為了尚志能夠獨立而高興，而是因為他總算走出房間、不在家也可以省一筆餐費、搞不好還能夠期待他寄生活費而高興。

對樬丘家來說，尚志離家去工作有太多好處。祖母隱藏心中的真實感受送他出門。弟弟能夠從哥哥敲打面紙盒的聲音得到解脫，想必也感到很清爽。尚志淡淡地做好出門的準備之後，就跟家人道別。

他是在列出打工地點黑名單的網站找到這家旅館。上面的評價很糟，諸如「相較於打工費，工作內容太繁重」、「住宿的房間很髒」、「工作人員態度很惡劣，女將[6]會仗著權勢欺負下屬」等等，尚志立刻下定決心打電話報名打工。他覺得環境越嚴苛，越能讓他忘記煩惱。

6　日式旅館的女主人。

然而實際到了旅館，他發現工作時間每天固定八小時，結束之後還可以泡溫泉，員工餐也很豪華，完全沒有可以抱怨的地方；房間也很乾淨，窗外就是大海，景觀絕佳。

他老實告訴女將：「我原本以為這裡是黑心職場。」

女將笑著告訴他：「偶爾會有莫名其妙懷恨辭職的打工人員，會在網路上散布不實訊息。不過看到那種訊息還想來這裡工作的人，一定是有什麼困難，想必會很認真打拚，所以我就不去管那些流言了。」

尚志擔心這一來客人會變少，不過旅館卻天天客滿，而且幾乎所有客人都是回頭客，可見這家旅館相當受到喜愛。

尚志雖然上了當，但卻完全沒有不滿。工作內容不會讓他感到無聊，女將和服務員都很疼愛他，假日時打工夥伴還教他衝浪。他的肌膚逐漸變黑，光是這樣就讓他覺得自己好像變得強壯。充實的日子讓他把豐和家人的事都拋到腦後，原本使他心煩的自卑感也逐漸減淡。因為太過愜意，他甚至覺得一直待在這裡也不錯。

不過打工結束的日子總有一天會來臨。到了夏季後半，他就得開始準備離開。他最終累積將近二十五萬的存款。得到前所未有的大錢之後，他雖然想到可以買銅鈸，不過離開這裡之後也不知道生活費要花多少。關於今後的規劃，他還沒有任何打算。

就在這個時候，同樣來度假打工的憲一告訴他「概念型共生住宅」這種東西。根據他的說法，這是集結擁有共同興趣和目的的人住在一起。這一來相較於獨自生活，可以壓低房租和水電瓦斯費，也可以透過和室友交流，擴展知識與人脈。

憲一在大一的時候就退學，之後漫無目標地流浪三年，在這段期間也曾住過一次共生住宅。

「你既然在打鼓，就找樂手限定的共生住宅吧。我有朋友對這方面很熟，如果你有興趣的話，我就去問他。」

尚志曾在憲一面前打過一次鼓。不過因為沒有爵士鼓，因此只是比動作而已。即便如此，憲一仍舊看得很高興，大聲喊：「你是博納姆[7]再世！」

不久之後，憲一就替他找到有空房的共生住宅。地點是東京一座老舊獨棟房屋，名叫「自鳴琴莊」，只租給有志於音樂的人，也可以演奏樂器。

尚志毫不猶豫地選定這裡。由於這座房屋的條件很好，因此憲一也想要一起住進來，但因為沒有在玩音樂而被屋主拒絕了。憲一並不放棄，拿「我打算成為作詞家」這種狡猾的理由繼續交涉，最後屋主終於被他說服，答應他「在找到下一個房客之前可以住在這裡」。

到了九月，兩人便搬到新的住處。從車站走二十分鐘左右，就看到這座位於密集住宅區的兩層樓建築。這是一棟木造建築，雖然說可以演奏樂器，但外牆看起來並不厚。他們懷疑是否真的是這裡，不過門外的牌子確實寫著「自鳴琴莊」。

兩人按了門鈴，門就打開了，看似房客的三個人笑臉迎接他們，說「請進」並帶他們參觀屋內。

---

7 John Henry Bonham，一九四八—一九八〇，樂團「齊柏林飛船」（Led Zeppelin）的已故鼓手。

進入玄關之後馬上就是客廳，各人的房間在一樓有兩間，二樓有三間。尚志的房間在二樓，憲一的房間在一樓。每間房間都大約五個榻榻米大，和旅館房間比起來雖然又髒又小，不過跟老家的房間差不多大，因此尚志也沒有不滿。

當天晚上舉辦了兩人的歡迎會。一群人吃著外送的披薩，輪流自我介紹。

先到的房客分別是：在音樂大學專攻法國號的真子、就讀另一間音樂大學並專攻中提琴的時枝，還有在搖滾樂團「螢烏賊的邏輯」（簡稱「螢邏」）當鼓手的坂口。三人年紀相仿，都是二十出頭。

坂口開玩笑地吐槽憲一「作詞家哪算音樂人」，憲一便用煞有介事的言論唬他說：「語言才是最重要的音樂。索緒爾提倡 signifiant 與 signifié 的任意性，不過如果各自獨立來思考，那麼何者更具有音樂性就必須另外討論。說到索緒爾，就如把他的語言學運用在文化人類學的李維史陀，我也在思考把語言學運用在音樂會帶來什麼作用。對了，關於這個議題，也不能不提到語言與言語的區別——」

自鳴琴莊宣稱可以彈奏樂器，幾乎算是謊言。實際上，只有非電子樂器（打擊樂器和銅管樂器除外）可以在白天演奏，其他場合通常會到附近的錄音室「嗶嗶」練習。也就是說，現在的房客當中，可以在家演奏的只有拉中提琴的時枝。這裡剛成立時，據說管得比較鬆，可是後來鄰居搬來很囉嗦的一家人才訂出這樣的規定。

「『嗶嗶』跟這裡的屋主有交情，給我們優惠的使用費，所以你也別太失望了。」

時枝以悠閒的口吻說明。他是個樸實而有氣質的人，很適合拉中提琴。

「沒錯，『嗶嗶』真的不錯，有雙落地鼓跟中國鈸。你不打雙大鼓嗎？」

「我沒有打過。」

「雙大鼓很爽喔。雖然不是基本配備，不過只要拜託就可以提供，滿好溝通的。如果有什麼不愉快的事就跟我說，我會幫你協調。」

大個子的坂口發出豪爽的笑聲。每當他開口笑，尚志就覺得好像會被吸入他那張大嘴裡。

五人立刻就打成一片。由於尚志以外的四人都在喝酒，因此談話的距離非常接近，難以想像是初次見面。其他人得知尚志才十七歲時有一瞬間僵住了，不過當尚志說明原因，他們立刻理解，然後就像跟要好的同學在一起般對待他。這樣的速度讓尚志暗自感動。

話題圍繞著音樂打轉。每個人聽的音樂和演奏的音樂都不同，可是奇妙的是談話卻沒有間斷的時候，話題延伸到四面八方之後又繞一圈回到原處。

尚志腦中浮現「Bonito」的景象：勝男招待客人喝酒，客人自由聊天，並且有樂團演奏。尚志總是在客人上門時就回家了，因此沒有直接看過這樣的場景，然而不知為何，他腦中卻能清晰地重現熱鬧的店內景象——笑的時候臉頰上的皺紋擠得更深的勝男。滿臉通紅、口中吐出帶有菸味的氣息的勝男。醉言醉語的勝男。動不動就吵起來、看不慣就立即出手的勝男。

憲一問：「這裡禁菸嗎？」

時枝告訴他「規定要在陽臺抽」，於是他們和坂口三個人就打開窗戶到外面。窗戶一打開，就聽到格外響亮的蟋蟀叫聲，迴盪在客廳。

「這棟屋子滿常看到蟲子的。你不怕蟲吧？」

說話的真子臉上每個部位都帶著圓潤的感覺，或許因為酒量不大，眼睛顯得醉醺醺的。她的耳環末梢是閃亮的淡紫色寶石。尚志第一次在這麼近的距離看到女人的耳環。

「應該不要緊。妳不怕嗎？」尚志問她。

「我已經習慣了。畢竟在這裡也待了三年。」

「三年？」

「沒錯，從大一開始。學音樂很花錢，尤其是那種樂器。」

她的手指比的方向，有一個吹法國號的天使擺飾。

「所以妳才住在這裡？」

「對呀。這裡很便宜，搭電車到學校也不用轉乘。尚志，你今後打算做什麼？」

「我也不知道。打工度假存的錢大概很快就會花完了，所以首先必須要找下一個打工地點才行。我對東京不熟，所以也不知道該找什麼樣的工作。」

「那你明天要不要先跟我一起去散步？我可以帶你認識這一帶的環境。」

「真的？太感謝妳了。」

「披薩冷掉了吧。要不要重新加熱？」

「不用，這樣也沒關係。」

有點髒的塑膠杯、轉為褐色的壁紙、燈罩裡有蟲子屍體的照明——映入眼裡的一切都讓尚志感到憐愛。

這次一定要成功。他邊想邊咬了一口冷掉變乾的披薩。

＊

或許是因為累積太多疲勞，尚志隔天醒來時已經過了下午兩點。他前晚沒有和真子約定外出時間，所以她搞不好已經出門了。尚志一邊想著她怎麼不叫自己起床，一邊走下樓梯到一樓。

他來到客廳，看到真子和時枝在餐桌前喝咖啡。

時枝問：「你睡飽了嗎？」

尚志點頭，並向真子道歉：「對不起，我睡太晚了。」

真子回他：「沒關係，我原本就打算傍晚左右出門。你要吃點什麼嗎？還是要喝咖啡？」

「我不喝咖啡。有什麼吃的嗎？」

「有啊，不過只有昨天的披薩。」

時枝說：「真子，妳為了維持一陣子的食糧，昨天特地訂了很多披薩吧？」

「沒這回事。我原本以為年輕男生應該會吃更多。」

「的確。尚志，你昨天沒有吃很多。」

「我最近胃變小了。」

「真子，妳吃得比較多吧？」

「少來，別把我當成大胃王看待。」

時枝告訴尚志：「真子剛剛到這裡的時候，比現在瘦很多。」

「我要生氣囉！」

真子這麼說，時枝便稍稍吐了舌頭，然後站起來說：「好了，我差不多該回去練習了。」兩人之間的互動很親密，尚志猜想他們或許是男女朋友的關係。

他們在下午四點前出門。

尚志雙手空空，真子則背了裝在盒子裡的法國號，說：「我要準備下星期的學校課題，所以回程要去練習。」她背的是形狀像文蛤的黃色盒子，要不是事先知道裝了法國號，一定猜不到是什麼東西。

九月初的天氣還是很熱，不過從偏橘的陽光色調，可以感受到些許秋天的氣息。炙熱的柏油路散發出的氣味讓人頭昏。真子用小毛巾擦拭額頭上的汗水，對尚志說：「早知道應該挑個涼快一點的日子。」

「我不要緊。這裡雖然也很熱，可是怎麼說呢……跟我老家那裡的熱度種類不太一樣。那邊的夏天簡直就是鍋子。」

「鍋子？」

「好像會把人煮熟一樣。而且是那種無水鍋，光用自己身上的水分就能煮熟了。」

真子發出「呵呵」的笑聲。尚志第一次看到有人這麼文靜地笑。

「我的臉很奇怪嗎？」真子擔心地問，尚志便老實告訴她心中的想法。

「這樣啊。我從來不覺得自己很奇特，所以滿意外的。不過知道自己對某人來說屬於不同類的人，應該就能對他人更體貼吧。」
「妳已經夠體貼了吧？」
「覺得自己體貼，就不算體貼了。要發覺到自己不夠體貼，才能變得體貼。這就像『無知之知』。」
「無ㄓㄓㄓ？那是什麼？」
「是蘇格拉底的話。啊，你是中輟生，所以搞不好沒學過吧？」
真子嘲弄他並笑了。
尚志也笑著說：「才第二天就調侃我，會不會太過分了？」他看到真子辛苦地用手替自己搧風，就指著她背上的法國號說：「我幫妳拿吧。」
「謝謝你，不過不用了。如果不是我來背它就會鬧彆扭，會吹不出好的音色。」
接著真子指引他附近的便利商店，以及更前方的大型超市在哪裡。「嗶嗶」在站前的街上。這棟大樓是遍布八角形玻璃窗的現代風格設計，外觀感覺就像是東京的象徵。他們進入店裡，店員熱絡地打招呼說「辛苦了」。
真子拍拍尚志的肩膀說：「這孩子剛搬到我們家。他叫楤丘尚志。」
「請多多指教。」
「他不久之後應該也會來借這裡，到時候請多多關照。」
店員說明過付費方式並介紹店內之後，真子問尚志：「你大概了解了嗎？」尚志回答：「嗯，比我想像的還棒。我們那裡沒有這樣的地方。」
「太好了，那我們走吧。」

尚志原本以為真子會留在這裡練習，可是她卻對店員說「下次見」就離開了店。尚志沒有問她接下來要去哪裡。走在陌生的地方感覺很新鮮，就好像成為遊戲的主角。真子沿著之前的路往回走，途中在便利商店買了西瓜冰棒冷卻身體。

真子替尚志付錢。結帳時尚志偷偷摸了一下法國號，發現變得很燙，便問她：「如果溫度改變，音色會不會也產生變化？」

「會有微妙的改變。溫度變化對任何樂器來說都是負擔。啊，對人類也是。」

他們走過自鳴琴莊的前方，繼續走了三百公尺後繞過轉角，視野突然變得開闊。爬上階梯來到堤防上方，就看到眼前有一條又寬又淺的河，反映著夕陽的光線靜靜地流。

「那裡就是我喜歡的練習場所。」

真子指著高架橋的下方說。

「天氣好的時候，我就會在那裡練習。既不用花錢，又很舒服。」

橋上接連有卡車駛過。

「我要在那裡練習一陣子，你先回去吧。」

「我不能聽妳吹法國號嗎？」

「咦？你想聽也可以。」

「我原本就打算要聽。」

「你這樣說，我會有點不好意思耶。」

高架橋下方看起來雖然很近，但走起來卻有一段距離。原本應該長得很高的向日葵無力地低著頭，旁邊的百日紅則綻放桃色花朵，形成強烈對比。輕輕踢草叢，一隻蚱蜢便高高跳起來。

進入高架橋下的陰影之後，真子以熟練的動作開始準備。她拿出吹嘴，輕輕吹奏做為熱身。吹出來的聲音有些呆呆的，來回於高低音之間，有時又加快節奏，加上各式各樣的變化。

真子拿著法國號，右手插入喇叭口。尚志原本以為她這樣拿是在開玩笑，不過她的表情很認真，因此尚志猜想這應該就是正確的拿法。

真子瞥了尚志一眼，然後閉上眼睛吸一口氣。

她吹出第一聲長音，尚志就感受到身體與聲音產生共鳴、震動。空氣的形狀改變了。聲音紮實而質感豐滿。尚志在毆打般的衝擊中，也感受到宛若被撫摸的慈愛。他甚至無法捉摸聲音是近是遠，產生空間扭曲的錯覺。他也不再感到炎熱，彷彿被送到距離地球最遠的行星。

光是一個音符就能營造出這樣的狀態，接下來的演奏更是立即吸引住尚志的意識。流暢吹出的旋律波浪載著尚志翻滾、玩弄並包覆他。尚志感覺自己雜亂的內心似乎變得有條有理。這股力量實在是太厲害了。

他發現到這無疑是真子的音樂。他雖然是第一次聽到法國號的音色，無從與別人的演奏相較，但這個音色確實反映出真子的個性，溫柔而細心，肯定弱者的存在。

聽完一曲，尚志忍不住拍手。不是姑且填補空檔的掌聲，而是由衷的讚賞。

「好厲害。我真的嚇了一大跳。」

「真的？我好高興。你的表情就好像我第一次聽到法國號那樣。」

「法國號會讓大家都變成這種『感動臉』吧。」

真子再度開始練習，尚志邊聽邊稍稍拉開距離。她此刻吹的練習曲跟剛剛吹給尚志聽的曲子不同。也就是說，剛剛那段音樂是特別為尚志演奏的。

尚志背對法國號的樂音，走在河邊的空地。對岸也有向日葵，更遠處則是高樓大廈。尚志不知為何感覺有些得意。朦朧的希望宛若旗幟般隨風飄揚。

他撿起適當大小的石頭，丟向河面。石頭飛得沒有他預期地遠，又因為河水很淺，所以也沒有濺起多大的水花。即使如此，他還是感到很爽快。他伸了很大的懶腰，眺望對岸。

他看到向日葵花田，然後突然察覺到某樣東西而回頭。高聳的煙囪正吐出白煙。尚志心想「不會吧」，再度眺望對岸。

他衝過藍色的橋，越接近越相信內心的猜測是真實的。

在無精打彩的向日葵花田之間，遍布著色彩鮮豔的寶特瓶風車。那裡就是他和豐說話的河岸。也就是說，再過去就是圓明學園高中。自鳴琴莊附近的車站和圓明學園高中站的路線不同，因此他完全沒有發覺到這一點。

尚志忍不住笑出來。他三度來到東京，竟然都在同一條河的附近。

風車已經換成新的，想必是圓明學園小學的學生在暑假期間製作的。他試著朝風扇吹氣。風車雖然快速轉動，但立刻又減速並停止。

「你真不夠意思。」他自言自語，然後環顧四周。

附近幾乎沒人，不過在堤防上有個穿制服的女生撐著陽傘獨自走著。她似乎沒有注意到尚志在那裡。她以為周遭沒人，時而用跑跳步時而轉身。不過她在轉回來的瞬間與尚志四目相視，害羞地用小跑步開始前進。

尚志急忙追上去，對她喊：「等一下！」

「什麼事？」她邊走邊回頭瞥了一眼。沒有錯。

「那個，我有話想跟妳說。我不是可疑的人，真的。」

尚志追上她，想要設法停下她的腳步，繼續說：「拜託，只要一下下就好。對了，我不會接近妳，保持這樣的距離妳就不用害怕了吧？」

她放慢腳步，緩緩停下來。她看著尚志的眼神明顯帶著警戒。慌亂的尚志張開嘴巴卻舌頭打結，說不出話來。

她再度冷冷地問：「什麼事？」

「足球。」尚志把無法冷靜下來的手插入口袋，繼續問：「妳很會踢足球嗎？」

「你為什麼這樣問？」

她的聲音就跟當時尚志在洗手間聽到的一樣。

「管風琴不是會用到很多腳部動作嗎？所以我猜妳可能也很會踢足球。」

她低下頭好像在思考，然後突然抬起頭，指著尚志說：「你該不會是在禮拜堂的——」

「妳光憑剛剛那句就猜到了？簡直就是名偵探。」

「我不會。」

「什麼？妳剛剛那樣就猜到，當然是偵探。」

「足球。」

「喔，妳是指那個啊。那舞蹈呢？妳很會跳舞吧？」

「我沒跳過，所以不知道。」

「妳剛剛不是很像在跳舞嗎？妳應該去學跳舞。啊，不過還是算了。與其跳舞，還不如彈管風琴。」

尚志自己說著就笑了，女生也不禁跟著他笑出來。薄暮籠罩著兩人。遠處傳來的法國號聲，聽起來就像汽笛。

13 約定

傳送到手機地圖的地址亮著紅色，目前所在地點則閃爍著藍色。每踏出一步，藍色與紅色的距離就會接近。猶豫的心情反映在腳步上，速度越來越慢。

蓉和三浦交換聯絡方式之後，三浦就天天傳簡訊給她，內容包括妹妹的夢話、名字很奇怪的人氣女星本名其實很普通、或是很像人臉的木紋照片等等。過去這麼頻繁聯絡蓉的人只有大輝。又不是Alternate，難道不嫌麻煩嗎？蓉雖然這麼想，不過也會告訴他班上和料理社最近發生的事。

他們之間的簡訊往返持續好一陣子，然後突然中斷了。蓉擔心會不會是發生什麼事了，可是又不想被認為自己很在意，於是就試著把在路上看到的野貓照片寄給他，很快就收到回覆。

〔來我家吃午餐吧。我會替妳做菜。〕

蓉想到三浦來到學校的時候，她曾感覺到胸口深處麻麻的。她原本以為是因為太驚訝才會這樣，可是最近卻常常出現這種麻麻的感覺。這跟以前她對大輝的感覺完全不同。

這個感覺的真相是什麼？她希望有人告訴她，可是又不知該如何說明，也不想要讓他人隨便斷定自己的心情。而且對方是《一人份美食》前年度的霸主，進入決賽的話一定會碰上。和這樣的對象經常聯絡，也會讓她有些心虛，因此連對大輝都沒有辦法說出口。

〔好啊。〕

然而她也無法拒絕。她不想被認為是在迴避對方。光是像這樣思考，就表示自己變得很奇怪。

她爬上坡道，背上滲出汗水，讓她擔心襯衫會不會變得透明。

手機在震動。畫面顯示三浦榮司的名字。

「喂。」

「新見，妳找得到地點嗎？」

「嗯，好像快到了。」

「太好了。我已經跟妹妹到門口等妳了。」

他說完就掛斷電話。

蓉繞過轉角，看到跟女生愉快聊天的三浦。那個女生一定就是三浦的妹妹。她長得高高瘦瘦，以國中生來說顯得頗為成熟。

三浦看到蓉，就用力揮手。

「沒問題嗎？」

「嗯。」

「這是我妹，瑠加。國中三年級。」

瑠加對蓉打招呼：「很高興見到妳。」

瑠加鼻子的形狀跟三浦一樣高而尖。蓉也對她自我介紹：「很高興見到妳，我叫新見蓉。」瑠加聽了便笑著說：「我看過《一人份美食》。」

蓉隱藏內心的尷尬，回覆：「謝謝。」接著她才想到瑠加是因為哥哥參賽才看的，又覺得自己回答錯了，感到有些難堪。

「請進。」

蓉聽到這句話，才注意到矗立在三浦後方的三層樓豪宅。看到屋子全貌，蓉不禁為要塞般的建築驚愕。

進入玄關，就看到鞋櫃上擺滿了可愛的相框，裡面是全家福照片。

「江口法蘭西斯卡？」蓉驚訝到聲音都變了調。

瑠加看到她的反應，便問：「榮司，你沒有告訴她嗎？」

「嗯，這件事沒有公布，我也覺得沒必要特地說出來。」

江口法蘭西斯卡是著名的料理研究家兼藝人，外貌不像日本人，口吻卻相當古風，因而受到世人喜愛，在蓉小時候就已經活躍於媒體。她的料理從正統菜色到家常菜都有，範圍廣泛，使她受到各種料理節目重用，美麗的容貌也讓她登上女性時裝雜誌當模特兒；除此之外，她還在便利商店推出自己企劃的商品等，工作內容相當多元，最近則以剛開始獨立生活的觀眾為對象拍攝影片上傳，雖然已經四十多歲，卻能敏銳地抓住時代潮流。

蓉從以前就是她的粉絲，幾乎讀過她所有書籍。在生活風格主題的書中，她曾提到自己的家人，確實寫著有兩個孩子，不過蓉萬萬沒有想到竟然是三浦。現在想想，三浦和瑠加共同的尖鼻子，和法蘭西斯卡也很像。

「當然要特地說出來！原來如此，怪不得你這麼會做菜。」

蓉興奮地這麼說，三浦回答「才不是因為這樣」。他臉上蒙上陰影，蓉看了立刻反省。如果自己被人這麼說，一定也會感到惱火。她很想道歉，但三浦不等蓉開口就進入裡面，讓她錯失了時機。

客廳餐桌上擺了許多盤子，料理數量多到三個人絕對吃不完，簡直就像飯店的自助餐。聞到香噴噴的氣味，蓉的胃部蠕動發出咕嚕聲。

「妳肚子餓了嗎？」

「嗯，我從早上就沒吃東西。」

「太好了，不過不要勉強。剩下的話，晚上應該也有人會吃。」

桌上的料理包括根芹菜和梨子的沙拉、球芽甘藍和花椰菜的焗烤、秋刀魚和翼豆橄欖油義大利麵、帶骨小羊肉等，就算是家庭派對也很豪華，讓蓉感到震撼。飲料有三種，裝在玻璃冷水壺中，分別為冰芒果茶、柳橙汁、李子汽水。

蓉開玩笑地對瑠加說：「受到這麼豐盛的菜餚招待，我會感到很過意不去。我請他吃的是玉米飯糰耶！」

瑠加笑著說：「可是榮司說妳的飯糰很好吃喔！所以他才做這麼多料理。」三浦也害臊地搔搔後腦杓說：「我本來也有提醒自己不要做太多。」

「這是一點小小的心意。」

蓉把帶來的紙袋遞給三浦。他探頭看袋子裡問：「這是週末檸檬？」

「嗯，我在家裡做好帶來的。」

瑠加似乎沒聽過這個名字，三浦便向她說明：「就是檸檬蛋糕，屬於法國傳統點心。」

瑠加聽了把臉塞入紙袋，深深吸了一口氣。「好清爽的味道！」

「現在天氣還很熱，所以我想到週末檸檬應該比較爽口。我做成杯子蛋糕的形狀一個個分開包裝，如果有多的就送給別人吧。」

接著三人開始吃飯。每一道料理都很特別，可以感受到三浦的幽默。調味不只是外觀上的樣子，還帶點煙燻的香氣，或是香料植物的氣息，往往超出預期，擺盤也很有個性，具有蓉所沒有的品味。

「《一人份美食》進行得怎麼樣了？」

「我們通過書面審查了。」

「真的？太好了！」三浦望著天花板。

「不過還只是書面審查而已。預賽比較困難。」

「還是很厲害。這次的競爭率超級誇張。」

今年據說約有三千組報名。經過書面審查會減少到一百組，然後只有在預賽被挑中的九組，以及上一屆的冠軍學校能夠參加正式比賽。

蓉把惠美久的點子加以改良，提交書面資料。無花果壽司變成冷燉飯，配合「美與和諧」的主題灑上食用花，裝飾得很優雅。至於加入烏拉圭料理的點子，經過種種討論及嘗試之後，因為過多要素感覺太過繁雜，因此決定放棄。

惠美久的料理技術轉眼間就進步許多，原本不穩定的刀工也變得和其他社員相比也不遜色。她準備《一人份美食》的態度非常認真，身為搭檔無可挑剔，不過關鍵的合作默契，仍舊有很大的問題。

蓉除了料理之外沒有其他熱中項目，惠美久則純粹從興趣出發，兩人對於料理的想法有根本上的差異。蓉具有豐富的料理知識，了解食材事先處理及烹飪方式都有一定的理由，但惠美久卻往往覺得這些方式很拘束，即使細心教她料理基礎，她只要不接受就會露骨地擺出不滿的表情。蓉也知道自己的知識會阻礙惠美久的自由創意。當惠美久提議「這樣做可不可以」的時候，她還是忍不住用「可是料理應該要……」的說法來否定。

其實她自己也曾像惠美久這樣，因此不論是如何瘋狂的點子，也應該先接納看看；然而面對惠美久時，蓉仍舊忍不住會用不容分說的態度說話。她對這樣的自己感到焦躁，而惠美久面對蓉時也變得退縮。

為了改善這樣的狀況，使用 **Alternate** 是最快的方式。如果能夠在 **Alternate** 上溝通，一定能夠更輕鬆地縮短距離。蓉告訴自己：這不過就是社群網路服務而已，快點開始使用吧！於是她下載了APP，但無論如何就是沒辦法打開。對於 **Alternate** 的排拒已經占據蓉內心很大的一部分。

「預賽是什麼時候？」

「下星期日。」

「主題跟食材已經決定了嗎？」

「嗯，食材是『猴頭菇』和『海鮮』，主題是『銀河』。」

「那不就是……」瑠加瞪大眼睛看著三浦。

「《一人份美食》的製作單位真的很壞。」

預賽條件和去年決賽相同的用意，大概是要測試參賽者在看過上次比賽之後會如何處理。幾乎所有學校都是第一次挑戰，不過圓明學園高中去年在決賽中已經做過了。這一點不知是吉是凶。經驗會成為她們的優勢，或是會讓她們想太多而自掘墳墓？評審一定也會格外關注蓉這一組。

「妳決定要做什麼料理了嗎？」

「目前——」蓉說到這裡停下來。「我還是別說吧。說出來的話，我可能會想要你給我建議。」

「有什麼關係？榮司可以幫妳一起想啊。」瑠加說。

「那樣就沒有意義了。」

「妳好認真喔！感覺好專業。」瑠加欽佩地喊，三浦則對蓉說：「妳說得對，真抱歉。」蓉想到他是個願意道歉的人，又為自己剛剛沒有道歉而懊悔。

「三浦，你從小就開始做菜嗎？」

「嗯，畢竟我生長在這樣的環境。」三浦指著廚房。「有這樣的玩具，當然會去玩了。」

瑠加說：「榮司，你剛剛不是說家庭沒有關係嗎？」

蓉停下拿叉子的手，心想如果要道歉就得趁現在了，不過對話卻繼續進行到其他地方。

「我喜歡料理確實是因為媽媽的關係，不過我的廚藝進步是憑自己的努力。」

瑠加拍了一下哥哥的肩膀嘲諷他：「你真敢說。」

「的確沒錯。」

蓉雖然家裡經營日本料理餐廳，但並不是從小就處在美食環境中。「新居見」中午也有營業，因此雙親一整天都得在店裡忙，兩人平常都吃員工餐。至於蓉，因為冰箱裡有很多裝店裡多餘料理的保鮮盒，因此她從小學時就自己拿出這些食物，放入微波爐加熱來吃。在假日，父親也要進行料理的準備工作、或是外出尋找食材，基本上不在家，因此就由母親來做菜。

常常有人問她，為什麼不在店裡吃。「去隔壁就能吃到好吃的料理，氣氛又很愉快，怎麼不去吃？」

然而父親並不喜歡讓蓉到店裡。他不希望自己的餐廳被當成家庭經營、隨興而半吊子的店。

小時候，蓉覺得獨自用餐很寂寞，不過她漸漸發現到自己選擇要吃什麼的樂趣。她可以依照當天的心情，從冰箱選擇想吃的東西組合成一餐，也可以像吃套餐一樣，每一道都吃一點點，或是把各種料理都放在一個大盤子中。

蓉在很小的時候就明白，即使是同樣的料理，也會因為擺盤方式不同而變得完全不一樣。不久之後，她無法滿足於只做擺盤工作，便開始加入調味料自行調整味道。光是這樣，餐桌就變得煥然一新。

她提起這樣的往事，別人就會說「一定是受到父親影響」。然而她對料理產生興趣的理由不只是這樣。母親說過，她在還不會站立的時候就喜歡看料理節目；上了幼稚園，她也因為玩家家酒太過講究而著稱。她天生就是這樣的孩子。

蓉是憑自修學習料理知識的。即使問父親，父親也絕對不會教她，因此她便偷偷閱讀父親書櫃中的食譜，或是去圖書館借書來學習。到了國中，她會做的料理已經很多了。就是在這個時期，她開始覺得自己的廚藝比母親還厲害。

她的廚藝越進步，越是體認到父親的偉大。她理解到自己做菜需要多少的知識、技術與細心，更何況有許多客人專程為了吃父親的料理而來。尊敬的心意隨著會做的料理變多而增長，但從這個時候開始，冰箱裡的保鮮盒就消失了。她沒辦法再吃到父親的料理，即使是多餘的份。

父親老是跟她說「不要當廚師」。她詢問理由，父親也不肯回答。

她很想跟父親討論料理的話題，但不論怎麼拜託，父親就是不肯聽。即便如此，她對料理的熱情依舊不減，沒有跟雙親商量就進入料理社。

蓉告訴兩人自己年幼時的經驗，瑠加便雙手按住嘴巴說，「哇，幾乎跟榮司一模一樣」。

接著她又說：「我們家也是，媽媽是料理研究家，可是因為很忙，都不會跟我們一起吃飯。我們也是從冰箱拿出食物自己加熱來吃，而且都是料理研究剩下的菜，或是失敗作品。於是榮司就開始做自己想吃的東西，我只負責吃。」

「不過也不是完全沒有一起吃飯。我媽只有在紀念日會休息，像是我們的生日，或是自己的結婚紀念日。她也很喜歡節日活動，比方說新年、聖誕節、七夕或萬聖節，所以我們偶爾也會全家一起用餐。新見，妳應該也有像這樣的經驗吧？」

「這個嘛……」蓉望著斜上方，追溯小時候的回憶。

她腦中浮現放在餐桌上的小聖誕樹，上面繞著布滿小燈泡的電線，繽紛的光線不規則地閃爍。然而餐桌周圍沒有任何人。在黑暗的房間中央，聖誕樹宛若飄浮在空中般閃閃發光——她不確定這幅景象是真實發生過的，還是作夢或在其他地方看到的。

「我不太記得了。」

「妳既然不記得，就表示全家一起用餐，對妳來說也不是多了不起的事情。」

三浦直截了當的說法好像很冷淡，但又好像在安慰她。最重要的是，「對妳來說也」這種包含自己的說法，讓蓉感到高興。

「三浦，你的母親也不希望你做料理嗎？」

如果是同樣的境遇，那麼三浦一定也是如此。如果是的話，彼此就更能產生共鳴了。但三浦卻說：「沒有，她很支持我做料理。最重要的是，我自己做這項家事，就可以減輕她的負擔。不過我的想法不一樣。」

「不一樣？」

「我把我媽當成競爭對手。」

三浦的眼神稍微變得銳利。

「我很尊敬她，但同時也輕蔑她。身為母親，我很喜歡她，可是做為料理人，我認為現在的她太不思長進了。她只是忠實地去做別人要求她的事，並不打算加入任何獨創性。她已經停止思考。我想要做出更多自己才能做的料理，所以我要早點成為獨當一面的料理人。」

蓉再度體認到，去年他是以壓倒性的差異戰勝自己。今年就算再次進入決賽，照目前的情況，自己絕對無法贏過這個人。

「我也被說過玩扮家家酒太認真了。不過我不是被稱讚，而是被欺負說男生還玩扮家家酒。」

三浦銳利的神情消失了，恢復原本溫和的氣質。

「不過你還是沒有放棄。」蓉沒有特別思考就這麼說。

「當然了。我這麼喜歡料理，要是放棄了，就等於是被別人偷走自己『喜歡』的心情。我要守護自己喜歡的東西，絕對不能被人奪走。」

蓉感覺他在無比遙遠的地方。

吃完飯之後，三人開始吃週末檸檬。蛋糕口感比蓉在剛做好試吃時更滑順，風味也充分融入蛋糕。即使已經吃了很多東西，也因為檸檬香氣而容易入口。

「這個好好吃喔！新見，妳下次教我做法，我要做給我男朋友吃。」

「好啊。我可以先把做法寄給三浦。」

「可是這樣就得跟榮司一起做了。」

「有什麼問題嗎？」

「我想跟新見一起做！」
蓉幫忙收拾之後，到客廳玩電視遊戲，又去參觀三浦的房間。他的房間很整齊，東西也很少。書櫃上雖然也有食譜，不過蓉的書比他多很多。他那些書想必是從法蘭西斯卡的工作場所借的。總之，他的房間很簡單，和蓉亂七八糟的房間完全不一樣。蓉心想，絕對不能讓他到家裡來，接著又想到這是她第一次到大輝以外的男生房間，不禁有些興奮緊張。
太陽西斜時，蓉說她得走了。瑠加抓住她的手臂，希望她能多待一會。
「她很忙，而且下下星期就是預賽了。」
三浦解開蓉的手臂，對她說：「我送妳到車站吧。」
外面處在炎熱的白天與即將來臨的涼爽夜晚之間，感覺很舒適。蓉對瑠加揮手，繞過轉角，看到下坡盡頭前方的街景，以及接觸遠方山頂的太陽。蓉喃喃地說：「真漂亮。」
在她背後的三浦開口說：「那個……」
她回頭，看到他面向自己站立。
「我的料理怎麼樣？」
三浦的表情很認真。夕陽透著他的頭髮，並清晰映出他的喉結輪廓。
「很好吃。」
「還有呢？」
「我感到很愉快。感覺料理好像在笑著跳舞。」

「這樣啊。」三浦看著下方，稍稍點頭。
「我做不出來。或者應該說，如果是我來做，就不會變成那樣的料理。一定會更普通、更小家子氣。你太厲害了，甚至讓我覺得誇獎你很蠢。」
她雖然說的是真心話，但或許反而會被認為虛假。
「不過我真的覺得，我的料理贏不過妳做的飯糰。」
被陽光染紅的三浦看起來彷彿在燃燒。
「新見。」
聽到三浦稱呼自己的名字，蓉果然又感到胸口痲痲的。
「我從去年參加《一人份美食》以來，就一直很在意妳。我本來不知道是為什麼，不過我偶然在全國高中比賽見到妳，吃了飯糰……明明是那麼樸實的味道，卻讓我覺得自己永遠無法做出像妳那樣的料理，可是又覺得很高興。我是第一次在吃到別人做的料理時，產生這樣的感覺。不過……」
三浦在燃燒。明明在燃燒，卻不會成為灰燼，一直在這裡。
「即使妳沒有做料理，我一定也會喜歡上妳。」
被夏天遺忘的暮蟬飛往街道的方向。
「週末檸檬——」三浦的聲音很溫暖。
「新見，妳一定也有同樣的想法吧？」
「原來你知道。」
週末檸檬，是在週末和心愛的人一起吃的蛋糕。

「請跟我交往。」

蓉不想談戀愛，不想愛上任何人。她害怕自己變成另一個人，但是另一個自己卻擅自行動，想要接近三浦。即使想要阻止也沒辦法，即使拜託她別這樣，她也毫不停止地繼續向前。

從她想做週末檸檬的那一刻起，一定就已經是這樣了。她只是假裝沒看見，但真正的心意卻一直如此。

「對不起。」蓉向他鞠躬。

「什麼？」

「我之前說，因為你媽媽是法蘭西斯卡，所以才這麼會做料理。」

「呃，現在不是——」

「我一直想要道歉。」

蓉保持鞠躬的姿勢，對他說：「好的，請多多指教。」

她害羞地無法抬起頭，只能盯著三浦在地面上的影子。拉長的影子在比勝利手勢，感覺好像巨人打保齡球全倒的時候。蓉暗自笑了。

14 爭執

男人看到餐桌上的料理，說：「又是豆芽菜。」

母親討好地笑著說：「因為很便宜呀。」

「妳是在批評我嗎？」

「當然不是。」她再度笑了。

「吃豆芽菜也沒關係，不過至少要改變一下調味、花點心思吧。對不對？」

男人朝凪津露出泛黃的牙齒。

「明天我來做飯吧？」凪津也擺出跟母親一樣討好的笑容。

「不用了，怎麼可以讓凪津做這種事呢！」

凪津夾起炒豆芽菜放入嘴裡，並咀嚼白飯。豆芽菜明明沾了醬油卻沒有味道，白飯吃起來也好像在嚼橡皮。

「要不要喝啤酒？」

「要。」

母親走向冰箱，男人就把臉湊向凪津問：「高中怎麼樣？好玩嗎？」

凪津悄悄把身體往後仰，說：「嗯，還不錯。」

「有文化祭之類的嗎？」

「十一月。」

「這樣啊。我以前都沒有參加文化祭，想說不會被發現，就跟夥伴們一起騎機車去玩。雖然那也是很好的回憶，不過高中生活還是應該好好享受才行。」

「嗯。」

凪津無論如何都沒辦法喜歡這個骯髒而粗野的男人。如果能夠把自己的厭惡化成言語說出來，不知道會多麼爽快。不過她不會這麼做。這世界上有很多話是不能說出口的。

「給你。」母親端來啤酒，替男人倒入玻璃杯內。

她的臉上浮現斑痕，皺紋也比以前更多。三十五歲的年齡，以高中生的母親來說應該很年輕，但是她看起來卻比班上同學的母親還要老。凪津雖然知道母親是為了自己而操勞，仍舊不會想要對她體貼一點。

凪津匆匆吃完飯，就說「我要回房間準備期中考」，把盤子拿到水槽。「好好加油，大學要拿獎學金才行。」

男人豎起大拇指。他常常擺出這個姿勢。

凪津關上房間的門，開始深呼吸。直到現在，她才感覺到嘴裡殘留的味道。雖然知道是因為自己拿不到獎學金，但是她仍舊不解母親為什麼要跟那種男人在一起。她原本打算自己還助學貸款，可是母親卻為了稍微補貼金錢，就跟那種男人一起生活，事先也沒有跟她商量。即使是為了女兒，做到那種地步仍舊讓凪津感到恐怖。

她檢視桌上的手機，看到志於李的未接來電。她坐下來回撥，聽到志於李快活的聲音傳入耳中：「凪津，二班的山桐惠美久要參加《一人份美食》！妳聽說了嗎？」

「那是什麼？」

「什麼？妳沒聽過《一人份美食》？」

風把窗戶吹得格格響。颱風似乎正在接近，因此學校提醒大家今晚盡量不要出門。

「那是高中生比賽廚藝的網路節目。我們學校去年跟前年都有出賽。」

「我們學校好厲害。」

「這個節目滿受歡迎的。就算完全不懂料理，還是會一直看下去。他們做的料理連外行人都覺得很厲害。同樣是高中生，能做到那種程度真的很強，看了會很感動。可是評審很嚴格，尤其是第二季開始出現的益御澤這個人，講話超級刻薄。雖然很可惡，不過他的評論很精準，所以還是可以了解。看到選手被指責會很難過，可是看到他們被稱讚就超興奮，忍不住就想要吶喊：高中生加油！明明自己也是高中生。」

志於李似乎對這個節目很狂熱，讓凪津聽了感覺有點累。

「那已經等同於運動比賽了，看了會讓人手上捏一把冷汗。山桐惠美久平常看起來那個樣子，竟然會做料理，落差太大了吧？」

山桐惠美久是隔壁班的同學。凪津從來沒有跟她說過話，不過卻知道她這個人。她的頭髮顏色在一年級當中最淺，而且也會在老師沒有發現的範圍內化妝。因為很搶眼，所以凪津自然會注意到她。

她跟志於李應該很合得來吧。凪津雖然沒聽說過，不過也許兩人已經是朋友了。這件事或許也是志於李直接聽她說的。凪津正想到這裡，志於李又繼續說：「我是在Alternate上看到的。她要跟三年級的新見蓉一起參賽。新見蓉去年也參加過。」

「我也來看《一人份美食》吧。」

「這個節目很適合念書累的時候看。唉，如果山桐惠美久是我們班的就好了。有她在，就不用煩惱文化祭要推什麼節目了。」

「為什麼？」

「《一人份美食》參賽者推出的飲食攤，一定可以吸引客人上門。怎麼想都會成功。」

「又不一定要辦飲食攤。」

「傻瓜才不辦飲食攤。」

其他班級都陸續決定好文化祭要推出的節目，但兩人的班級卻遲遲沒有決定。同一學年的班級不能推出相同的內容，而且節目內容先搶先贏，所以越晚決定就會越不利。

凪津取出收在櫃子裡的筆記本，拿起自動鉛筆，把筆尖放在紙張中心，隨興畫著腦中浮現的東西。她第一個想到的是鳥。不是鶴或鵰，而是麻雀或灰椋鳥之類的小型鳥類。

「對了，凪津，妳現在沒在用Alternate了嗎？」

志於李的聲音裝作若無其事，不過卻很慎重。

「嗯。」凪津的回答也採取不讓對方擔心、卻隱約透露自己沮喪心情的語調。
「這樣啊。妳還沒有心情去找下一個對象吧。」
凪津跟志於李大致提過關於桂田的事。
「志於李，妳呢？你們相處得還好嗎？」
她也許就是希望凪津問這個問題，才提起這個話題。
「嗯，不過啊……」
「怎麼樣？」
「感覺有點失去新鮮感了。」
凪津畫的小鳥並不順利，一再從上面添加線條。
「我們談的話題越來越一成不變，也沒新的事情可做。」
「不行嗎？」
「嗯？」
「說同樣的話題、做同樣的事，難道不行嗎？」
「也不是不行。」
「想要追求新鮮感，換個角度來看，就表示現在很安定吧？可是妳卻感到厭倦。」
「我沒有說厭倦了。」
「安定下來就想要變化，不是很矛盾嗎？明明說過『我們要永遠在一起』。」
「呃，妳在說我嗎？」
母親無法丟掉而留下來的戒指上，刻有父親求婚時的臺詞。

「要求對方不斷變化，打破安定的要求越來越強烈，對方越來越沒辦法符合期待，然後就產生衝突，最後沒辦法忍耐就結束了。」

凪津明明沒有關於父親的記憶，但怒罵母親的聲音卻不知為何殘留在耳中。那是真實發生過的事嗎？

「對方？凪津，妳怎麼了？」

凪津在鳥的下方畫海，並且畫了翻騰洶湧的海浪。

「那麼一開始就不要追求安定，去找充滿變化的地方就行了。那樣的話反而比較乾脆。想要追求安定，卻又想要一點點的刺激，未免太自我中心了。就算是那樣的刺激，總有一天明明也會厭倦。」

我絕對不要變成那樣。我不會放棄好不容易得到的安定，也絕對不會選擇像那樣的對象。

她不斷畫出更多波浪的線條。

「凪津，發生什麼事了嗎？」

「沒什麼。對不起，說了奇怪的話。」

志於李改變話題，試探性地問她：「那妳打算怎麼辦？妳原本那麼熱中於Alternate，現在卻不用了，可見那個人一定很糟糕。我反倒想要見見他了。」

凪津畫完波浪，把自動鉛筆從紙上拿開。

「對了，讓我見他吧！我會幫妳復仇。」

「妳在說什麼？」

「高中生活不談戀愛怎麼行！一年級夏天已經結束了，我們的夏天只剩下兩次！快點找下一個對象吧。速配度排名搞不好也會出現變化。」

凪津腦中想著 Alternate 的事，在空中補畫了閃電。

「志於李，我差不多該去洗澡了。」

「這樣啊。好吧，再見。我想要早點舉辦雙對情侶約會，所以妳要認真考慮才行。」

凪津掛斷電話，檢視「GeneMatch」上的排名。第一名依舊是桂田武生的名字。這樣的狀態已經延續一個月，因此她也不感到驚訝。不過為什麼沒有更高的數字出現？光憑基因，真的能夠得到這麼大的保證嗎？

自己的內在與外表都可以設法改變，唯獨遺傳基因是一輩子都無法改變的。

上次見面之後，桂田仍繼續聯絡她。

〔很抱歉，我是個無趣的人ㄏㄏ〕〔今天我轉扭蛋出現很稀有的角色！〕〔妳有沒有特別喜歡的機場？〕〔我最近找到炒飯很好吃的餐廳，要不要去吃？〕

即使沒有回覆，他似乎也不在意，一直傳送像這樣的訊息。

凪津覺得今天大概不會想念書了。這星期就要開始考試，可是她卻提不起精神。從那天之後，一直有東西卡在她心中，就好像卡在喉嚨的小魚刺一樣。

她瀏覽 Alternate 的動態消息。有一個朋友貼了網路新聞的連結，註明：「圓明學園高中通過預賽，今年也會參加《一人份美食》！」

雖然不是參賽者本人的帳號，不過有很多人寫了針對她們的評語。除了鼓勵之外，也有不看好新見蓉，或是對她的負面批評。預賽似乎是今天舉辦的。

凪津在網路上搜尋《一人份美食》。因為剛好可以在限定期間內免費觀賞，因此她便從第一季開始看。

主持人是常出現在電視節目的主播。他用誇張的肢體動作說了幾句法文，接著介紹十組搭檔。其中也有圓明學園高中的學生。

——讓我見見他吧！我會幫妳復仇。

或許可以再見一次面。凪津覺得有必要和桂田談談——不是為了復仇，而是為了進行確認。

她內心同時存在著被Alternate背叛的感覺，以及因為無法完全相信而自責的感覺，讓她感到焦躁。既然如此，她應該要好好做個了斷，看看自己的判斷跟Alternate的判斷那個正確。

凪津把波浪塗黑，拍下完成的畫面，照例上傳到某個網站。

＊

〔太好了！約什麼時間都可以。要不要去吃炒飯？〕

桂田很快就傳來回覆。

凪津跟他約在考試最後一天的放學後，在圓明學園高中附近見面。之所以選在考試結束當天，是因為她想要趕快解決；而請他到學校附近，則是因為不想多花交通時間。她告訴志於李這件事，志於李一方面為她變得積極而高興，一方面也擔心得一再問：「真的不需要我陪妳嗎？」

「絕對不准來！如果妳稍微偷看一眼，我就再也不跟妳說話。」

決定見面之後，凪津的心情仍舊無法平靜下來。在這樣的狀況下迎接的期中考結果很悽慘，就連上次考得很好的生物也無法正常作答，笹川老師一定很失望吧。

凪津穿過充滿解脫感的校園，走出校門。她回頭，看見送她出校門的志於李豎起大拇指。這個動作很像那個男人，讓她感到很受不了。她用手背朝志於李揮了揮，示意別再管了。接著她一邊快步走路、一邊打電話給桂田。

「你在哪裡？」

「車站附近的咖啡廳。」

凪津想起桂田玩手機遊戲的身影。

「我用GPS告訴你位置，你就到那裡吧。」

她走出巷子來到堤防。即使在大太陽下，仍舊吹拂著幾乎涼爽的風。一大片芒草都斜斜地伸直，淡金色的穗像波浪般隨風搖曳。空氣雖然乾燥，不過因為昨晚下了一場雨，因此地面溼潤而柔軟。

河邊的堤防中央，有一張孤零零的長椅。設置地點雖然奇怪，不過凪津姑且先坐下來。她打開手機的地圖，把目前所在位置畫面擷取下來，傳給桂田。

網代川對岸的煙囪冒出白煙，最終融入雲裡。根據地圖，那裡似乎是垃圾處理廠。在那下方有高溫焚化爐在燃燒生活的殘滓。不知從哪裡傳來銅管樂器的聲音。那是在音樂課聽過的曲子：布拉姆斯的降E大調法國號三重奏。

凪津閉上眼睛聆聽音樂。

「伴同學。」

這個聲音讓她感覺好像從夢中醒來。桂田似乎真的很匆忙地趕來，額頭上微微冒出汗水。

「請坐。」

穿著淺灰色短袖襯衫、斜背著包包出現的桂田小聲說「好」，坐在凪津旁邊。長椅比原先想像的窄，使得兩人距離過於接近。

「考試結果怎麼樣？」

桂田摘下眼鏡，邊問邊用肩頭擦拭額頭。凪津沒有回答，他就開始談起自己的事：「我上個星期考試，結果一塌糊塗。上了高中之後，課業突然變得好難。」

上次沉默不語也毫不在乎的桂田，此刻卻笨拙地試圖藉由閒聊開啟對話，不知道是懷著什麼打算。凪津無意回應他，很果斷地對他說「我有話想跟你說」，並重新面對他。

「上次見面之後，我一直覺得心中有個疙瘩。這不是你的問題，是我自己的問題，可是我不知道為什麼會這樣。所以雖然很任性，我還是希望今天能夠再跟你見一次面，了解其中的理由。」

「這樣啊。說得也對。」

桂田站起來，用電視上召開記者會道歉的方式，鞠躬說「對不起」。

「請你不要道歉。我剛剛也說過，是我的問題。」

「可是讓妳感到不舒服也是事實。」

「我感到不舒服是——」

凪津說到這裡停下來，不知道該如何把自己的心情化為語言。桂田再度坐下，把膝蓋靠攏，雙手放在膝上，表情變得很認真。正當凪津感到不解，他突然開口說：「我喜歡妳。」

聽到完全沒有預期的句子，凪津的腦袋頓時變得空白。

「我過去從來沒有被追蹤過，所以當妳追蹤我，我感到很開心。啊，不只是這樣。妳的社群網站，能看的我都看過了。當我知道更多關於妳的事，譬如妳喜歡什麼樣的東西、平常怎麼過日子、拍什麼樣的照片，我就喜歡上妳了。這還是在我們見面之前。」

他時而緊閉雙唇，繼續說：「我知道妳會覺得噁心。我自己也知道這樣很奇怪。不過我也想到，竟然會有這樣的奇蹟發生。我跟自己喜歡的人速配度高達九十二・三％，實在是太厲害了。」

「你看起來不像喜歡我的樣子。」凪津撐住快要變得朦朧的意識，冷靜地說。

「說得也對。」桂田抓著自己的頭髮說，「我搞砸了。我因為太緊張，反而覺得應該表現得跟平常一樣，不要刻意耍帥——雖然我也不知道要怎麼耍帥。總之，我當時決定完全不加修飾地去見妳。我想要表現得誠實。」

誠實這個詞感覺很突兀。

「可是我沒有想到會變成那樣。即使不被妳喜歡，我也不希望妳感到不舒服。我只是想要跟妳聊更多。Alternate 的速配度對我來說並不重要。即使速配度很低，我一定也會喜歡上妳。」

「對我來說很重要。」凪津斬釘截鐵地說。「我了解你的想法了，不過我是因為 Alternate 顯示九十二．三％的速配度才追蹤你的。直覺之類的，對我來說才是無關緊要的東西。」

桂田默默地盯著她的眼睛，沒有動彈。

「你說你看了我的社群網站喜歡上我，可是那只是憑感覺而已。你之所以會喜歡上我，應該還是因為第一次被人追蹤，所以才蒙上主觀意識，把我的社群網站想得很美好。這種感覺是很不明確的。」

「我不是……」

桂田說到這裡停下來，從口袋取出手機。他拿著手機看凪津，似乎想要說什麼，不過最後卻說「還是算了」，把手機收回口袋。

「怎麼了？」

「沒什麼。真的。」

「有話想說就說吧。你不是想要誠實嗎？」

「可是……」

「沒關係，快說吧。」

凪津抬高聲量，桂田就說「我知道了」，然後戰戰兢兢地操作手機，緩緩地把螢幕拿給凪津看。

「這個……是妳的吧？」

凪津因為驚恐而面色蒼白。

「恩格庫塔魯索姆。」

聽到自己以外的人說出這個詞，讓凪津感到很突兀。

「我從 Alternate 的連結去看妳的各種社群網站，不過我猜想妳或許還有使用其他網站。」

Alternate 可以連結到各種社群網站，透過累積這些個人資訊，提升交叉搜尋的精準度。即使是匿名的社群網站也能這麼做，並且可選擇不要公開。也就是說，即使是不為人知的社群網站資訊，也可以與 Alternate 連結。

凪津讓 Alternate 掌握一切。她把自己的大量資訊餵給 Alternate，培育它成長。Alternate 變得越成熟，配對就會越精準，推薦最速配的對象——不論這些資訊有多惡劣、多醜陋。

「你讀過了？」

凪津顫抖著嘴脣問他，他便回答「對」。

「為什麼？」

凪津需要把不欲為人所知的心情化為文字的地方。因為 Alternate 只有高中生會使用，因此她便尋找高中生最不會使用的舊式部落格服務，找到幾乎像廢墟般的網站。這裡的使用者大多是網路草創時期的倖存者，用來吐出自己內心的話。也因此，使用者不會彼此見面，也幾乎沒有人會特地來看。凪津在這個垃圾堆般的網站開設名為

「恩格庫塔魯索姆」的部落格，把每天發生的事隱藏個人姓名詳細地寫下來。

「我心想，像妳這麼投入 Alternate 的人，不可能會沒有寫下見到我的事……所以我就去搜尋。雖然很靠運氣，不過我沒想到妳竟然會設定公開。」

凪津開設部落格的網站因為太舊，所以沒有不公開的設定。但她公開的理由不只如此。如果不想公開，大可一開始就選那樣的網站。

就如投入大海的瓶中信，她想要留下被他人讀到的可能性。讀到的人一定會覺得她是很惡劣的人，或許也會為充滿惡意的文字生氣。即便如此，她仍舊無法不這麼做。一直寫永遠不會被任何人看到的文章，未免太空虛了。

但是讀到的不應該是他才對。

「那裡寫著妳對我感受到的不愉快與厭惡，另外也寫到妳多麼相信 Alternate，而原因在於妳的家人。」

「不要說得好像你很懂！」凪津反射性地用粗暴的聲音說。然而這句話太過無力，讓她忍不住用雙手遮住臉。

桂田知道自己的一切。

「恩格庫塔魯索姆」是凪津自己創造的詞。這是全世界任何地方都聽不到的語音。凪津把恩格庫塔魯索姆定義為二氧化碳。這是在她體內產生並吐出來的化合物。

「可是我……」

「閉嘴！」

他一定是用自己的名字、日期，以及「藍度咖啡廳」和「邱比特」之類的關鍵詞去搜尋的，不過凪津把人名和專有名詞都改用頭文字代替，避免從這些地方被找到。為了不被認出自己，她非常注意內容中的細節。

所以她不知道桂田是怎麼找到的，或許是很偏執地持續搜尋吧。當他找到凪津的部落格，閱讀裡面的文章，看到充滿惡意的言語，不知有何感受。看到凪津用卑劣的文字咒罵自己，他一定會感到受傷。可是為什麼他還能夠像這樣道歉？

「我不會閉嘴。可是我——」

「我不想聽！」

「請聽我說。」

桂田把手放在凪津肩上，但凪津把他的手甩開。然而桂田再次把手放在她肩上。

「我並不覺得妳是壞人。」

讀了她的文章還想要表現溫柔的桂田，一定是在對自己的內心說謊。他一點都不誠實。

「我當然不會告訴任何人。我會把它當成兩人之間的祕密。」

他的說法感覺像是在進行交易，更加惹惱凪津。

如果被他說出去，凪津的下場一定會很慘。她寫的內容要是被人知道，不只是在學校，就連生活都有可能受到威脅。不過她害怕的不是這個。她覺得被桂田看到之後，文章裡的惡意感覺好像變成真正的邪惡。

「我知道我們為什麼是九十二・三%。」

桂田再度開始操作手機，打開某個網頁拿給凪津看。

「這是我的部落格。」

這個部落格網站和凪津使用的不一樣，但同樣屬於舊式的網站。

「我的文章比妳寫的更糟。」

他虛弱地笑了笑。

「如果可以的話，希望妳能夠看看。我會把網址寄給妳。」

凪津沒有回應這句話，只說「請你不要再跟我聯絡了」，轉身離開。桂田似乎想追上來，因此凪津便以逃跑的速度奔上堤防。她埋頭衝向學校，不顧一切地穿過校門。她戰戰兢兢地回頭，沒有看到桂田的身影。就在她鬆了一口氣轉回去的瞬間，她沒注意到前方有人而撞上去。雖然沒有撞得很用力，但對方卻倒在地上，凪津連忙說「對不起」。

倒下的人是冴山深羽，站在她旁邊的則是凪津不認識的男生。他似乎想要開口說什麼，不過還是作罷，並朝深羽伸出手。凪津又說了一次「對不起」，跑向生物教室。

教室裡沒人。她從櫥櫃裡面小心地拿出拉利和巴利。她無論如何都想要看到牠們的臉。從窗簾縫隙透進來的陽光照在拉利和巴利身上。牠們宛若睡在羊水中的胎兒般可愛。

凪津輪流看著兩張臉，內心逐漸平靜下來。不是我的錯——她如此告訴自己。

15 集結

「不要緊嗎？」

尚志伸出手，但深羽沒有握住，自己緩緩地站起來。

「剛剛那個人是我們班的。」

「這樣啊。她好像在哭。」

深羽拍掉手上的沙子，低聲喊了一聲「啊」。

「怎麼了？」

「流血了。」

她的右手大拇指根部一帶朦朧地變紅。

「痛不痛？可以活動嗎？」

「嗯。」

深羽從書包拿出面紙，用力按住右手。

「妳得好好保重，否則沒辦法彈琴。」

「嗯。」

「可以走路嗎？」

「嗯。」

他們再度走在圓明學園的校園內。尚志直到現在還不敢相信，兩人在現實中像這樣走在一起。

尚志巧遇深羽之後，對她傾訴當時聽到的管風琴聲如何美妙。為了傳達自己的感動，他必須說明自己的來歷，便告訴她當時為什麼會潛入圓明學園高中，並且向她保證自己不是可疑人物。

「真的，我只是想要見朋友而已。不過更重要的是，我被妳的管風琴聲嚇到了。當我感到難過的時候，就會想到妳的琴聲。是妳救了我，謝謝妳。」

他越說越快，深羽便安撫他說「冷靜點」。尚志調整呼吸之後，對她說：「如果可以的話，可以再彈給我聽嗎？」

尚志盡量用爽朗的口吻說話，但內心卻忐忑不安。深羽用宛若借橡皮擦般的輕鬆態度回應「好啊」。於是在期中考結束當天的下午一點，兩人約好在校門前見面。

第一次潛入的時候，尚志花了那麼大的工夫，可是今天卻穿著便服就能走在校園裡，輕輕鬆鬆地抵達目的地。因為一下子就到了，他起先還懷疑不是這裡，不過外牆上的確刻印著「CENTRAL CHAPEL」的文字。

深羽並沒有感染到尚志的興奮，以熟練的態度握住黃銅門把。她拉了一下門把，門稍微動了一下就發出「喀鏘」的聲音。她又拉了一次，還是一樣。尚志也代替她嘗試，但門還是沒有打開。

「我去問老師。」

「沒關係，可以等下次再來。」

「你不想聽嗎？」

尚志在心中說「當然想聽」。不過另一方面，他覺得如果有「下次」也不錯。

「你等我一下。」

深羽走回高中的方向，於是尚志便坐在禮拜堂入口的石梯等她。矗立在眼前的銀杏樹上，結著距離落下還早的果實，隨風微微搖曳。

當深羽回來時，臉色顯得陰鬱。

「怎麼了？」

「好像有一陣子不能使用。」

深羽在尚志旁邊坐下。

「聽說裡面可能有石棉。」

尚志問「那是什麼？」，深羽告訴他「就是以前的建築會使用的一種材料。雖然很方便，可是對身體很不好，有可能會導致肺癌之類的。聽說禮拜堂有可能使用了石棉，所以在調查結束之前，有一陣子不能進去裡面。確認之後就得清除，所以大概會拖很長一段時間。」

「我不想得肺癌。不過我們已經進去過了吧。」

「老師說，只進去那麼短的時間沒關係，不過因為聲音震動，有可能掉下來了一點。」

尚志想到勝男和媽媽的死因都是肺癌。

「一陣子是多久？」

「老師好像也不知道。那裡原本就不常使用，所以聽說也沒有很急。最壞的狀況，有可能會被拆除。」

「那樣的話，那臺管風琴怎麼辦？」

「我也不知道。」

雖然不是自己的東西，尚志卻感到不可原諒。他不知道那臺管風琴的價錢，不過他知道聲音的價值。那臺管風琴正是在這個空間，才能產生那樣的聲響。

「現在真的無計可施了。」尚志把心中的念頭直接說出來。

他看到一隻很大的螞蟻走在地面上，就說「好大啊」，深羽也說「好像小小的丸子」。

「要不要去錄音室？不過要到河對岸。」

「嗯。」

「那裡沒有管風琴，不過有鍵盤。」

尚志邊走邊思考石棉的問題。過去被認為方便又有用的建材，後來卻突然變成反派的理由是什麼？沒辦法斷定是好是壞，為什麼要使用？清除絕對比使用更加困難。有很多東西，一旦開始之後就無法復原。他自己一定不會再回到大阪，也不會回到沒有接觸打鼓的時候。無法回頭的東西太多了。

他們走在堤防上，遇到迎面跑過來的運動社團的社員。這些社員身上的T恤各不相同，不過短褲都是同樣的深紅色。

「那是本校的籃球社。」

尚志聽了連忙拉深羽的手，離開堤防。排成兩行的籃球社員從兩人身後跑過去。尚志回頭，看到很像豐的後腦杓。他穿著黑色T恤，不過看不到上面細小的文字和花樣。尚志之所以認得出來，是因為自己也有相同的T恤。那是「前夜」的現場演唱T恤，而且還是去年的。

「對不起，突然拉妳下來。」

「沒關係。」

兩人再度回到堤防上。

「我不是跟妳說，我之前是為了見朋友才潛入學校嗎？那傢伙就是籃球社的。」

「叫什麼名字？」

「安邊豐。」

「原來是安邊學長。」

聽到深羽這麼說，尚志便問：「妳認識他？」

深羽回答：「他在學妹之間很受歡迎。有人說今年籃球社第一次能夠進入全國比賽，都是安邊學長的功勞。」

——他不是打得很差勁嗎？

網代川上的橋很長。河流左右的街景幾乎對稱，沒有太大的變化。不過對尚志來說，自鳴琴莊所在的一邊是現在，而圓明學園高中所在的另一邊則有他和豐的過去。時間的流逝在此截然分開，因此過橋總是讓他感覺好像跳躍到另一個空間。不過因為深羽的出現，過去也可能成為未來。這是什麼意思？尚志開始搞不清楚時間流向哪裡，腦筋變得混亂。

他來到站前的錄音間「嗶嗶」，店員招呼他：「喔，尚志！」

他最近常常在這裡練習，有時候也會打工。

「鍵盤的房間可以使用嗎？」

「呃……」店員檢視電腦螢幕，然後告訴他：「C室再過十五分鐘可以使用。你們可以等到那時候嗎？」

「嗯。」

「嗶嗶」的每一間房間都有不同的個性，除了面積之外，音箱種類和數量、有沒有鍵盤、甚至鼓的組成，都不盡相同。話說回來，客人未必能夠進入自己想要的房間，如果一定要挑某一間，就只能等了。

過了一陣子，坂口和「螢邏」的成員從另外一間走出來。

「尚志，你來啦？來練習嗎？」

坂口邊說邊打量深羽，用愉快的口吻說：「這位是誰？」

「她會彈鍵盤，所以我想請她彈給我聽。」

「哦，要挖角嗎？」

坂口似乎以為尚志是為了組新樂團而找來鍵盤手，不過尚志無法想像搭配那段管風琴聲的鼓聲。

「也讓我聽吧。」

這是坂口有些厚臉皮的地方。跟他住在一起之後，尚志常常感覺到這一點。當尚志和時枝聊得很開心的時候，坂口會插嘴問「你們在聊什麼」；而且他從來沒有買過共用洗手間的衛生紙，卻毫不吝惜地大量使用。每當隔著薄薄的牆壁聽見衛生紙捲筒轉好幾圈的聲音，大家就會輕聲嘆息。

「剛好現在真子和時枝在別的錄音間。憲一也在。」

什麼叫「剛好」?還有，憲一是作詞家，跑來這種地方做什麼?尚志無聲地在內心抱怨。

在自鳴琴莊沒有隱私權也沒有顧忌，遇到這種情況就無法拒絕了。如果表現出排斥的態度，事後被嘲笑會更加麻煩。尚志向深羽說明自鳴琴莊和其他房客的事，問她是否仍舊願意彈，她又回答「嗯」。

深羽的回答往往是簡短的「嗯」或「好啊」。她雖然不是面無表情，不過臉上的五官不會動得太多，視線似乎總是眺望著遠方，聲音也很平淡。尚志努力保持自我，避免被她捉摸不定的態度耍得團團轉。

從C間出來的是自鳴琴莊的三人。坂口告訴他們深羽的事，三人便說要追加費用，再度回到同一間錄音間。

坂口進入裡面之後，自顧自地率先行動，把房間裡的音箱移到牆邊，拉出鍵盤。

「請。」他催促深羽到鍵盤前面，尚志等人則圍繞著她坐在地板上。

「彈什麼都可以嗎？」

「可以呀。」

不知為何是由坂口主持現場，深羽也順從地聽他指示，讓尚志內心有些不快。不過他沒有顯露在臉上，只專注地看著深羽放在鍵盤上的手指。

她的手指沒有動。正確地說，是尚志沒有看到她的手指在動，因此沒有察覺到無聲與第一個音之間的界線。簡直就像幻影般，聲音不知從何時出現，並且宛若漂浮在看不見的水流上，搖晃著消失，接著又一一出現。簡單的音色游在緩慢的$3/4$拍上。

對古典樂不熟的尚志也聽過這首曲子。旋律清爽、甜美，帶有一絲脆弱。一顆顆音符輪廓清晰，卻又忽然變得模糊而消散。

「Gymnopédies[8]。」真子低聲說。

五人都相當投入地聆聽深羽演奏。不只是聲音，她挺直背脊的姿態也很優雅。尚志瀏覽了一下四人的臉。真子凝視著深羽，時枝閉著眼睛，坂口雙手交叉，憲一臉上則泛起微笑。每一個人的態度都顯示出對音樂的熱愛。

曲子以悲傷的和弦作結。五人有好一陣子沉浸在音樂的餘韻中，接著緩緩拍手。

時枝說：「我是第一次聽到 Gymnopédies 第一號會感到這麼心痛。」

坂口則回他：「是嗎？我反倒覺得好像得到完全的淨化。」

8 法國作曲家薩提的三首鋼琴作品集。

真子高興地說：「我感覺好像處在傍晚和夜晚之間的時刻。」然後又看著尚志問：「你覺得呢？」

「我覺得好像要長角。」

聽他這麼說，大家都沉下了臉。

「怎麼說呢，感覺好像要長出角。真的。」

他豎起雙手食指放在頭上這麼說，深羽便稍稍笑了。

「妳為什麼選這首曲子？」

「沒什麼，只是因為喜歡。」深羽淡淡地回答。

憲一看著鼓問：「尚志，你要不要也來打鼓？」尚志搖頭。他不在乎被認為沒膽量。他此刻不想把其他聲音放入耳朵裡。

六人離開「嗶嗶」之後，尚志原本打算在這裡和深羽道別，不過真子邀她「要不要來我們家吃飯？」於是尚志也跟著說：「對呀，來吧。現在才傍晚，我們可以訂披薩。」

深羽回答：「嗯。」

路上經過影片出租店，憲一說：「難得有這個機會，大家一起來看路易・馬盧的《鬼火》吧。」接著他看大家呆呆地看著他，便說：「咦？提到 Gymnopédies 就會想到《鬼火》吧？」

根據憲一的說法，Gymnopédies 這首曲子是因為這部電影而全球知名。尚志查維基百科的「Gymnopédies」項目，看到同樣的說法，因此猜想憲一一定也是從這裡知道的。

尚志也查了「鬼火」，劇情概要寫著：以艾瑞克・薩提令人印象深刻的旋律為背景，透過低調的黑白畫面，描繪酒精中毒的男人自殺前的四十八小時。

時枝說想看，因此大家就借了DVD。

這天晚上很熱鬧。深羽跟大家打成一片，很自然地和所有人交談。尤其是坂口對深羽很感興趣，不斷問她問題，簡直就像採訪一樣。

深羽是從兩歲的時候開始學鋼琴。因為她母親是鋼琴老師，再加上大她兩歲的姊姊也在學鋼琴，因此她自然而然很早就開始學。到了小學，她也開始學風琴。她說她看到音樂教室的風琴產生興趣，在休息時間自己跑去彈，憑自學學會。

深羽說她比較喜歡風琴，理由是「感覺好像在呼吸」。

深羽之所以進入圓明學園高中，是因為姊姊也是這裡的學生，而雙親則是圓明學園大學畢業的。那一天深羽在禮拜堂彈風琴，是因為老師要確認她是否適合擔任禮拜時的伴奏。之前是深羽的姊姊擔任伴奏，但她姊姊因為身體出問題住院，因此便選中她來代替。

「妳有男朋友嗎？」坂口毫無來由地問。

深羽回答「沒有」，坂口就說「這樣啊」，並將視線移向尚志。

「不過妳竟然會想跟這種傢伙交朋友。」坂口抓著披薩，用尖端指著尚志。「如果是我，就不會再跟他見面了。怎麼看都很可疑吧？」

「誰可疑了？」尚志抗議。

真子哈哈笑，替他辯護：「尚志是好孩子。坂口，是你自己不知道吧？」

坂口一邊喝啤酒一邊說：「女人不會了解這傢伙的危險。」

真子回嘴：「歧視女性，真低級！」

「因為我覺得他很有趣。」深羽用平靜的聲音這麼說。

眾人差不多吃飽之後，憲一便開始播放《鬼火》。平淡敘事的黑白影像中，演員的臉孔都很美，不過第一次看法國電影的尚志很快就跟不上情節。坂口也一樣，開始播放之後不到十分鐘，就在沙發上睡著了；先前談得頭頭是道的憲一，也在開始後三十分鐘左右閉上眼睛。

深羽和真子則看得聚精會神，時枝也說「嗯，配樂很棒」，愉快地欣賞這部電影。尚志注意到真子不時會偷瞥時枝，不過他假裝沒看見。

尚志昏昏欲睡的時候，就會去看深羽。看著她直挺的鼻子、黑色的頭髮與長長的睫毛，睡意就會立即消散。不過尚志也從頭到尾被真子看在眼裡。真子嘴角上揚，再度轉向電視螢幕。這時剛好開始播放 Gymnopédies 第一號。尚志覺得彷彿一起做壞事之後只有自己被發現，感覺有些吃虧。

在其中一幕中，主角亞蘭的女性朋友艾娃察覺到他身上的死亡氣息，說：「我感覺到不幸。我想要阻止他。」

耽溺於毒品的夥伴從畫面外回覆她：「別擔心，就算不幸也不會自殺。」

艾娃問「你怎麼知道？」然後突然看著鏡頭說：「閉嘴。」她的視線讓尚志感到震撼，心跳加速好一陣子。接著電影突然結束，看到最後的四人沒有說話，他開始整理並取出DVD。

尚志覺得一直在街上徘徊、每次與人見面就會更加痛苦的亞蘭簡直就像自己，但他無法接受亞蘭的結局是自殺。應該還有更多生活方式吧？尚志覺得這個感想就像是針對自己，因此更加生氣。

他和真子送深羽到車站。夜晚的街道已經有些涼意，乾燥的風不知從何處捎來拉麵的味道。為了配合兩人的走路速度，尚志的步幅自然而然變小。

到達車站之後，尚志說：「妳可以隨時再來。我會等妳。」

「嗯。」

深羽的臉上形成陰影，看不清她的表情。

「這是我的聯絡方式。我沒辦法用 Alternate，所以妳可以打這支電話，或是傳簡訊。」

他把事先寫下電話號碼的紙條遞給深羽，深羽又說「嗯」。

「那就再見了。」尚志說。

「再見。歡迎妳隨時來玩。」

真子這麼說，深羽便鞠了一個躬，然後通過驗票口。

「深羽真是個好孩子。」

「我不知道她是不是好孩子，不過她很厲害。」

「你這種說法，以後就見不到她囉。」真子以嘲弄的表情說，「你就是因為用單純的語言稱讚她，才能成為朋友吧？想要親近對方，就得簡單易懂才行。」

「真子，妳跟時枝在交往嗎？」

「什麼？」

「我試著問簡單易懂的問題。」

「你為什麼會做出這種結論？」

「沒有，我只是一直在猜是不是這樣。」

「才不是。我們不是那樣的關係。」

「真的？那……」

雖然什麼都沒有改變，但尚志卻持續懷著好像失戀的心情，一定是因為看了《鬼火》的關係；這麼說的話，一起看到最後的真子或許也有同樣的心情。

在她耳垂下方，耳環的珍珠持續綻放淡淡的光芒搖晃。

16 摩擦

直到預賽當天，蓉依舊無法將三浦的事告訴惠美久。

現在應該專注於眼前的事，沒有閒工夫去思考其他事情，所以還是不要跟她提多餘的話題比較好——蓉以這樣的藉口拖延告訴她的時機。

通過預賽之後，就要和永生第一高中對決，到時候總不能繼續保持沉默。如果她從自己以外的人得知這件事，那也不太好，而且她也可能從三浦的眼神察覺到真相。蓉必須趁那種事發生之前，找個時間好好告訴她。

但是直接面對面說出來真的好嗎？如果傳簡訊，惠美久或許也會感到比較輕鬆。蓉有好幾次想到如果有Alternate……不過還是徹底放棄這個方案。

蓉想到或許還是不該在這種時候跟三浦交往，但三浦的存在確實能夠在某方面滿足她，而她對自己這種沒有原則的態度感到慚愧。

在那天之後，她就沒有見到三浦。雖然有打電話聊，不過沒有見面的時間。三浦也鼓勵她，現在先專心準備預賽比較好。

或許因為如此，圓明學園高中順利通過預賽，終於得到參加正式比賽的門票。

預賽的課題是「使用『猴頭菇』和『海鮮』做為食材，主題是『銀河』」，條件和上次決賽相同，不過兩人決定用全新的方式挑戰。雖然也想過要不要拿去年的料理進行改良，可是惠美久卻很果斷地否決這個想法：「不行的東西不論再怎麼改良，都有一定的限度。現在的搭檔不是澪學姊和新見學姊，而是新見學姊和我。我們就用自己的風格去挑戰吧。」

決定方向之後，兩人便進行種種嘗試，想出新的料理，並且在預賽當天的會場順利完成。

她們在預賽做出的料理是猴頭菇與白蘆筍湯，以及猴頭菇墨魚義大利麵。這兩道料理對稱地放在同一個盤子上，呈現白洞與黑洞。色彩的點子是惠美久想出來的，具體製作方式則由蓉來思考。製作第一道料理的湯時，蓉用攪拌機把猴頭菇攪到完全失去口感。之所以採用跟上次被批評的手法相似、把猴頭菇打成醬的方式，不只是出自蓉的反抗精神。她把蒸熟的小塊猴頭菇和白身魚浸泡在湯的底部，以兩種烹飪方式處理同一種食材，希望能夠突顯出這項食材的潛力。

另一道料理則把猴頭菇撕成一片片，模擬短義大利麵，然後拌入墨魚醬。兩道料理味道都不會太過複雜，可以展現食材原本的風味。

完成的作品當中，黑白的對比相當搶眼，在盤中呈現幾何風格的圖案。不只是擺盤，連味道都無可挑剔，可說是令人滿意的作品。

料理完成之後，惠美久又直言直語地說：「如果去年做這個，一定可以拿冠軍。」蓉不禁笑出來，低聲說：「也許吧。」

惠美久聽了便說：「嗯，不過……或許是因為去年的經驗，才能做出這個吧。」聽到惠美久支支吾吾地替自己緩頰，蓉又笑出來，惠美久也跟著笑了。她們是第一次像這樣相視而笑，讓蓉感到有些安心，甚至有點想哭。

做出這樣的作品，不可能不會通過。我們已經使出全力，如果沒有被選中，就是評審瞎了眼——蓉雖然如此確信，不過在聽到她們的號碼被叫到時，仍舊像小孩子一樣雀躍，並由衷感謝評審。

通過名單發表結束之後，兩人仍沉浸在喜悅的餘韻中，一名身穿西裝的中年男子走過來對她們說話。

「我是『一人份美食』的製片主任，敝姓鴫原。」他遞出名片，「我有事想跟妳們談，現在可以跟我到辦公室一趟嗎？」

名片上印著「Supernova」董事。

兩人仍舊穿著圍裙就跟著他進入辦公室。裡面沒有人。面對緊張的兩人，鴫原輕輕拍手，面帶微笑說：「恭喜妳們通過預賽。」

接著他又說：「我找妳們來這裡，是為了確認一件事。」

對於突然轉為直率口吻的鴫原，兩人正感到詫異，他就低聲說：「新見蓉，是關於妳的事。」

「什麼事？」

「我就單刀直入地問吧。妳跟三浦榮司是不是在交往？」

「什麼？」蓉還沒有發出聲音，惠美久就率先反應。

鴫原說：「我聽到這樣的消息。啊，沒有規定說不行。」
蓉意識到惠美久的視線，但不敢看她。
「不過關於在《一人份美食》節目中要如何處理這件事，我們目前還在討論中。」
惠美久忍不住問：「我們該不會被取消資格吧？」
鴫原回答：「沒這回事。我先說我們這邊的意見吧。我希望在事情變得麻煩之前，由節目來公布你們兩人的關係，而且希望可以放在節目內容當中。」
鴫原繞到蓉身後，雙手在胸前交叉，對她說：「拜託妳了。應該沒什麼好在意的吧？聽說現在有很多年輕人都在 Alternate 公開交往對象。」
「我沒有這麼做。」蓉立刻回應。
「可是三浦也有在使用 Alternate 吧？」
蓉正懷疑該不會是三浦公開的，鴫原又補充：「不過目前他好像也沒有公布。老實說，我是從三浦的搭檔室井那裡聽來的。不過他跟我說，他在告訴製作單位之前，已經事先經過三浦的同意。」
蓉感到腦袋發熱，頭暈暈的。
「我當然不能強迫妳。我並不打算做你們不喜歡的事，不過隱瞞兩人的關係參加比賽感覺也很不舒服吧？還不如開誠布公，堂堂正正地比賽。」
蓉抱著暈眩的頭說：「請讓我想一下。」
惠美久急著問：「什麼？難道我們不參賽嗎？」
蓉看著她說：「給我一點時間。」接著又對鴫原說：「我會立刻回覆。」

「我了解妳的心情，可是《一人份美食》即將開始準備正式比賽。可以的話，希望妳可以盡快告訴我答案。萬一妳們決定棄權，我們也得通知其他組才行。」

走出會場，突然颳來的強風讓蓉閉上眼睛。風勢強烈到讓她的頭髮倒立，臉頰被往後拉。手機一直接到〔今晚有颱風接近，請注意豪雨、暴風〕的簡訊警報。風聲在耳邊發出嗡嗡聲，而且斷斷續續的，因此她很難跟惠美久說話。

走下地下道的階梯之後，四周總算安靜下來，蓉便以清晰的口吻對惠美久說：「對不起。我原本打算好好跟妳說的。」

她看著惠美久的臉。惠美久低著頭，不知道在想什麼。

「這麼說聽起來很像藉口，可是我真的決定今天結束之後，就要正式告訴妳。」

她仍舊沉默不語，跳著下階梯。

「真的很對不起！」

蓉朝著越來越遠的背影鞠躬。

「沒關係。」

蓉聽到她的聲音抬起頭。惠美久回頭，冷冷地說：「戀愛是個人自由，妳也沒辦法選擇愛上的對象。」

「可是我已經造成妳的困擾了。」

「是嗎？我完全沒有生氣。」

她說完轉向前方，拿著行李的雙手交叉在身後，開始向前走。

「雖然我剛聽到時嚇了一跳，不過想想也對。暑假妳找我到學校的時候，三浦不是也來了嗎？當時你們之間感覺就已經開始了。是我太蠢，沒有早點發覺。」

即使下了階梯來到地下道，風還是從不知何處吹來。

「不過我希望你們至少能等到《一人份美食》結束。我們好不容易進入正式比賽。」

她的說法並不帶有平常的諷刺語氣，反倒輕鬆到奇怪的地步。不過她立刻停下腳步說「咦，等一下」，然後朝蓉皺起眉頭。

「我們該不會是為了製造話題才被選中的吧？」

「什麼？」

「要不然不是很奇怪嗎？他們早就知道你們在交往，那應該會在預賽之前問妳，不是嗎？」

惠美久說得沒錯。特地等到通過預賽才確認蓉的意願，的確很奇怪。這一來要多費一道工夫，而且今天到會場的人都知道她們通過了，因此如果棄權，就會引來懷疑。

「預賽通過之後才找妳過去，或許是因為這一來妳就不方便拒絕了。」惠美久的臉更加扭曲。「超火大的。」

「對不起，都是我害的。」

「不是妳的錯。利用別人的戀愛，絕對有問題。我們明明是抱著純粹的心態來比賽的。私人生活跟料理有什麼關係！為什麼要加入節目內容？」

惠美久用力踢嵌入磚塊的牆壁，Converse運動鞋跟牆壁摩擦，發出刷刷的聲音。

「怎麼辦？雖然很不甘心，不過妳如果要退出也沒關係。我明年和後年還可以挑戰。這件事應該由妳來決定。」

「謝謝。」

蓉回應之後，惠美久便很有氣勢地伸出手說：「總之，今天辛苦了。」

蓉雖然有些遲疑，不過還是握住她的手。惠美久的手感覺很溫暖。蓉事後才想到，這是因為自己的手太冰冷。

兩人回家的路是反方向，因此在進入驗票口之後就分道揚鑣。蓉走到地下鐵月臺，看到惠美久在隔著軌道的對面。廣播正在播放反方向的列車駛入的通知。

蓉小動作地揮手，惠美久便將雙手圈在嘴巴周圍，像是在山頂吶喊般對她說：「好煩喔！不要亂談戀愛，新見蓉！！！！」她喊完豎起右手大拇指和小指貼在耳邊，意思大概是要蓉決定之後聯絡，接著便擠上停下來的電車。

留在月臺上的蓉因為尷尬而紅了臉，不過內心卻感到有些清爽。她上了進站的電車，發現車廂內的人比預期的少，但她並不想要坐下，靠在車門拿出手機。她一打開手機，就看到好幾通簡訊，內容全都是在慶祝她通過預賽。她很訝異大家已經知道這個消息，立刻聯絡惠美久。

〔我們要參加《一人份美食》的事已經傳出去了。為什麼？〕

她立刻收到回覆：〔我也覺得奇怪，剛剛查了一下，好像不是正式公布，而是在場的參賽者或相關人士洩漏情報，結果一下子就傳開了。〕

接著惠美久傳來沮喪的表情圖案。她平常很少傳表情圖案，所以或許是想要鼓勵蓉吧。蓉雖然對她的體貼感到高興，不過看到「傳開」兩個字，她就感覺胸口好像被勒緊一般。

她也收到三浦的簡訊。

〔結束的話跟我說！我會去妳那裡！〕

地下鐵的水泥牆不斷向後流動。

她原本應該第一個通知三浦。在等待結果公布之前，她就已經決定要這麼做，然而現在她卻不知該如何回應。他也許已經知道結果了。蓉沒有回覆就收起手機。

地下鐵因為要直接進入其他路線，因此不久之後就來到地面上。陰沉的天空中遍布著斑駁的雲朵。她收到新的簡訊。

〔還沒結束嗎……？不要緊吧？〕

距離蓉的家還有五站。蓉打了回覆。

〔我大概再過十五分鐘會到車站。〕

她立刻收到回覆：〔知道了，那我立刻趕去妳的車站。〕

蓉到達離家最近的車站，像是被電車吐出來般下了車。她被人潮不斷超前，拖著沉重的步伐前往驗票口。

她原本以為要等一陣子，但三浦已經站在驗票口的另一端。一看到他的臉，蓉的身體就自然發熱。

「你來得好快。」

他們從那一天就沒有見面，可是當蓉面對三浦，卻感到心情變得比以前更強烈。

「因為我很在意，所以其實從中午過後就一直在這一帶閒晃。」

三浦的頭髮比上次見面時稍微長一點。

「……結果怎麼樣？」

他詢問的態度似乎有些顧慮，因此蓉便反問他：「你不知道結果嗎？」

「不知道。妳為什麼這樣問？」

「因為好像已經被傳開了。」

「我沒有看網路。我想要從妳口中得知結果。」

三浦臉上浮現擔憂的表情，蓉對於沒有立刻回覆他感到心疼。

「通過了。」

「真的？」

蓉點頭，三浦就把手放在額頭上說：「太好了。妳沒有回覆，而且感覺不太有精神，所以我還以為搞不好沒通過。」

「姑且算是通過了。」蓉像拋出紙氣球般丟出這句話。

「姑且？」

三浦詫異地看她，但她把臉轉開。她緊閉嘴巴離開車站，走向自己的家。

蓉不想邊走邊說話，因此繼續保持沉默。三浦沒有問任何問題。蓉想起他之前說過「沉默簡直就是暴力」。偏偏在這種時候，碰到紅燈的機會特別多。

他們來到蓉的家門口。蓉沒有進入自己的家，而是打開「新居見」的門鎖。為了以防萬一，她父母也給了她店裡的鑰匙。蓉先進入裡面，三浦也戰戰兢兢地跟著走進去。

今天是星期日，因此餐廳沒有營業。蓉的父母親並不在店裡，也許是去外面吃飯，或是去見某人，或者也可能在隔壁的家裡。

蓉打開裡面的電燈。店裡不像平常那樣有人在，感覺好像是不一樣的地方。三浦聞到殘留在店內的料理氣味，喃喃地說「真好」。

「我媽雖然是料理師，可是沒有自己的餐廳，所以我很羨慕像這樣的環境。」

「你想要開自己的店嗎？」

「當然了。我想當的不是料理研究家，而是廚師。我想要為吃的人做料理，而不是為做料理的人做料理。」

「坐在那裡吧。」

蓉指著四人座位的位置。三浦坐下之後，她也坐在三浦對面。

「對不起，店裡的東西不能亂碰，所以我沒辦法給你飲料。」

「別在意。怎麼了？妳好像跟平常不一樣。」

蓉深呼吸一次，然後告訴他被製作單位找去的事。

「如果不是憑實力選上的，我考慮要棄權。」

「什麼？」三浦一副不敢置信的表情，不斷眨眼睛，問：「為什麼要這樣？」

「與其贏得不公平，不如輸得公平，反倒比較不會感到懊悔。」

三浦低下頭，然後同意她的說法：「的確，我也這麼覺得。」

他接受的速度如此之快，讓蓉忍不住質問：「那你為什麼要把我們的事告訴製作單位？」

他用輕鬆的口吻回答：「因為這樣才公平。我跟室井之間沒有任何祕密。這是我們組成搭檔時的規定。如果沒有彼此完全開誠布公，就沒辦法團結合作。所以我立刻告訴他有關妳的事。這就是我們之間的公平。結果室井就說，這件事如果瞞著節目製作單位很奇怪。他說我們得到冠軍，卻沒有把這麼重要的事情告訴《一人份美食》，是很失禮的事。」

三浦的椅子發出唧唧聲。

「你接受他的說法？」

「當然。我覺得這沒什麼好隱瞞的，而且要不是因為《一人份美食》，我們也不會相遇。」

「可是既然如此，你可以先告訴我，你打算說出我們兩人的事吧？」

「妳說得也對……可是我也知道妳想要認真準備預賽，而且室井一直跟我說，『不早點說出來，以後會很麻煩』，所以我就說好吧。」

這樣太任性了——蓉想要這麼說，但卻沒有說出來。她自己沒有告訴惠美久，也是同樣地任性。

「妳為什麼想要隱瞞？」

蓉知道三浦的拳頭握得更緊。

「妳要求我『不要在 Alternate 上寫已經有交往對象』的時候，我感到很難過。」

風吹動窗框，發出「格格」聲。

「為什麼不能說出自己跟喜歡的人在一起？我喜歡妳到想要大喊妳的名字，卻得勉強壓抑。但是我不想做妳討厭的事，所以沒寫上去。」
「因為是第一次。」
蓉對他的氣勢感到畏懼，不過還是說：「這是我第一次跟人交往。我害怕不知道會發生什麼事。我一直覺得自己會變成不是自己的人，遲遲無法接受真正的自己。在那個斜坡上，我終於決定要試著接受。可是我還是害怕。我不知道會出現什麼樣的變化，擔心會充滿無法控制的事情。結果果然發生這種事情，牽連到自己以外的人。」
「妳別這樣說！」
三浦顫抖著嘴唇，繼續說：「難道妳覺得，不要跟我交往比較好嗎？如果我們沒有相逢，如果我沒有邀妳到我家、對妳告白，妳會覺得比較好嗎？」
「我沒有這麼說！」
蓉想要穩定心情，但仍舊受到三浦激昂的情緒影響。
風聲變大，每次聽到「呼」的聲音，蓉就縮起脖子。
「對不起。」她不禁道歉，可是自己也不知道在對什麼道歉。她只是不想被討厭而說出場面話。
「我也要跟妳說對不起。」
三浦說完抬頭看天花板，用手擦臉。
「在我跟妳的關係當中，我想要好好對待妳；可是在此同時，我跟室井也努力在追求《一人份美食》的二連霸。就這樣而已。」
三浦薄薄的肌膚下方，透著青色的血管。

「室井真的也是同樣的想法嗎？」
「什麼意思？」
「就是字面上的意思。」
「妳的意思是，他有別的想法，所以才這麼做？」
「他有沒有可能是為了要贏，才說出我們兩人的事？如果我棄權了，去年進入決賽的對手就會少一組。」
「他沒有想到那麼遠。」
「就算不是為了這個理由，也可能是為了要讓我們產生動搖吧？畢竟他的說法很奇怪。說什麼對《一人份美食》隱瞞很失禮，就算真的是這樣，也不應該在預賽之前說出來。」
「妳在懷疑他？」
「我不是在懷疑，可是我沒有了解他到可以信任的程度。」
「他是我的搭檔。」
「那你能夠相信我的搭檔嗎？」
「我當然相信。只要是妳的朋友，我都相信。」
三浦的眼睛純淨到讓蓉感到悲哀。不論說什麼，感覺好像都是自己有問題。
「拜託妳，不要把室井當成壞人。我一直和他在一起，知道他不是那種卑鄙的人。他是為了我們才說的。」三浦試圖要說服蓉，但她完全沒有受到感動。三浦說得越多，反而越讓蓉覺得他沒有看清周遭。

「蓉，妳可以了解嗎？」

「我不了解。」

蓉原本以為在決賽才需要和他碰上。她期待光明正大的戰鬥，不管輸贏都互不怨恨。

「我完全不了解。」

三浦對於無法順其心意的蓉感到不耐，便宣布「我現在開始要說很過分的話」，然後說：「這不是我個人的意見，而是以去年度《一人份美食》優勝者的立場來說話。我們就算不耍那種小花招，也一定能夠連霸。我們沒有弱小到會怕圓明學園高中、做出卑鄙的手段。」

蓉也覺得他說得沒錯。他不需要為了自己的勝利，在背地裡做那種勾當。

蓉內心有某樣東西崩裂，碎片飛散，無法再恢復原狀。

門「喀啦」地打開了。母親看到蓉，便說：「原來妳回來啦？」蓉連忙站起來說「我回來了」，然後切換腦中的思緒。

「這位是去年《一人份美食》的冠軍，三浦榮司。我通過預賽，所以我們今年還要再比一次。」

「這樣啊。」聽了蓉的介紹，母親露出笑容，對三浦說：「請多多關照我們家女兒。」

「不敢當。」三浦的聲音顯得很客套。

「蓉，爸爸已經回家了。」

母親說完對蓉眨眨眼，大概是叫她不要被父親發現。接著母親對三浦道別之後就回去了。

兩人之間不再對話。這不是刻意的沉默，而是已經無法挽回而放棄的沉默。走出「新居見」之後，蓉想要送三浦到車站，他卻說「到這裡就可以了」。

「再見。」

風已經停止。

「在《一人份美食》結束之前，我們還是維持競爭關係就好——」

蓉沒有說完，三浦就回頭說：「如果到那時候，還能保持同樣的心意的話。」說完他就逕自走向車站的方向。

蓉不知道現在的自己是什麼樣的表情，只知道現在這副模樣沒辦法回家。

蓉走向跟三浦相反的方向。原本以為已經停止的風再次颳起，不久之後就開始下雨。即使如此，蓉還是繼續走。她沒有目標，只是不斷把腳一前一後地前進。走在圍牆上的貓加快腳步，尋找可以躲雨的地方。

被風吹來的雨點打在臉上很痛，就好像在鞭策她「振作點」，讓蓉逐漸恢復冷靜。

她在兩棟大廈之間看到小小的鳥居，便往那裡走過去。穿過鳥居，就看到神社前方有座洗手的小亭子，應該可以躲雨。沿著頭髮滴落的水滴打溼乾燥的地面。

蓉拿出手機想要打電話，但是因為手溼溼的，沒辦法順利操作。她費了一番工夫，總算聽見鈴聲。她稍稍深呼吸。

「喂。」

「您好，這裡是《一人份美食》製作單位。」

「我是今天通過預賽的圓明學園高中的新見蓉。」

「恭喜。」

「請問『Supernova』的鳴原先生在嗎？」

「他不在這裡。」

「那麼請轉告鳴原先生，我和三浦榮司已經分手了。」

水盆的水面被風吹動。每當搖鐘的繩子擺動，就響起鐘聲，融入夜晚的雨中。

17 共生

文化祭要推出的節目直到期中考結束的十月中才決定。雖然只剩下不到一個月，卻選擇「真人逃脫遊戲」這種費工夫的東西，都是志於李害的。

鬼屋、餐飲店、雲霄飛車等熱門項目都已經被其他班級搶走了，因此一年三班沒有什麼選擇，討論好幾次都得不到結果，結果志於李耐不住性子，脫口而出：「要不要推出真人逃脫遊戲？最近滿流行的，應該會受到歡迎吧？」

凪津事後問怕麻煩的她怎麼會提議這種東西，她就說那是她男朋友的高中去年最受歡迎的節目。

在這麼短的期間，真的來得及嗎？就連笹川老師也提出忠告說「考量現實條件，可能會很困難」。原本以為討論又要回到起點，卻有一名文化祭執行委員舌粲蓮花地鼓舞大家：「只要有心，一定能夠成功。我們第一次舉辦文化祭，怎麼可以妥協呢？」

於是大家逐漸產生異常的凝聚力，老師也改變意見說「的確，第一次辦文化祭，就做自己喜歡的吧」，於是否定派最終也點頭了。

接著文化祭執行委員說：「目前人手不足，希望可以有人來幫忙。」這時有人主張提案的志於李應該要參與幫忙。志於李雖然不願意，但是大家都知道她交了男朋友之後，就不太去顧足球社經理的工作，因此拜託她「如果有時間，希望可以幫忙」。

志於李無法拒絕，不知懷著什麼居心，竟然回應說「如果凪津也參加的話」，結果凪津便以意想不到的形式被捲入了。不過凪津內心其實有些鬆了一口氣。如果有多餘的時間，她就會一直去想 Alternate 和那天的事。

桂田在那之後也繼續傳簡訊給她，但是她都沒有閱讀，也幾乎沒有去看 Alternate。她也停止更新「恩格庫塔魯索姆」。

真人逃脫遊戲的企劃成員除了凪津和志於李還有三人。在決定之後，五人就每天開會。目前姑且決定的內容概要如下：

參加者在偶然的情況下，在校內聽到一年三班好像推出奇妙節目的傳言。他們會受到吸引來到這個班級——這是最初的設定。

參賽者進入教室之後，門會突然被鎖上，然後出現一名男子。他是幾年前在一場車禍中過世的學生。把參賽者吸引到這間教室，其實正是他的陷阱。如果無法猜對謎題，就無法離開這裡。

之所以在企劃中加入恐怖元素，是因為其中一名成員仍舊無法完全放棄鬼屋的點子。

在討論中，有人提議：「讓大輝扮演這個學生角色怎麼樣？」

「圓明學園高中最知名的人物如果能參加演出，或許會有很多人因為好奇而來吧。」

過去沒有請其他班級的學生協助的例子，不過提案者也知道沒有先例，因此主張

「就是因為這樣才有趣」。大輝當然也有自己班上的節目要幫忙，不可能一整天請他參與演出，因此他們打算事先錄製影片，用投影機放映在螢幕上。

「總之，先去問問大輝學長吧。凪津，可以拜託妳嗎？」

凪津因為熱中 Alternate，因此常常被誤認為喜好交際，但其實她很不擅長與人交涉，更何況對象是大輝。

「凪津，這是跟大輝交朋友的好機會！」志於李以調皮的笑容這麼說。

凪津無可奈何地打開 Alternate。才幾個星期沒有使用，她就感到頗為懷念。她忐忑不安地追蹤大輝，不到五分鐘就得到連結。

〔我是圓明學園高中一年三班的伴凪津。我們班在文化祭想要辦猜謎遊戲。在此想要很冒昧地提出請求，如果方便的話，可不可以請你參加演出——〕

她慎重地考慮文字內容，然後送出。回覆也很快傳來。

〔好啊。我想直接聽妳說明詳情，明天放學後約在校門前碰面吧。〕

他的語氣就好像跟很熟的朋友說話。凪津不禁懷疑這是不是真正的大輝，不過個人資訊上確實寫著水島大輝。

＊

凪津依照約定在校門等候，看到大輝穿著工作服從操場的方向跑過來，一隻手臂把水桶夾在身體旁邊。他從遠處揮手喊：「嗨，妳就是凪津？」

「是的，請多多指教。」凪津以開朗的聲音打招呼並鞠躬。

大輝把水桶放在校門旁刻有「圓明學園高中」的石碑前方，接著從容地拿出兩支鏟子，插在石碑周圍的花壇裡。

「妳可以幫我嗎？」大輝說完，遞給凪津新的工作手套。

他常常這身打扮在校內徘徊，大家也知道他是園藝社的，因此凪津並沒有感到奇怪；不過因為是約在校門前，所以凪津原本以為是要到校外的某個地方。

「好的。」

「如果妳不介意，這件給妳穿。妳不想弄髒衣服吧？」

大輝拿出來的是和他一樣的圍裙。凪津雖然覺得不好意思，但又覺得拒絕好像很失禮，因此便和手套一起接受。

「妳能來幫我真是太好了。平常都是料理社的人來幫忙，可是他們在文化祭前會很忙。另外也有人要參加《一人份美食》。」

大輝說完開始為手腕拉筋。

「妳先大概挖鬆這一帶的泥土。」

凪津依照他的指示，把鏟子插入泥土裡，手感有點像用湯匙舀雪酪的感覺。

「你已經在為明年做準備嗎？」

「是啊。園藝要隨時考慮半年後、一年後的未來才行。對了，妳記得你們剛入學的時候，這裡開的是什麼花嗎？」

凪津回想 Alternate 上面的大頭照。

「粉紅色的花。」

「沒錯，是淡粉紅色。長什麼樣子？」

「長得像……」凪津雙手握拳說，「神社巫女像這樣拿的鈴鐺。」

「哈哈哈，的確。那種花叫風信子，妳應該也聽過吧？」

凪津雖然聽過，但卻無法想起整體的印象。她想要用手機查，但此刻戴著工作手套，手上也沾滿泥土。

大輝接著從水桶拿出篩網，裡面裝了好幾個看似迷你洋蔥的東西。

「這就是風信子的球根，就是妳看到的淡粉紅色的花。」

大輝把挖鬆的泥土往下挖十公分左右，把球根埋在裡面，然後再度蓋上泥土。凪津也拿了球根，依樣畫葫蘆。

「這麼說，這些風信子也要等到四月才會開花嗎？」

「是啊。」

「那樣的話——」凪津說到這裡打住。大輝畢業之後的風信子，不是自己要去操心的問題。

「球根之間要間隔一個拳頭的距離。」

「好的。那麼文化祭的演出，你真的願意幫忙？」

「好啊。」

大輝放入球根、蓋上泥土的動作，就好像替小孩子穿上衣服的母親。凪津不禁停下手邊的工作，呆呆看著大輝的舉止。

「不過啊——」
「是。」
開始下沉的夕陽照熱背部。走出校門的學生愉快的交談聲，摻雜著籃球拍擊在體育館地板上的聲音。
「妳可以來幫園藝社嗎？」
「什麼？」
「只要到文化祭就行了。妳沒有參加社團吧？」
凪津原以為他是從 Alternate 的個人資訊得知的，不過他卻說：「我是聽笹川老師說的。她是園藝社的顧問，而且我聽說妳的生物成績很好。」
「可是我完全沒有接觸過園藝或造園，一點都不懂。」
「沒關係，我可以教妳。」
「可是……」
「不然我也不幫了。」
園藝會弄髒手，要是泥土跑到指甲縫裡那就更討厭了。凪津完全無法體會它的樂趣。
大輝或許從她的表情猜到她的想法，便說：「也許妳覺得很無聊吧。不過只要試試看，也許可以發現它其實滿有趣的。開花的時候真的很高興，一定會想要拍照。」
「我並不討厭花。」
「只看漂亮的部分，也沒辦法理解本質。能夠真正理解這朵花之美的，就只有此刻在種球根的我們。」
大輝搞笑的口吻就跟影片裡的他一樣，讓凪津莫名地感動。
「我知道了。如果只需要量力而為，我願意幫忙。」
「太好了！這樣就是雙贏！」
球根總共有十三個。凪津依照大輝的指示，保持一定的間隔種植。
「我是第三次種風信子。從種進土裡到開花為止，我每次都會立誓。第一次我發誓在開花前不吃洋芋片，第二次我發誓每天要記三個英文單字。」
「這次呢？」
「這次我還沒決定。妳有沒有什麼好點子？」
「我沒辦法決定這種事。」
「那我把這項立誓規則交給妳。」
「你這麼說，我也不知道要立什麼誓。」
「跟花朵一起為某個目標努力，感覺很棒喔。」
全部種完之後，兩人前往收納園藝社用具的倉庫。大輝教她各種用具的用途，然後他們各自拿了澆水壺，經過洗手臺回到花壇。大輝站在花壇邊緣，左右晃動全身，從高處替風信子澆水。
「妳要記住，土壤表面變得乾燥，就要澆足夠的水。還有，澆水基本上是早上比較好，所以如果可以早點來學校澆水，我會很感謝妳的。」大輝在花壇邊緣緩緩移動，沒有看向凪津這麼說著。

「那個……」

「什麼事？」

在空中流動的澆水線條在陽光照射下閃閃發光，然後被吸入土裡。

「你和蘭迪不會重修舊好嗎？」

「啊？」大輝發出短促的笑聲，「不可能的。那是誰呀？最近很紅的舞者嗎？」

這時澆水壺裡的水剛好沒了，蘭迪的話題就和替風信子澆水的工作一起結束。接著大輝說要去看其他花壇，凪津便跟著他走。籃球社員從體育館出入口湧出，直接開始慢跑。大輝看到在操場外圍排成一排跑步的社員，用輕佻的口吻說：「喔，是安邊豐。今天還是這麼帥。」

接著他問凪津：「那個人不錯吧？」

「是嗎？我不確定。我盡量不想要因為外表去喜歡別人。」

「那妳為什麼會喜歡別人？別跟我說『看個性』這種老套說法。」

他們去巡視操場旁邊的農園，看到茄子和小番茄長出來了。大輝一一摸著它們確認狀況，嘴裡喃喃說「大概差不多了」。

凪津問他：「你對 Alternate 有什麼看法？」

「看法？」

「你喜歡 Alternate 嗎？還是討厭它？」

「一定要選的話，應該算喜歡吧。畢竟它很方便。我們能夠像這樣突然成為朋友，也是多虧 Alternate 吧？」

大輝說完，突然停下來說：「啊，其實也不一定。我們是同校學生，其實可以直接面對面用說的。妳為什麼要特地追蹤我？」

「因為我沒有勇氣突然去找你說話。」

「勇氣啊……」大輝摘了一顆小番茄咬了一口，然後問：「妳呢？妳喜歡Alternate嗎？」

「喜歡。以前喜歡。」

大輝把小番茄遞給她，她便接受並放入嘴裡。咬下去時，果皮迸裂開來，酸味一下子擴散到嘴裡。

「我覺得好像有點遭到背叛的感覺。」

小番茄的皮黏在她的臉頰內側。

「我好像稍微可以理解妳的說法。我們很難判斷Alternate到底是敵是友。」

大輝拿走凪津手上的澆水壺，對她說「妳看那裡」，然後替長在小番茄根部的橘色花朵澆水。

「那是萬壽菊。」

「可以吃嗎？」

「那不是食用花，是當作番茄的伴侶植物。」

橘色的花瓣淋到水，彷彿很高興地搖晃。

「種在一起可以給予彼此良好影響的植物，就稱作伴侶植物。以這兩種植物來說，萬壽菊可以趕走一種叫線蟲的害蟲。」

不知從哪飛來白粉蝶。大輝停止澆水，白粉蝶就像得到讓座般停在花上。

「萬壽菊其實並沒有打算要幫番茄，只是開花而已，就能趕走害蟲。不過這兩種植物是很完美的組合。這樣不是最棒嗎？彼此依照自己的個性生長，卻能彼此幫助共生。」

花瓣上的一顆水珠滾落到泥土上。

凪津問：「可是萬壽菊方面有得到好處嗎？」

大輝思索一下，然後開玩笑說：「嗯——感覺比單獨種植更漂亮？」

凪津仍舊感到懷疑，白粉蝶已經逕自飛走，轉眼間就不見蹤影。

＊

凪津回到家的同時，手機收到一通簡訊，寄件人是 Alternate，標題是「為『GeneMatch』相關問題致歉，並建議更新」。

感謝您長久以來對 Alternate 的支持。

我們最近發現「GeneMatch」系統上的問題，對於在以下期間連結「Gene Innovation」的用戶，發生了傳送錯誤的交叉搜尋結果案例。我們已經立即修正演算法，並於本日推出新版本。煩請更新您的應用程式。

受到影響的期間如下——

凪津開始使用「GeneMatch」的那一天也在受到影響的期間之內。她想到「該不會……」，立刻開始更新。握著手機的手心冒出汗水。

顯示下載進度的圖示變化速度感覺格外緩慢。凪津感到不耐，原地繞圈圈踱步著。下載完成之後，她立即打開應用程式，重新進行交叉搜尋。先前花費的時間彷彿幻覺般，螢幕上立刻顯示名單與百分比。

君園道之助：九十四・二%

不知為何，凪津的心情很平靜。她送出追蹤的請求，然後眺望窗外泛紫的夕陽。

18 焦躁

尚志幾乎每天都在「嗶嗶」打工，不過不只是為了賺取時薪。在「嗶嗶」，只要沒有客人，就可以用「維修」為理由打鼓，對於練習來說是絕佳的環境。多虧如此，他原本變得生疏的打鼓技術也大致恢復到以往水準。

自從上次之後，他就沒有再見到深羽。

他們通過幾次電話，聊些無關緊要的話題，像是自鳴琴莊的人、或是「嗶嗶」發生的事等等；不過他們可以聊的話題越來越少，到後來深羽看到尚志的未接來電回撥的頻率也減少了。在這樣的情況下，尚志也沒有厚臉皮到可以用「我忽然想聽妳的聲音」為藉口打電話。他擔心自己被討厭，也不想打擾深羽。

到了十月下半，圓明學園高中的學生客人開始增加。根據「嗶嗶」較資深的員工說法，這是因為該校即將舉辦文化祭，為了文化祭而組樂團的學生就會來練習。這名員工笑著說，每到這個季節，就會出現這樣熟悉的景象。

這些學生的表情都很僵硬，看得出他們對正式演出的焦慮與緊張；不過另一方面，他們似乎連這樣的緊張都很享受，心情顯得很興奮。尚志覺得他們這副模樣很幼稚，每次看到就會感到身體逐漸發燙。

他也曾把耳朵貼在門上聽他們演奏。大部分都很糟糕，尤其是鼓的部分，很多都打得亂七八糟，就算稍微好一點也只是勉強能聽而已。知道這一點之後，尚志就會感到安心，可以像平常一樣回去做自己的工作。

有一天，較資深的打工夥伴向他詢問坂口的近況，開頭就問：「最近都沒有看到坂口，他不要緊嗎？」

上次這名員工的樂團和「螢邏」一起演出時，目擊到坂口和樂團成員發生口角。雖然沒有聽清楚內容，不過當樂團成員安撫坂口，他卻完全沒有平靜下來，反而更加激動，讓這名員工感到有點擔心。

「據說有人找『螢邏』談跟主流唱片公司簽約出道的事。在這麼重要的時期發生那種狀況，我想說你會不會知道什麼。」

「原來發生了這種事。我最近很少見到他。基本上他都早上才回來，然後睡到中午以後。」

「這樣啊。他是很好的鼓手，希望他能夠加油。」

「我會注意看看。」

尚志並沒有聽說「螢邏」要進入主流音樂界的事。不過時枝曾說過，他們上傳到 YouTube 的音樂影片播放次數已經超過五十萬次。之前最多也只有一萬次左右，自從某位演員在電視上介紹最近常聽他們的歌，播放次數就急速上升，所以進入主流音樂界的傳言或許是真的。但尚志有點在意坂口為什麼沒有告訴他們。如果是平常的他，一定會向大家炫耀。

尚志打工結束回到家，真子和憲一正在客廳包餃子。

「憲一堅稱『我包的餃子可以開餐館來賣』，所以我臨時拜託了他。」

「我是說真的。尚志，你也要吃吧？」

尚志原本聽憲一說他不會料理，可是看碗裡滿滿的餡，看起來有模有樣，他便詫異地問：「真的是憲一做的？」

「是啊。我從中午就去採買準備包餃子。尚志，你去洗手吧。」

他的意思似乎是要尚志幫忙，於是尚志洗了手，坐在他們之間。尚志是第一次包餃子。真子一步步教他「要這樣包」，所以他便依樣畫葫蘆。第一顆包得亂七八糟，餡都從外皮露出來，不過真子仍然稱讚他：「第一次包成這樣已經不錯了。」

完成的餃子數量驚人，將近兩百顆。

尚志說「這麼多餃子吃不完」，憲一便得意地眨眨眼說：「吃不完的份就冷凍起來，這樣的話今天不在的人也能吃。我做的餃子就算冷凍之後，味道也不會變差。這就是厲害的地方。」

開始煎餃子時，已經過了晚上七點。

餃子煎熟之後淋上麻油，就發出劈里啪啦的聲音，並升起一股香噴噴的焦味。他們為了排出煙而打開窗戶，秋天的涼風不知從何處捎來桂花的香氣。

放在大盤子上的餃子煎得很漂亮，真的很像店裡賣的。尚志忍不住咬了一口，肉的油脂就在嘴中擴散。這個水餃的味道有點特別，不過他不知道該怎麼形容。憲一試吃之後，點頭說：「太成功了。」

「這個要配那個才行。」憲一從冰箱拿出兩罐啤酒，並且把尚志常備的大瓶可樂也拿來給他。尚志把可樂倒入自己專用的塑膠杯，把油脂沖入胃裡。

「醃白菜和五香粉，就是決定味道的關鍵。」憲一大動作地比手劃腳，得意洋洋地闡述製作餃子的訣竅。

尚志和真子邊笑他戲劇化的口吻邊吃餃子。

正當他們和樂融融地用餐時，走廊上突然傳來踩在地板上的吱吱聲。憲一低聲說「原來他在家」。

坂口打開門，瞇起眼睛似乎覺得光線很刺眼，用低沉的聲音對他們打招呼，然後緩緩地走向冰箱，拿出五百毫升的罐裝啤酒，拉開拉環。他大口喝啤酒，從喉嚨發出「啊——」的聲音，然後又喝一口就把啤酒喝光了。他的運動長褲垂下來，褲腳摩擦到地面。

「晚安。」

坂口正要回房間，憲一就用像剛剛那樣戲劇化的口吻問他：「你要不要吃吃看？這是我的自信之作。」坂口瞥了一眼盤子，抬起一邊的嘴角說「不用了」。他冷淡的表情讓尚志從內心深處伸出爪子。

「恭喜『螢烏賊的邏輯』要跨入主流音樂界了！」

尚志站起來拍手大聲說。坂口一雙發腫的眼睛望向他。

尚志又說了一次：「恭——喜——！」

坂口露出無聲的笑容，然後低下頭。
「謝啦。」
他的聲音很沙啞，就好像刮在生鏽的鐵板上。
「『嗶嗶』的人也都很高興。」
憲一問：「是真的嗎？」
「我是聽跟『螢邏』一起演出的『嗶嗶』的人說的。」尚志回答：「可是聽說當時樂團好像有發生爭執。坂口，不要緊吧？大家都很擔心喔。」
「啊？」
坂口搖晃著超過一百八十公分的身軀，緩緩接近尚志。
「有什麼好擔心的？」
「我也不知道。你們在吵什麼？」
「不用你多管閒事。」
從坂口的嘴裡散發出腐臭味。
「可以在主流唱片公司出道，不是應該要感動嗎？」
「你看不出來嗎？」
他乾燥的眼睛周圍凝結著白色體液，頭髮油油的。
「是不是婚前憂鬱啊？」
一隻飛蛾從窗戶飛進來，真子發出尖叫，但尚志和坂口兩人卻一動也不動，繼續盯著彼此。

「喝酒逃避現實，以為自己是搖滾巨星嗎？真是帥氣的生活形態。」

尚志發現自己不知何時也染上了戲劇化的口吻，不禁笑了。這時坂口巨大的手掌打在尚志的臉上。因為力道太大，尚志彈飛出去，肩膀撞在牆壁上。他臉上的肌膚感到麻麻的，眼前好像有火花飄舞。

「也是，技術差的人一輩子也不會懂的，別介意。」

坂口抓起尚志的T恤領口，把他拉近自己，然後又打了他一巴掌。在這個瞬間，尚志也同時出手打坂口的臉頰。坂口臉頰上的肉產生波動，在尚志手上留下鬍碴粗糙的觸感。

這一來兩人再也停不下來了。坂口朝著尚志臉上出拳。尚志伸出雙手勉強擋住，但搖晃的身體撞在餐桌上，將可樂瓶震到滾落下去，冒著泡泡的黑色液體流到地面上。真子想要過去擦地板，但被憲一止住。飛進房間裡的蛾被天花板上的燈吸引，不斷拍打著翅膀。

尚志利用短距離的助跑跳起來，彎起膝蓋朝坂口的胸前撞過去。坂口無法完全閃避，肩膀遭到攻擊，但依然毫不停頓地把尚志踢飛。兩人怒視彼此，保持對角線對峙，在室內繞圈圈。憲一想要阻止兩人，但卻抓不到時機，只能不知所措地旁觀。

「你的節奏根本沒人能跟著演奏。那不是音樂，是噪音！」

「『螢邏』的主唱真厲害。要搭配你那種鼓聲唱歌，一般人一定會被打亂節奏。」

兩人都沒有忍受對方挑釁的耐心，彼此對罵之後又開始鬥毆。然而尚志逐漸無法對抗坂口的回擊。坂口把開始疲憊的尚志推倒在地上，騎在他身上揍。潑在地上的可樂浸溼尚志的衣服，讓他感覺背部涼涼的。他交叉雙臂，從縫隙瞥了一眼坂口的臉，看到坂口溼潤的眼睛好像拚命在忍耐什麼。那張臉過於脆弱而可悲。尚志突然在他臉上看到自己的臉。

是那個鬼魂。

搞什麼？為什麼我要被自己的鬼魂痛揍？

鬼魂變成豐的臉。那是最後見面時憐憫尚志的表情。尚志頓時失去力氣，被坂口的拳頭重重打在臉上。他的頭在搖晃。豐的臉變得扭曲，然後變成弟弟的臉，然後又化成父親的臉、祖母的臉、死掉的母親的臉，最後又變成自己的臉。

尚志卯足剩餘的力氣，抓住對手的頭髮用力拉。

「別逃避。」

接著他用盡全力揮拳。右手銳利地打中對手的下巴。在此同時，尚志的下巴也被狠狠打中。感覺就像自己打碎了自己的下巴。對手緩緩地往旁邊倒下。尚志聽見自己喘氣的聲音沿著頭蓋骨傳來，視野邊緣朦朧地瞥見蛾飛到窗外的景象。

尚志醒來時，周遭好像什麼事都沒發生過般安靜，原本倒在旁邊的坂口也不見了。亂糟糟的房間恢復原狀，也沒有餃子的氣味。他不禁覺得剛剛發生的一切都是一場夢。他緩緩地抬起身體，看到坐在沙發上的真子注視著自己。真子面無表情地盯著尚志，然後用開玩笑的笑容對他說「早安」。看到她勉強擺出來的笑容，尚志心想剛剛的一切果然還是真實的。

「坂口呢？」
說話時，他感覺下巴劇烈疼痛。
「他在那之後就立刻跑出去了。憲一去追他，可是還沒有聯絡。」
尚志看到沙發附近的抹布，才想到是真子清理了一切。
「尚志，這裡。」
真子指著自己鼻子下方。尚志摸了同樣的部位，發現上面沾了類似泥土的東西，過了片刻才想到那是乾掉的血。他的T恤散發著焦糖般甜膩的氣味。他低頭一看，才發現衣服被血跡和可樂弄得髒兮兮的。
「我去洗個澡。」
「今天還是先睡吧。」
「不行，好臭。」
「這樣啊。別太勉強。」
「真子。」
「什麼事？」
「餃子很好吃。」
尚志說完試著擺出笑容，但因為笑得不太自然而理解了真子的心情。
他在洗手臺的鏡子中，看到自己的眼瞼和顴骨腫得很大，而且還有瘀青，看起來不像自己的臉。他用手觸摸，感到麻麻的疼痛。
他洗完澡回到房間，沒有開燈就平躺在床上。窗外透進來的月光把牆壁照射成藍白色。

他打電話給時枝。

時枝是坂口在自鳴琴莊最能敞開心扉的對象，尚志為了保險起見，打算要至少把剛剛發生的事告訴他。

「怎麼了？」

「啊，時枝，現在方便說話嗎？」

「可以呀，我現在在學校。」

「你有沒有聽誰提起坂口的事？」

尚志猜想真子或憲一已經先聯絡過他了，不過他似乎什麼都不知道。尚志告訴他打架的經過，時枝便說「果然演變成這種情況」，語氣顯得意氣消沉。

「他最近的樣子怪怪的，我上次找他去喝酒。他跟我抱怨很多，譬如『進入主流唱片公司就會失去自由』，或是『個性會被扭曲』，或是『賣得好的歌根本就是放屁』之類的，不過聽著聽著就覺得不是什麼大不了的問題。他只是在害怕。」

時枝用淡淡的口吻平靜地說。

「坂口在上一個樂團的時候，曾經有一陣子突然沒辦法打鼓。當時樂團剛好開始上軌道，所以他就自己提要退出。也許他現在又想起這段往事吧。」

「這一來，我們能做的事——」

「沒有。」時枝斬釘截鐵地回答。「這是他必須自己克服的問題。現在如果有人對他伸出援手，他又會犯下同樣的錯誤。應該讓他獨自面對，不要理他。除了坂口之外，沒有人能夠成為坂口。」
時枝說話的語氣很銳利，一點都不像平常溫和的他。
「如果能夠變成自己以外的人，不知道有多輕鬆。」
尚志喃喃地說，時枝便沉默不語。接著他說「抱歉，我要掛電話了。我的夥伴在叫我」，然後就掛斷電話。
房間裡感覺比和時枝通話前更安靜。
尚志閉上眼睛，試著打鼓。他感到身體很痛而無法動彈。不過坂口的情況跟他不同。
坂口沒有疼痛，手腳卻無法隨心所欲地活動。明明是自己的身體，可是感覺卻不像。
不知該如何是好，只能拚命試著活動，但手腳好像被繫上鎖鍊般沉重。他無論如何掙扎都無法擺脫，鎖鍊反而深深嵌入肉裡。他的喉嚨好像也被鎖鍊糾纏，無法順暢呼吸。
他突然張開眼睛。
呼吸變得凌亂，喉嚨發出「咻——咻——」的聲音。
原本理所當然會做的事突然不會做，比一開始就不會感覺更痛苦。
他的呼吸遲遲無法緩和下來。在這種時候，他會試著想起深羽的管風琴聲。想起那神祕的音色，他就覺得好像有人在撫摸自己的背。然而最近這個琴聲逐漸變弱，好像被某樣東西阻隔般變得遙遠。他花時間努力要回想起來，總算在遠方找到深羽的琴聲。不過要花的時間一天比一天長，再過不久，大概就聽不見了。

「尚志。」

門外傳來真子的聲音。尚志打開門，她問「可以跟你談談嗎」，然後進入尚志的房間。她身穿睡衣，胸口露出光滑的肌膚。

「怎麼了？」

尚志開口詢問，但真子卻沉默不語。尚志感到奇怪，便問「要不要找時枝？」

真子稍稍笑了，問他：「為什麼？」

「沒什麼，只是覺得，現在最希望能夠在這裡的，應該是時枝吧。」

她又笑了。

「餃子很好吃。」

這句話彷彿是今晚限定的通關語。

「真的。」

「我可以稍微理解坂口的心情。」真子說完，握著睡衣的袖口。「我明年就要畢業了，可是接下來什麼都還沒有決定。就算決定了，未來還是充滿未知數。要自己選擇道路，是一件很可怕的事。」

真子緩緩接近尚志。

「尚志，你不會害怕嗎？」

「這個嘛……」

尚志邊想邊望著貼在牆上的「前夜」海報。

「我想我過去沒有太多想要珍惜的『現在』。所以就像漂流物一樣，來到這裡。」
「你在後悔嗎？」
「怎麼可能！如果說我有想珍惜的『現在』，那就是這裡了。」
雖然和坂口打了架——他補充這句話，真子便說：「坂口一定是在羨慕你。」
豐之前也說過類似的話。
真子繼續說：「其實我也一樣。大家都會把自己的真心投射在你身上。」
尚志說：「我比較羨慕大家。你們感覺都很從容，可是我不管去哪裡都是半吊子，不知道該做什麼、怎麼去做。」
「可是你有自信吧？」
「我才沒有自信。就是因為沒有其他會做的事，才會看起來很有自信吧。看起來像不會迷路，其實只是沒有別條路可走。」
這時真子突然把嘴唇湊過來，讓尚志想都沒想就後退。
在昏暗的光線中，真子沒有改變表情。面對她好像在說話的眼神，尚志感到困惑。
尚志很想要去理解她內心想要說什麼，可是太困難了。
不久之後，真子再度把臉湊過來。
尚志無法理解，不過還是確實感受到溼溼的觸感。
真子的嘴唇離開他，然後小聲說「對不起」。
尚志全身無力，好像隨時會倒下來。
「明天見。」

真子說完轉身走出房門。

尚志鑽入棉被裡，把棉被拉到頭上。他再度去回想深羽的管風琴聲，喚起當時的景象，拚命想要尋回旋律。但是他找不到了。

即使好不容易找到聲音的碎片，也立刻消失到遠方。

要去哪裡？

留在這裡吧。

19 對抗

「怎麼辦？我變得好緊張。」

距離直播開始還有三十分鐘。兩人已經換上圍裙、做好準備，此刻不知該如何打發這段不長不短的時間。

惠美久焦慮地在休息室裡踱步，就像去年的蓉。也因此，蓉想要像澪一樣表現出穩重的態度，但是卻感染上惠美久的緊張，連自己都失去冷靜。

她為了轉換心情打電話給澪。澪立刻接起電話，驚訝地問：「妳們不是馬上要開始比賽了嗎？怎麼還打電話來？」

「我們有點緊張。我讓惠美久也跟妳說話吧。」

蓉把手機交給惠美久，她便露出想哭的表情說：「澪學姊，早知道會這麼緊張，我就不參加了——」她原本一直說些洩氣的話，不過眼神漸漸變得認真，並且瞥了蓉一眼。最後她用堅毅的表情說「我知道了。我會努力的」，然後把手機還給蓉。

蓉問澪：「妳跟她說了什麼？」

澪回答：「沒什麼，我只是告訴她去年的事。我跟她說，蓉是很優秀的搭檔，所以這次輪到惠美久要幫助蓉。」
「現在還說這種話？」
「是妳自己打電話來的。」
「說得也是。」
「忘掉上次的事，做自己想做的料理吧！妳能來到這裡，就表示有一定的實力，所以不要害怕，放手去做。」
「好的。」
「對了，妳知道我在哪裡嗎？」
澪問完，把手機交給另一個人。
「準備好了嗎？」這是大輝的聲音。
「你們待在一起？」
「社團裡的人聚集在料理教室，一邊準備文化祭一邊看節目，結果澪學姊也來了。大家一起發出聲音給蓉聽吧！」
從後面傳來「哇——」的歡呼聲。
「就算輸了，我們也不會責怪妳，不過要是贏了大家會更高興，所以請妳多多加油。」
「你竟然說這種話。」
「還有，最近園藝社加入一名新社員，我讓她來跟妳說句話吧。」
蓉隱約聽到有人說「我不是社員」，然後聽到有些客套的聲音對她說：「我是一年級的伴凪津，請加油。」

這時節目工作人員來敲門，說「圓明學園高中的參賽者，請前往攝影棚」，因此蓉便回應電話裡的人：「謝謝，我會加油。工作人員來了，所以我們先走了。」她掛斷電話，和惠美久不約而同地擊掌之後，離開休息室。

她們沿著走廊走向攝影棚。惠美久小聲地說：「過去發生的事就別在意了，我們好好努力吧！」

蓉默默地點頭。

進入攝影棚，背景後方已經聚集了幾乎所有競爭對手。每個人都避免對上他人的眼睛，現場瀰漫著牽制的氣氛。不過這裡沒有他的身影。

音響工作人員過來替蓉的圍裙胸口別上夾式麥克風。這時她忽然聽見背後傳來悠閒的招呼聲：「請多多指教。」

她回頭，看到室井正看著自己。室井以爽朗到不自然的笑容面對她。接著三浦走過來，瞥了蓉一眼，立刻閃開視線。惠美久把手放在蓉的肩膀上，對她說：「今天只要去想晉級的事。」

「大家都到了吧？那麼請依照被叫到的高中順序，到這裡排隊！」

圓明學園高中是第六個。不只是惠美久，每個學校的參賽者看起來都很緊張。

「那麼不久之後就要開始直播了，請大家加油。」

直播開始前，十秒鐘，

五、四、三──

「──"La bonne cuisine est la base du veritable bonheur"──『美味的料理是真正幸福的基礎』。這是近代法國料理之父奧古斯特・埃斯科菲耶說的話。此外，他的著作《烹飪指南》的英譯者海斯頓・布魯門塔爾也說，『傑出的料理不是藉由破壞傳統誕生，而是把傳統引導到新的方向。應該要追求進化，而不是革命』。」

擔任主持人的人氣主播在聚光燈下平靜地致詞。

「擁有未知力量的年輕人，請你們追求新型態的幸福，更加進化吧！『一人份美食第三季』開始！」

主持人拉高嗓門說完，現場突然響起華麗的喇叭吹奏聲，大量銀色紙片被拋到空中。

「歡迎來到高中生的料理祭典！今年究竟會展開什麼樣的熱烈戰鬥呢？先讓我們來介紹通過審查的十所學校！瀧川高中！」

隨著主持人的呼喚，從站在最前方的搭檔開始，一組組依序進入舞臺。排隊的人數逐漸變少，到後來蓉和惠美久終於來到最前方。

「圓明學園高中！」

蓉從舞臺側翼來到臺上，眼前頓時變得明亮。十幾臺攝影機映入她的眼簾。她想像在攝影機的另一邊有數不清的觀眾，就感到胸口很悶、很難受。

宛若歌劇院的攝影棚中心，設有排成兩列、因應各種烹飪方式的十臺最新型料理臺。料理檯面擦得亮晶晶的，毫無保留地反射過於刺眼的照明。
攝影棚旁邊的架子上，堆滿了可以比得上市集的食材，旁邊還有幾臺巨大的冰箱。參賽者要從其中選擇料理要使用的東西。上方的二樓則擺了一張評審試吃用的長桌。
蓉和惠美久的料理臺在左後方。蓉摸到金屬製的料理臺，感覺冷到嚇人。她在心中默默地說：「請多多指教。」
攝影機後方是階梯式座位，觀眾已經入座，其中也有江口法蘭西斯卡。
「最後是上一屆的冠軍，永生第一高中！」
室井舉起右手，站在旁邊的三浦則面無表情。三浦的氣氛感覺就像輕鬆地從家裡出門，完全沒有緊張的樣子。
「這次要由這十所學校來挑戰『一人份美食』。哪一組能做出最佳料理呢？擔任評審的，就是這些人！」
五名評審出現在二樓，其中也有益御澤的身影。
「現在來說明規則。各位要用既定的食材來製作一盤料理。什麼樣的料理都可以，不過《一人份美食》是有主題的。要如何搭配主題和食材，就是《一人份美食》的重點。如果只是色香味俱全的料理，想必評審們都已經看過太多了。他們渴望看到的是獨創性。他們期待的是只有你們才能想出來的自由創意。能夠通過第一輪的，只有四所學校。」
參賽者之間發出議論聲。主播毫不在意地繼續說：「接下來要發表食材和主題。」

他面前的餐桌上，擺了覆蓋餐盤罩的盤子。
「食材在這裡。」
他握住把手掀起罩子，盤中擺的是堆積如山的白色雞蛋。
「至於主題……」
他說到這裡，環顧參賽者。
「沒有。」
會場中再度掀起議論聲。
「這次比賽刻意沒有設定主題。雞蛋在悠久的歷史中，也曾做為各種象徵來使用，具有很多意義。因此，要用雞蛋呈現什麼樣的故事或哲理，就由各位自行決定。在介紹料理的時候，也要發表各自的主題。」
惠美久坐立不安，蓉則閉上眼睛立刻動腦筋。
「限制時間是四十五分鐘。請做出最棒的『一人份美食』。比賽開始！」
在笛聲響起的同時，十組參賽者立刻衝向舞臺旁邊陳列食材的區域。
「沒有主題反而很難抓到重點。之前都沒有這種情況，而且可以晉級的學校也少了一所。唉，真糟糕。」
惠美久難得缺少自信，讓蓉深刻體認到這就是《一人份美食》。自己去年也數度差點被這種緊張氣氛壓垮。
「說這種話也沒用，先來想想該怎麼做出新的東西吧。」
「也對。首先是主題……要選什麼？」

「親子、誕生、起始、生命……白色也可以代表純粹，還有哥倫布的蛋[9]。」

「我們在這場比賽需要展現的，就是像『哥倫布的蛋』那種東西吧？」

「惠美久，妳有什麼點子嗎？」

「我想要嘗試新的烹飪方式。這樣的烹飪方式，本身就可以算是從雞蛋產生的可能性。」

「新的雞蛋料理……感覺很難。或許可以藉由食材搭配尋求新意，不過烹飪方式的話，嗯……比方說冷凍起來嗎？」

「冷凍雞蛋感覺很棒，口感會變得很奇特。不過只有四十五分鐘……」

「雖然有各種有趣的做法，可是沒有時間。要想出快速的新烹飪方式……」

「那如果反過來用高溫來烤呢？」

聽到惠美久的提案，蓉點頭說：「也許可以試試看。我聽說過雞蛋連殼一起烤，就會變成跟平常水煮蛋不同的口感。水煮蛋的溫度再高也只有一百度。如果能夠更高溫，應該是很新、也很有趣的點子。用炭火慢慢烤，就能蒸發掉蛋白的水分，讓雞蛋具有彈性，也會有隱約的炭香。」

「可是如果溫度太高，不會變成蛋白軟軟的、蛋黃乾乾的嗎？」

「要做的話就得注意溫度調整，我沒有試過所以也可能失敗。要不要改用別的做法？」

9 傳聞哥倫布曾在一場宴會中用雞蛋來比喻思考需打破框架，該則故事沒有確切來源，但在日本廣為流傳。

「只能試試看了。其他組除了烹飪方式以外，一定也會透過食材搭配之類的來創新，那我們就用簡單的烤雞蛋來一決勝負。用超小火仔細觀察，一定沒問題。」

「那麼就朝這個方向來做吧。不過光是這樣太簡單了，所以醬汁的部分要多花些心思。妳去找可以用的食材，接下來就邊做邊思考醬汁吧。」

蓉捧了二十個左右的雞蛋，迅速擺放在料理臺上的炭燒臺。時間已經過了五分鐘。如果把用水冷卻、剝殼、擺盤的時間設定為五分鐘，用炭火烤的時間最多只有三十五分鐘。這段時間不知道能夠烤熟到什麼程度。經過十分鐘之後，必須每隔五分鐘確認一次蛋的熟度。她之所以準備較多的雞蛋，就是為了這個理由。

「醬汁怎麼辦？」

蓉邊調整火勢，隨口說了幾種醬汁：「塔塔醬、肉汁醬、美式——」

這時惠美久盯著她的臉問：「料理社之前做火腿蛋鬆餅的時候，用的是什麼醬？」

「荷蘭醬。」

「這個怎麼樣？」惠美久邊說邊把蓉擺好的雞蛋空著手重新排成等間隔。或許因為很熱，她皺起了眉頭。

「這個嘛……」

荷蘭醬本身就有使用雞蛋，所以和烤雞蛋應該也很搭，不過未免太直接了。這時惠美久額頭冒著汗水，繼續說：「我們可以嘗試不要用雞蛋製作荷蘭醬。在探索雞蛋的新可能性當中，也嘗試不使用雞蛋的可能性。」

這個點子不錯。而且荷蘭醬偏黃色，選擇白色的盤子，就能呈現雞蛋的色彩，外觀也會很有趣。

「也許行得通。」

蓉立即想出代用的做法，說：「用豆漿、橄欖油和醋製作美乃滋，然後加入無水奶油、檸檬、香料等等。」不過惠美久沒有聽到最後就去拿食材。她立即開始製作醬汁，嘗試各種比例的豆漿荷蘭醬。蓉在這段時間也持續轉動雞蛋，避免烤得不均勻，並且注意炭火狀況，仔細觀察熟度。

剩下不到二十分鐘的時候，主播和評審從二樓走下來，到各校的料理臺參觀，並詢問各隊關於料理的話題，以及對比賽的抱負。雖然可以透過音響隱約聽到聲音，不過為了避免分心而導致注意力渙散，蓉只專注於眼前的料理。

蓉為了確認雞蛋熟度，用夾子拿了一顆打破。理想是蛋白軟嫩、蛋黃溼潤的硬度，但此刻蛋白幾乎都還沒有凝固，呈稠稠的狀態。炭火的熱度比預期的更弱，這樣下去再過十五分鐘大概也無法烤熟。她把較熱的炭移到雞蛋下方來調整火力。

主播和評審來到蓉和惠美久的料理臺。

「這組搭檔是圓明學園高中的新見蓉和山桐惠美久。她們將雞蛋連殼一起烤。」

評審以詫異的眼神看著雞蛋。益御澤把手放在下巴上，似乎不感興趣。蓉盡可能不去看他，轉向主播的方向。

「根據事前採訪，山桐同學是看了這個節目才開始學習料理，對嗎？」

「是的。我很喜歡《一人份美食》，所以選擇進入圓明學園高中。」

「為什麼選擇圓明學園高中？」

「因為我很崇拜上次和上上次參賽的多賀澪學姊。」

「不是新見學姊嗎？」

蓉聳聳肩，觀眾便發出笑聲。

「不過上次新見同學也說，是因為受到多賀澪同學的影響，才決定參賽的吧？」

「是的。我也很崇拜她。」蓉一邊細心調整木炭位置一邊回答。

「也就是說，兩個人都崇拜同一個人。這樣的話，搭檔之間的默契好嗎？還是因為嫉妒的關係，感情不太好？」

主播開玩笑地問，惠美久便回答：「新見學姊是最棒的學姊。她教我很多東西，我感激不盡。」她的態度和平常差太多，讓蓉不知該如何反應。看來她很清楚此刻正在直播給全世界看。

「新見同學，妳呢？」

「惠美久擁有刺激而豐富的點子。她的創意總是讓我感到驚訝。」

「看來兩人的關係很好。不過妳在這一年內，應該有更刺激、關係更好的對象吧？」他眨眨眼睛。

「妳和三浦是男女朋友吧？」

薄薄的一層灰從炭火揚起。觀眾發出驚訝的聲音。

「我聽說，新見同學和去年獲得冠軍的三浦同學在暑假偶然重逢，不久之後就開始交往。」

蓉說不出話來。在她附近的一名女性評審摀住嘴巴喊了聲「唉呀」。

「不過圓明學園高中確定進入正式比賽之後，兩人成為競爭對手，所以決定先保持距離。」

蓉感覺到注視自己的眼神變得庸俗。

「妳現在實際和三浦競爭，有什麼感受？」

蓉以為不會被問到這個問題。為了不談這個話題，她才通知節目單位他們已經分手了。攝影機接近表情僵硬的蓉。

她想要設法度過這個場面，便回答：「他是很強的對手，所以我不會鬆懈，希望能夠發揮自己的特色來比賽。」

「好的，圓明學園高中會做出什麼樣的料理呢？讓我們好好期待吧。」

他們離開之後，惠美久豎起大拇指說：「蓉學姊，妳回答得很好。」

蓉雖然對她笑了笑，但腦中卻相當混亂。主播大概是照著劇本問她，沒有任何愧疚的樣子。蓉根本沒有用過「保持距離」這種說法，而是明確表示兩人已經分手。這一來，她可以想像到是誰這麼說的。

她望向永生第一高中的方向。三浦正專心地進行料理，室井面帶笑容和他說話。

這時主播和評審接近他們，把麥克風對準三浦。

「我們剛剛和圓明學園高中的新見同學談過。」「嗯。」「三浦同學，你現在的心情怎麼樣？」「我覺得有點寂寞，不過也想尊重她的意見。現在我只想專心做出驚人的料理，達成連霸。」「戀愛會讓你的料理有什麼改變嗎？」「……這個嘛，我也不知道。」

蓉雖然努力不去聽他們的對話，但注意力卻自然而然被吸引到那裡。室井插嘴說：「我認為榮司的料理境界更廣闊了。」

「你的意思是？」「我在一旁看，覺得好像變得性感了。跟以前的料理比起來，變成大人的料理，而不是很像大人的料理。」「具體來說呢？」「那種硬是要裝成熟的料理，不是都看得出來嗎？可是現在的榮司，卻能自然地做出更成熟的料理。」

蓉感覺到從四面八方而來的視線。她裝作沒有發覺，注視著雞蛋。炭火發出「啪」的聲音。

「三浦同學，他說得沒錯嗎？」「我不清楚。」「不過多虧榮司的成長，我也得到了成長，所以我很感謝新見同學。」「這樣啊。雖然是冠軍學校，可是你們卻很謙虛。希望永生第一高中的兩位能夠達成連霸——」

「蓉學姊！」

惠美久的聲音彷彿撕裂了三人的對話，讓蓉恢復清醒。她連忙打破一顆雞蛋，發現已經烤得太熟而變硬了。她立刻拿起所有雞蛋，放入冷水裡剝開蛋殼檢查。每一顆的蛋白都是同樣的狀態，勉強可用的只有四顆。料理要做評審五人份，因此不論如何都少一顆。

「這樣的話……」

惠美久錯愕地呆呆站著。

「對不起，都是我害的……」

好不容易來到這裡，卻在稍微轉移注意力的空檔中，讓一切都泡湯了。蓉失去力量，癱坐在原地。

「妳在做什麼！」惠美久硬是把蓉拉起來，用強烈的口吻說，「接下來才是關鍵！蓉學姊，振作點！雞蛋還剩下四顆！時間剩下不到十分鐘！有沒有什麼料理是可以用這四顆蛋來做的？」

惠美久用力抓住蓉的雙肩。蓉驚醒過來，腦中像是在翻書一樣，浮現過去做過的雞蛋料理。雞蛋四顆做為五人份的食材雖然太少，可是評審要吃十道料理，因此不需要做太多。只要搭配其他食材，就可以做出有模有樣的一道料理。她試吃惠美久做的荷蘭醬。因為是用豆漿做的，味道比較清淡，不過有奶油補足風味，所以沒問題。

把這些組合起來，在短時間內可以做出來的料理是——

「惠美久！妳去拿小顆的馬鈴薯、洋蔥和培根！」

「知道了！」

惠美久立刻跑去拿食材。

拜託，一定要成功。蓉在腦中一再反覆祈禱，並演練最短的製作過程。

兩人首先在弄溼的馬鈴薯上俐落地切了幾道，然後用保鮮膜包起來，放進微波爐裡蒸熟。微波爐設定為六百瓦五分鐘，完成之後就只剩三、四分鐘的時間。

在馬鈴薯蒸熟之前，惠美久把洋蔥切片，蓉則用白芝麻油炒培根。當培根炒到微焦，她就先把培根取出，然後用炒鍋裡剩下的油，炒惠美久剛剛切的洋蔥。

惠美久握著微波爐的把手等待。當聲音響起，惠美久就立刻打開，迅速剝除蒸熟的馬鈴薯皮。蓉炒完洋蔥之後也去幫忙。拿在手上的馬鈴薯非常燙，簡直要燙傷的程度，但惠美久卻若無其事地繼續剝皮。

當馬鈴薯皮都剝完，已經剩下不到兩分鐘。蓉把馬鈴薯放在大碗裡壓成泥，但是因為蒸的時間稍嫌不足，馬鈴薯還有些硬，因此很難壓碎。蓉的手因為焦急而顫抖，無法順利施力。即使進入最後一分鐘，馬鈴薯仍舊沒有變碎。

「讓我來！」惠美久搶走蓉手中的壓泥器，使勁壓碎馬鈴薯。主播喊「還有三十秒！」的時候，她們把烤雞蛋、洋蔥和荷蘭醬加入馬鈴薯泥中攪拌，在「還有十五秒！」的時候，惠美久把成品盛入小盤子裡。蓉從先盛好的盤子依序把切碎的培根灑上去，然後灑上白胡椒。當白色的粉灑在最後一盤的瞬間，料理時間結束的聲音響起。

兩人端詳著做好的料理。溫暖的馬鈴薯泥、光滑的烤雞蛋蛋白、溼潤的洋蔥，透過荷蘭醬融合在一起，油亮的培根刺激著食欲。這正是蓉在十分鐘前想像的料理。

「很棒嘛！」惠美久高興地說。

「不過原本不是這樣的。對不起。」

「這也是沒辦法的。我之前也犯過很多錯誤，接下來一定也會犯錯。既然設法做出成品，那就沒關係了。」

「接下來？」

蓉重複了惠美久話中的一部分。惠美久望向評審，說：「接下來……應該還有機會吧？」

「接下來開始試吃。」

料理依照入場順序被端上去。參賽者從料理臺仰望坐在二樓的評審。

第一道是瀧川高中的作品，雞蛋天婦羅。他們使用梨子和番茄醬汁代替天婦羅醬，展現獨創的巧思。

「主題是什麼？」

「主題是『連結』。雞蛋是受到全世界喜愛的食材，但是日本料理、中華料理、義大利料理等等，都有各自的雞蛋使用方式，在各地區發展出來。這次我們在日本料理傳統烹飪方式當中，採用義大利風味的醬汁來調味，就是出自『連結』的意圖。麵皮加入了八角，添加中華料理的風味。能夠自由搭配各國料理，也是雞蛋的魅力。」

刀子切下去，蛋黃就緩緩流出來，讓評審都同樣地點頭。五人同時把蛋沾醬放入嘴裡，臉上露出讚賞的表情。「雞蛋天婦羅的火候很難拿捏。高中生能做出這樣的料理，實在是太厲害了。」「油炸食品和帶有酸味的醬汁很搭。梨子脆脆的口感保留下來也很棒。」「添加的要素太多，感覺有些繁複。」「擺盤稍嫌單調。」

這些意見都說出來之後，益御澤說：「梨子和番茄的組合一點都不新鮮。而且在這道料理中，半熟的蛋黃已經扮演了醬汁的角色，所以單純地沾鹽巴就行了。如果要花心思，就應該花在天婦羅的部分。還有，要組合各國料理，應該更大膽才行。這種程度稱不上創新。」這段話讓其他學校的學生表情也僵住了，會場空氣頓時變得緊繃。

接下來的料理有蛋包飯、法式吐司、炒飯、布丁等，每一道看起來都很好吃，也具有挑戰性的要素，但沒有一道讓所有評審都滿意。

「接下來是圓明學園高中的馬鈴薯沙拉。」

評審宛若在觀賞古董般，沒有碰盤子，只是用眼睛注視。

「主題是什麼？」

「主題是『可能性』。」

蓉努力避免被察覺到失敗，裝出原本就要做馬鈴薯沙拉的語氣說話。

「雞蛋是歷史悠久的食材，感覺好像所有能做的料理都已經有人做過了，不過我們覺得未必如此。這道料理把通常用水煮方式的雞蛋拿去烤，追求跟平常不一樣的口感。馬鈴薯沙拉的調味一般會使用美乃滋，可是在這裡刻意不用雞蛋，而是用豆漿製作的荷蘭醬來調味，藉此來呈現『雞蛋新的可能性，以及不使用雞蛋的可能性』。」

評審開始試吃。

「很好吃。因為用炭火來烤，蛋白很紮實，蛋黃保持溼潤。或許是口感的關係，味道感覺更濃郁。太棒了。」「因為是簡單的料理，所以雞蛋的味道特別明顯，很符合主題。」「味道給人的印象不夠強烈，灑在上面的培根咬起來有點多餘。」「還需要更進一步的巧思。」

益御澤最後抬起頭，放下筷子。

「妳們自己對這道料理滿意嗎？」

他以看穿一切的眼神注視蓉。

「妳們原本應該有更不一樣的點子吧？聽到帶殼烤雞蛋，大多數的人都會想要知道會變成什麼樣子，可是很遺憾地，妳們卻扼殺了這樣的好奇心。」

蓉不想被看到自己扭曲的臉，很想低下頭，不過她沒有這麼做。今天或許是自己最後一次參加這個節目，那麼在最後的最後，她想要擺出像澪那樣的姿態。

「不過如果妳們是把失敗的食材改成這個樣子，那麼這樣的臨機應變能力值得稱讚。我不討厭這個味道。」
益御澤說完交叉雙臂。
蓉和惠美久彼此對看，兩人同時呼了一口氣。或許是因為感到安心，惠美久的眼尾下垂，看起來很可愛。蓉悄悄點頭，然後注視下一組的料理。不過就在這個時候，益御澤鬆開剛剛交叉的雙臂。
「不過我得先說明白，我並不支持妳們的料理。要在這個比賽留到最後的料理人，一開始就不會失敗。」
這才是他最後的話。
蓉用眼角餘光瞥見惠美久握緊拳頭。她自己為了避免改變表情而咬緊牙關，注視著變白的木炭咒罵著自己。
第七組的料理端上長桌。蓉雖然不想祈禱別人失敗，不過只有這次，她一邊祈求原諒、一邊暗地裡雙手合十。然而這一組的料理做得很好。接下來的第八組、第九組，水準也相當高。
最後的料理端上桌。
「上一屆冠軍、永生第一高中的料理是烤雞蛋！」
蓉和惠美久不禁懷疑自己的眼睛。這道料理和她們最初想做的非常像。
室井以穩重的口吻開始介紹。
「我們的主題是『純潔』。雞蛋除了白色的外觀，造型之美也很神祕。為了突顯這樣的形狀，我們便製作簡單的料理。雞蛋不是用熱水來煮，而是用烤箱慢慢烤，把它烤熟。」

他們的料理臺跟蓉這組距離幾公尺，因此她完全沒發現兩組選了同樣的烹飪方式。盤子的設計很特殊，中央如山丘般隆起，上面放置一顆剝了殼的烤雞蛋。這顆蛋綻放優美的光澤，看起來相當珍貴。

室井接著說：「請把雞蛋上面的部分拿下來。」

評審依照他的指示，用刀叉夾起上面的部分，烤雞蛋就像俄羅斯娃娃般分成兩半。中心不是蛋黃，而是塞了別的東西。

「雞蛋烤過之後，蛋白的彈性會增強，蛋黃也會變成紮實的口感，直接吃也很好吃，不過我們把烤熟的蛋黃、生蛋黃和海膽攪拌在一起，做成新的醬汁。拆下來的上半部，請沾盤子周圍的烏魚子鹽來吃。」

蓉很清楚他們這麼做的意圖。利用蛋白的口感，蛋黃則做成醬汁，沒有沾到醬的部分則沾鹽巴。除了調味之外，只有白色與黃色的盤子，也和蓉跟惠美久原本的計畫一樣。而且他們做得非常完美。

評審的反應也很好。雖然也有「太簡單」的意見，不過從說話方式來看，很明顯地是在稱讚。先前幾乎對每一組都提出批判的益御澤也說：「我沒什麼特別要說的。」蓉已經沒有不甘心的感覺。看到如此壓倒性的差距，她能夠老實地認輸。

在收集並計算評審對各校的評分之後，主播用今天最大的聲音炒熱會場氣氛：「接下來要發表成績。能夠進入準決賽的，究竟是哪些學校呢？」小調的背景音樂也增添緊張感。

蓉和惠美久賭上微薄的希望，緊閉雙眼，雙手用力握在一起。

主播逐一宣布通過這一輪的學校。第一所是永生第一高中。他們並沒有露出高興的樣子，只是一副理所當然的態度對彼此點頭。接著又宣布三所學校的名字，其中並沒有圓明學園高中。

「以上的高中，可以進入準決賽！」

蓉緩緩張開眼睛，仰望天花板。

因為太過悲哀，她連呼吸都忘記了。她為了避免哭出來而全身施力，這時惠美久輕輕撫摸她的背部。惠美久的眼睛紅紅的，看得出她也在忍住淚水。身為學姊，蓉很想讓她盡情哭泣，卻反而被她安慰。蓉對於這樣的自己感到難堪。

「對不起，真的很對不起，沒辦法帶妳晉級。我是個沒用的學姊，對不起。」她們的《一人份美食》靜靜地閉幕了。蓉握住惠美久撫摸自己背部的手，抱住她又低聲說了一次「對不起」。

「學姊，妳很努力了。我明年還會來挑戰。」

惠美久這麼說，蓉便擤了鼻涕，回摸她的背部說：「嗯，加油。」會場內很吵雜，只有兩人周圍感覺格外安靜。

「不過還沒有結束。」

背景音樂突然轉變為開朗的曲調。

「一開始宣布只有四所學校能進入準決賽，其實是有原因的。從這一屆開始，設定了新的規則：沒有勝出的各位要再來挑戰一次，只有得到最多評審肯定的一組，才能進入準決賽。也就是說，接下來要舉辦敗部復活戰！」

原本已經放棄的參賽者無法立即了解狀況，不安地東張西望。蓉也呆呆地望著主播，只有惠美久發揮切換速度很快的特質，對她說：「我們還有機會！這次一定要晉級！」

「那麼請各位賭上最後一席的機會，開始競爭吧！接下來的食材是這個。」

這次端上來的是蒙上紅布的圓頂狀物體。主播把布掀開，就出現關在籠子裡的雞。

「這是雞。」

雞的頭部微微前後搖擺。

「這次也沒有共通主題，不過——」

「咕咕」的叫聲響徹會場。

「要用跟剛剛的雞蛋料理相同的主題來做。」

惠美久嘆息說：「這次的《一人份美食》未免太多難題了吧？」

「這次的時間限制是六十分鐘。請大家做出最棒的『一人份美食』。開始！」

今天第二次代表開始的笛聲聲響起。

「蓉學姊，妳有什麼想法嗎？」

蓉的腦袋仍舊有些茫然，跟不上如此快速的發展。這時惠美久用力拍打剛剛還溫柔撫摸的背，對她說：「振作點！這次！這次真的是最後了！」

她的氣勢讓蓉總算恢復正常的思考能力。

「嗯，妳說得對。」

「要做什麼？」

惠美久的口氣仍舊很強烈。蓉安撫她：「我知道了，妳等一下。我先去看看食材。」接著她走向陳列架。

「雞肉的『可能性』……總不能用跟雞蛋相同的方式來做。」

食材的可能性。蓉反覆唸著這句話，注視籠子裡的雞。她腦中閃過一個點子。雖然沒辦法說很有自信，不過應該可以帶來驚奇。她告訴惠美久這個想法，惠美久便皺眉說：「妳是認真的？雖然的確是可能性，可是……我沒辦法想像會變成什麼樣子。」

「平常的妳明明都會對我說，沒辦法想像比較好。不行嗎？」

惠美久環顧其他參賽者。大家都已經在料理臺前開始做菜。

「嗯，我們就放手一搏吧。只能試試看了，一定要超越所有人！」惠美久加強語氣，好像是在鼓勵自己。

「我們一定能夠辦到。」

「嗯，一定要成功！」

惠美久拿了雞骨先回到料理臺。蓉想要尋找某樣食材，但卻找不到，便對附近的工作人員開口：「請問——」

20 同步

「好驚人的發展。」

「沒錯，好緊張！」

料理教室的所有人都專心看著投影在白板上的《一人份美食》，心情不斷起伏，關注著蓉和惠美久的賽況。凪津的手心已經流了許多汗。

「蓉在做什麼？沒時間跟工作人員聊天吧？時間馬上就過去了。」

大輝擔心地抱著手臂。

澪低聲說：「也許是要找架子上沒有的食材吧。」

「可以另外要求嗎？」

「我參加的時候，規定是如果想使用架子上沒有的食材，可以跟工作人員商量看看。那後面還有很多食材。」

蓉從工作人員手中接過裝入食材的鋁盤，回到料理臺。裡面裝的好像是肉，可是看不清楚。主播實況報導：「那是什麼？看起來好像是不太常見的東西。」惠美久把雞骨和蔥綠、薑皮等蔬菜放入鍋子裡煮，最後把剛剛做的烤雞蛋的殼也放進去。

「她放了蛋殼？為什麼？難道能熬湯嗎？」

「加進去的話，就比較容易撈除浮沫。」相較於驚訝的大輝，澪的雙眼依舊注視畫面，很冷靜地說。

「根據剛剛得到的情報，圓明學園高中要求的是切肉時剩下的碎片，還有內臟等等。」

聽到主播的報告，評審之一說：「可是雞胗跟雞肝之類的，架子上不是也有嗎？」主播回答：「的確。也就是說，可能是要使用一般不太常見的部位吧。」

蓉用食物調理機把肉打成絞肉狀，又將其他的肉去筋，毫不猶豫地進行烹飪。惠美久攪拌著鍋子，偶爾會去幫忙蓉的工作。

蓉處理完食材，再次檢視炭火，並開始製作串燒。插在竹籤上的是沒有看過的食材，有一邊呈鋸齒狀。

大輝小聲說：「好像楓葉。」

蓉和惠美久繼續烹飪，不久之後，結束的笛聲響起。蓉這組露出滿意的表情，讓大輝等人稍微安心了一點。凪津也暫時解除緊張，伸了一個懶腰。

〔希望她們能贏！〕

各組的料理開始接受審查。

第一回合以「連結」為主題製作雞蛋天婦羅的瀧川高中，這次做的是親子丼，在滷得又甜又鹹的雞肉上面放上雞蛋天婦羅。他們在介紹時說，除了親子的連結之外，也有改善上次反省要點、連結到下一個作品的主題性。

「雞蛋天婦羅本身就扮演醬汁的角色，所以不需要額外的醬汁——我們得到這樣的意見，因此這次就做了以雞蛋天婦羅為醬汁的親子丼。」

評審給予很高的評價。大輝抱著手臂抬起肩膀，說：「不妙，程度太高了。」

其他組似乎都陷入苦戰。料理本身雖然不壞，但是限定和雞蛋料理同一主題這方面，卻無法妥善處理。

「接下來是圓明學園高中。」

看到端上來的料理，評審都露出詫異的神色。

「請妳開始說明。」

「好的。」

蓉的表情跟先前一樣，沒有露出動搖的樣子。

「我們做的是雞冠和肉丸湯。」

凪津和大輝異口同聲地喊：「雞冠？」

一旁的澪敲了手掌說：「原來如此。」

「雞冠可以吃嗎？」

「法國料理和中華料理都會使用，另外也聽說過在高知縣會吃。不過我沒有吃過。」

「雞冠不知道是什麼味道。」

評審都皺起眉頭，但蓉絲毫不以為意，繼續說：「這道料理用了平常不會使用、直接被丟棄的部位來做。肉丸使用的是肉的碎片和內臟，雞湯用雞骨熬出湯頭，一起煮的蔬菜也採用蒂頭和皮之類的部分。雞冠用炭火慢慢烤過，除了鹽巴以外沒有使用其他調味料。我們的主題是『可能性』。為了挖掘平常沒有使用的部位、被丟棄的蔬菜等食材的可能性，而做出了這道料理。」

評審戰戰兢兢地喝湯。沒有反應。接著他們又吃了雞冠。還是沒有反應。

「大家看起來好像都很困惑，可以發表一下感想嗎？」

主播尋求評語，其中一人便開口說：「很難下結論。老實說，這道料理看個人口味，會有兩極化的評價。」

這時另一個評審說：「我不太能接受這道料理。大概是因為使用內臟的關係，腥味沒有完全去除。有必要特地使用一般會丟棄的部位嗎？」

「而且因為沒有時間，雞的鮮味也沒有完全發揮出來，湯頭香氣感覺有點弱。」

另一方面，也有正面的意見：「我個人滿喜歡這個味道，而且點子很有趣。」「雞冠做為食材並不壞，的確具有可能性。」

最後輪到益御澤發表評論。

「做得不是很成功。」

益御澤像吃蛋的時候那樣放下筷子，交叉雙臂。

「這道料理應該可以挖掘出更多可能性，不過必須要有足夠的時間才行。在一小時的限制之內，要做得比這個更好，應該很困難。雞冠和肉丸的口感形成很好的對比。妳們明明知道有人會覺得看起來很噁心，還是大膽地去嘗試，很有挑戰精神。有機會的話，我希望能夠喝到花時間徹底完成的料理。」

大輝問澪：「剛剛那段是在讚美吧？」

「沒錯，應該是最棒的讚美詞。」

凪津注意到隔著畫面的蓉的臉上稍微出現笑容。

〔不知道結果如何。〕

〔從評審的反應來看，跟瀧川高中應該有得拚。〕

所有評分都結束之後，即將發表結果。評審手上都拿到寫了各校名稱的牌子。

「請舉起你們覺得做出最優秀料理的學校牌子。」

評審從左邊依序舉起牌子。

瀧川高中。

圓明學園高中。

瀧川高中。

圓明學園高中。

最後的益御澤遲遲無法舉起牌子，閉上眼睛思考。

隔了半晌，他緩緩舉起牌子，上面寫的是「圓明學園高中」。

料理教室掀起歡呼與掌聲。大輝抱住凪津說「太好了」。

「圓明學園高中晉級準決賽。恭喜妳們成功復活。請說說妳們現在率直的感想。」

蓉和惠美久各自表達內心的喜悅之後，主播又說「我們也來問問三浦同學吧」，然後把麥克風指向他。

「新見同學是很有才能的人，所以她先前出局時，我感到很驚訝。後來能夠以這樣的形式贏得晉級準決賽的資格，以她們的實力來說是理所當然的。不過我們仍舊是競爭對手，今後我也要繼續做不輸給任何人的最佳料理。」

「好的，那麼《一人份美食第三季》，接下來就到準決賽再見面吧！」

投影機的影像消失，掌聲更加熱烈。

在料理教室的喧囂聲中，大輝小聲地說，「我都不知道」。

凪津不知該說什麼，便問：「你受到打擊了嗎？」

「沒有。每個人都有難以啟齒的話題。」大輝說完拿起自己的書包，又說了一句：

「她只是開花了而已。」

接著他說「我有事要先走了」，向大家打過招呼，就離開料理教室。

君園道之助又傳簡訊來。

〔恭喜！圓明學園高中真的好厲害。〕

〔謝謝。不過由我來道謝感覺也滿奇怪的。〕

〔沒這回事。妳們是同一所學校的，應該感到驕傲才對。〕

〔好的，我感到很驕傲。〕

〔那麼下星期見。我很期待跟妳見面！〕

〔我也是！如果不清楚地點，請跟我聯絡。〕

凪津抱緊手機，眺望著興奮的料理社員好一陣子。

＊

穿過驗票口，站前的街道不同於兩個月前，顯得很安靜，幾乎沒有觀光客。不知是否心理作用，景色好像也褪色了些。即使不看地圖，凪津也記得「藍度咖啡廳」的地點。

她在約定時間的十分鐘前到達。她跟上次一樣，從有些骯髒的窗戶窺探裡面，但店裡沒有客人。

「歡迎光臨。請選擇自己喜歡的座位。」

她不自覺地就要坐到和上次一樣的位置，不過因為覺得不吉利，所以還是選了其他座位。

店員走過來，把菜單遞給凪津。凪津沒有接受，直接說：「請給我一杯邱比特。」店員說「好的」，然後再度收起菜單離開。

過了片刻端到餐桌上的飲料分成兩層，下層是白色，上層是褐色。可爾必思和可樂，攪拌之後就混合為同一個顏色，變成淺棕色。她用吸管吸了一口，感覺甜甜的，帶有微微的碳酸。

等待君園的時間感覺過得格外緩慢。凪津一方面希望他可以早點來，另一方面又希望他不要來。明明等不及見到對方，一旦要見面時卻又感到惶恐——這是她的壞習慣。

凪津拿出鏡子檢視自己的臉。她整理被風吹亂的瀏海，塗上淺粉紅色的唇彩。她摸到脖子覺得在發燙，便用手搧風。

門鈴發出清脆的聲音。

「妳好。」他的聲音雖然低，卻很宏亮，「我是君園道之助。」

他給凪津的第一印象是很高大。不只身材很高，整個人的氣質也很大方，感覺充滿自信。褐色的臉上有幾顆痣，頭髮的顏色就像攪拌後的「邱比特」，不過似乎並沒有染髮。

凪津站起來說「我是伴凪津」。

他露出笑容說：「對不起，我迷路了。這家店真不錯，感覺像是很穩重的老先生住的家。」

「聽說這裡原本是古民宅。」

「哦，原來以前真的有人住在這裡。真羨慕。」

他坐下來，厚實的胸膛停留在凪津面前。

「這樣感覺有點不好意思。」

他雖然這麼說，但是看起來卻沒有害羞的樣子，反而顯得從容不迫，讓凪津有些膽怯。

「那是什麼？」

「這是叫『邱比特』的飲料，混合了可樂跟可爾必思。」

「哦，我第一次看到。抱歉，請給我一根吸管。」

他拿了吸管，插入凪津的「邱比特」，輕輕地吸入飲料。

「好甜！雖然好喝，不過我大概沒辦法喝完一杯。請給我冰奶茶。」

一連串的動作太過自然，凪津也只能接受。冰奶茶端來之後，他把吸管移到自己的杯子裡喝，突出的喉結像機械般上下移動。

「要不要喝？」

他把冰奶茶遞給凪津。凪津戰戰兢兢地把吸管插入杯裡喝了一口。她感受到溫和的口感，清爽的風味鑽入鼻子。

「《一人份美食》的準決賽開始了嗎？」

「應該是下午兩點開始。」

「這樣啊。希望今天也能晉級。」

兩人剛開始在 Alternate 上交談的時候，他傳簡訊說〈妳是圓明學園高中的？我有在看《一人份美食》〉，因此兩人的對話立刻變得熱絡。巧的是，他說他從第一季就支持圓明學園高中。

「妳今天不用和大家一起看嗎？」

「嗯，畢竟我不是料理社的。雖然今天大家應該也會像上次那樣聚在一起看。君園，你不看嗎？」

「反正之後也會上傳影片，我可以回家再看。」

凪津若無其事地稱呼他的姓，看到他沒有特別的反應便安心了。

「那麼在那之前最好不要看結果。」

「凪津，妳也不能看。」
凪津沒想到他會稱呼自己的名字，不禁僵了一下。
「好。」
兩人走出藍度咖啡廳，前往水族館。途中他們走了一段沙灘。即使在這種季節，海面上仍有衝浪的人。海風像是在逗弄兩人般吹拂，捲起沙子。
「你有沒有衝浪過？」
「有啊。我父親很喜歡。」
他們走近到海水打上來的地方，轉頭就看到溼溼的沙灘上印著兩人的腳印。
「凪津，妳父親是什麼樣的人？」
「很爛的人。」
凪津不小心脫口而出，然後笑著說「開玩笑的」加以掩飾。她回到先前的話題說：「衝浪感覺很難。」
「馬上就能學會了。妳看那個人。」
君園指的男人騎在衝浪板上，原本好像呆呆地看著從後方過來的海浪，接著突然趴下來，很起勁地開始划水。
「就是現在。」
男人倏地站起來。雖然看起來不是很高的浪，可是他卻乘在浪上很長一段時間。
「我可以看出厲害的人。」
「為什麼？」

「沒什麼理由，就是憑直覺。」
就是因為沒有理由、憑直覺行動，才會失敗。
凪津反射性地在心中喃喃自語，同時想起母親的臉。她吐出一口氣想要擺脫這張臉。
水族館的人比她預期的多。在許多家庭遊客圍觀的水族箱前，凪津問：「你喜歡哪一種魚？」
君園說：「我們數一、二、三，一起指吧。」兩人指了同一個方向。他們意氣相投到不可思議的地步。
凪津盯著君園的臉心想，Alternate果然很厲害。
由於他們回家的方向也一樣，因此回程一起搭電車。從車窗可以看到海。身穿防磨衣的衝浪客上了岸，紛紛回到停車場。從海平線附近注視的太陽突顯出那些人的輪廓，並把影子拉得很長。
君園輕輕握住凪津的手。他的手厚實而粗糙。凪津也握住他的手，感覺就像拼圖般契合。
小時候，凪津常常被寄放在母親朋友的家。那個人很親切，也很照顧凪津，可是對母親的評語不是很好。
「妳媽媽高中的時候真的很漂亮，也有很多男人追求他，明明有很多可以選擇的對象。」另外她也說：「凪津，妳或許覺得沒有爸爸很寂寞，可是他們分手是正確的。」
也因此，凪津回到家就問母親，當初為什麼要和父親結婚。

母親回答：「因為我感覺他好像不錯。」凪津又接著問：「那為什麼要分手？」得到的回答是：「我搞錯對象了。」這時凪津便了解到，自己是母親和錯誤對象之間的孩子。

君園忽然露出微笑。凪津輕輕把頭靠在他的手臂上。每當電車搖晃，重心就會傾向他。窗外的天空呈現紅色到藍色的漸層。

「再見。」

先下車的君園留在月臺上揮手，直到看不見身影。留在車內的凪津在座位上打開手機。當她輸入簡訊時，就接到君園的簡訊。

〔今天謝謝妳，我過得很開心。希望可以再見面。〕

〔我也很開心。下星期文化祭結束之後會比較有時間，到時候請再跟我見面。〕

〔原來你們下星期舉辦文化祭。我可以去玩嗎？〕

〔嗯！你一定要來！〕

距離她要下車的車站還有一段距離，她不知該如何打發時間，便查詢《一人份美食》的結果。

「進入決賽的三所學校是：永生第一高中、圓明學園高中、晴杏學院高中部。」

凪津鬆了一口氣。這一來又有話題可以跟君園聊了。

21 不信任

原本熱鬧的自鳴琴莊已經不復以往，幽靜到簡直像是無人居住。之前常聽到時枝的中提琴聲，現在也幾乎都聽不到了。

自從那次打架之後，尚志就沒有見到坂口。坂口有時會回到自鳴琴莊拿行李，不過不知道是否都專挑尚志不在的時間，兩人連擦身而過的機會都沒有。憲一似乎偶爾會跟他聯絡。根據憲一的說法，「他說他現在輪流住在不同女人的家，不知道是不是真的」。

「螢邏」和主流唱片公司簽約的消息，至今都還沒有正式發表。

憲一自己也面臨許多問題。由於自鳴琴莊的屋主換人，他以「立志成為作詞家」為入住理由一事再度被提出質疑，再加上他又積欠房租，問題就更大了。聽說他在打工度假賺的錢全都花在競艇賭博上，現在的打工收入也要等到下個月才會進帳，因此身無分文。

屋主得知這件事之後，原本答應找到下一個房客前讓他住在這裡，但現在卻要求他在今年內就得搬出去。

時枝似乎也很忙，最近都沒有看到他。憲一說他現在正在進行求職活動，忙著參加企業說明會及實習等。尚志雖然不是很了解，不過在大三秋天開始準備畢業後的出路，似乎不是很稀奇的事。

時枝會繼續拉中提琴嗎？尚志不希望他放棄中提琴，不只是為他過去花費的時間感到可惜，也因為單純喜歡他的中提琴演奏。雖然有些過於認真，不過也具備知性與銳利度，以及獨特的冷靜氣質。

比時枝大一學年的真子五個月後就要畢業。那天晚上，她說還沒有決定未來的路，尚志現在也不方便問她情況怎麼樣了。

他不理解真子為什麼要做那種事。他想要找人商量，可是又不想把自鳴琴莊目前的氣氛搞得更糟，所以束手無策。

只有一次，他問憲一：「你覺得真子跟時枝之間的關係怎麼樣？」

他原本以為兩人在交往，或是真子在單戀時枝，但是憲一卻理所當然地回他「沒什麼吧」。或許是尚志自己誤會了。這麼說……他決定不要繼續想下去。

尚志增加在「嗶嗶」打工的時數，減少待在自鳴琴莊的時間。相反地，自鳴琴莊的成員則不太常到「嗶嗶」了。

尚志感到很沉悶。他試著打鼓來抒解壓力，但沒有太大的效果，對於打鼓的熱情也逐漸減淡。他從來沒想到會有這麼一天。

圓明學園高中的學生來店的頻率越來越高。下星期就是文化祭，看得出他們急切的心情。每個人看起來都很焦慮，有個樂團甚至在離去時的電梯前開始吵架，據說吵架理由是「對方不夠認真」。

次日傍晚，這個樂團解散後，各自帶著其他樂團成員來店裡。不知道是緊急招募，還是跟既有的樂團合併，不過尚志還是很佩服他們，可以在這麼短的時間內湊齊人數。

但其中一人是豐。

當他來到櫃檯，看到尚志的臉便僵住了，眨了好幾次眼睛。尚志內心也很驚訝，不過還是輕鬆地打了聲招呼加以掩飾。

「我在這裡打工。」

「原來你到東京來了。」

豐背著裝吉他的琴袋。

「嗯，不知不覺就流浪到這裡。」

「安邊，你認識楤丘啊？」一名樂團成員問豐，他便尷尬地回答：「嗯，我們是小學同學。」

尚志問：「你在玩樂團？」

「他們拜託我一定要參加。」

「文化祭的表演？」

「嗯。」

「加油。」

尚志處理完手續之後，遞給他們麥克風和連接線等，並說明錄音間的地點。等到確認他們進入錄音間之後，他緩緩地深呼吸。

他很想知道豐現在的演奏技術如何，甚至想要跑到錄音間前偷聽，但還是作罷了。不論豐現在的演奏是好是壞，他一定都不會滿意。

他突然感到疲累，對打工夥伴說「抱歉，我有點不舒服，想要早退」，然後離開店裡。他與從車站走來的人潮逆行，沒有想太多就往河川的方向走。

尚志打電話給深羽，但她沒有接電話。最近尚志傳簡訊給她都沒有得到回覆，不知道發生什麼事了。如果上 Alternate，應該可以得知她的近況。尚志像以前那樣打開APP，可是卻看到「這個帳號無法登入」的訊息。請豐幫忙的話，或許可以查出原因。他們念同一所高中，而且深羽也聽過豐的名字，搞不好兩人已經聯繫了。不過現在不可能拜託他。要是有 Alternate 就好了。

尚志從橋上眺望網代川。最近因為較常下雨，河流的水位增高，水流湍急。滔滔的濁流似乎能夠吞沒一切。堤防上的植物都變成褐色調，使得塗成繽紛色彩的寶特瓶格外搶眼。每當車子呼嘯而過，橋就會產生晃動。

過橋之後，他沒有往堤防走，而是直接往前走，不久之後就看到銀杏樹的林蔭大道盡頭的校門。校門內有一塊寫著「圓明學園高中」的石碑，石碑前有個女生在替花壇澆水。

尚志坐在林蔭大道樹下的路緣，望著從校門湧出的學生。每個人都同樣地捏著鼻子，看起來很蠢。太陽開始西斜，為銀杏的黃葉染上些許偏紅的色調。一隻果子狸靈巧地跳躍在樹木之間，懸在枝頭上的銀杏被搖晃而掉落在地面。

尚志抬頭追逐那隻果子狸，往校門方向接近，然而果子狸中途改變方向，沿著往住宅區延伸的電線溜走，轉眼間就不見蹤影。

尚志放棄追逐，正準備回去，就看到深羽站在旁邊。尚志雖然是在等她，可是一旦遇到了卻不知該說什麼，只好先舉起手說了聲「嗨」。

深羽全身僵硬，當尚志前進一步，她便往後退，接著掉頭走回學校。

「為什麼？妳為什麼要迴避我？我做了什麼？」

「不要過來！」深羽邊喊邊拔腿奔跑。

尚志追在她後面，在校門前方抓住她的手腕。從她瀏海空隙露出來的眼睛顯得很害怕，就好像看到怪物一般。

「別用那種眼神看我。」

她的手臂在顫抖。

「我只是想要再聽妳彈琴。」

尚志說完鬆開手。在這個瞬間，背後有人叫住他：「你叫什麼名字？」他回頭，看到兩名警察分別站在他的兩邊。

「幹麼？」尚志問。

「你叫什麼名字？」其中一名警察以嚴厲的口吻又問一次。

尚志很想反嗆他，但是看到一旁的深羽害怕的樣子，只好不情願地說出自己的名字。另一名警察拿出筆記本，一邊反覆念著「槵丘尚志」一邊翻頁，然後似乎確認了什麼，點點頭對尚志說：「你可以跟我們來一下嗎？」

尚志無法拒絕，當場就被帶到警察局。

＊

「你在跟蹤騷擾冴山深羽吧？」當警察這麼問，尚志完全無法理解這句話的意思。根據他們的說法，深羽最近似乎被不明人士跟蹤騷擾，因此請求警察巡邏學校周圍和自家周圍。深羽向警察提出了幾個可疑人物的名字，其中之一就是尚志。

尚志總算了解她為什麼沒有回覆簡訊，不過還是執拗地抗議：「才不是我！快點讓我回去！」然而他的抗議當然沒有被接受，最後他被關入拘留所，在那裡待了一個晚上。

次日早上，昨天的警察又來找他，對他說：「我們有話要問你。」

「我昨天不是都說過了嗎？跟我無關！」

「不是要問這個。」

警察的視線游移了一下，然後對他說：「很抱歉誤會你了。我們想要問你關於時枝久嗣的事。他已經承認跟蹤騷擾行為，不過我們希望也能聽你詳細說明。」

昨天深羽因為尚志被抓而感到安心，在那之後就悠閒地踏上歸途，並且繞道到住家前方久違的公園，結果突然遭到襲擊。幸好已經回家的父親抓住犯人，並報警逮捕。

時枝開始糾纏深羽，是從她來到自鳴琴莊的那一天。時枝尾隨放學回家的深羽，找到她住的地方，之後就不斷跟蹤她。騷擾行為日漸嚴重，最近甚至還發生垃圾被搜刮、信箱被投擲猥褻照片等事件。

尚志離開警察局時，腦筋仍舊一片空白。他的手機已經沒電，因此無法告訴任何人這件事。他回到自鳴琴莊，看到憲一、真子和坂口在客廳。他們似乎已經知道大概的情況，而且或許是因為通宵等尚志回來，每個人的黑眼圈都很嚴重。

「辛苦你了。」

憲一擁抱尚志。真子也從上方抱住他們，最後坂口也環抱三人。

「你們在幹什麼？」

尚志為了掩飾害臊而吐槽，可是聲音顫抖而不夠銳利。

坂口毫無脈絡地低聲說：「上次的事很抱歉。」

「這種話不應該現在說吧？」

這句話的聲音仍舊在顫抖。早晨的陽光從窗簾透進來，包覆著擁抱在一起的四人。在這種時候，尚志卻莫名地想要聽時枝演奏中提琴。

回到房間，他傳簡訊給深羽。

〔我不知道妳遇到這麼可怕的事，昨天很對不起嚇到妳了。我只想著自己的事，沒有關心到妳。要不是我帶妳來見自鳴琴莊的人，大概就不會發生這種事。我真的太任性了。昨天我忽然很想聽妳彈管風琴。現在的我腦筋真的很奇怪。因為很奇怪，所以讓我說出來吧。我喜歡妳，請妳跟我交往。我不是因為腦筋變奇怪才說的。我是真的很喜歡妳。〕

深羽有好一陣子沒有回覆。

〔我才應該為了誤會你而道歉。因為是跟你見面之後發生的，所以我認定你是犯人。我真的感到對你很失禮。我很高興你有這樣的心意，但是經過這次的事件，我開始害怕男人。真的很害怕。所以現在大概連你也無法見面。希望你能繼續努力打鼓。〕

深羽的簡訊是在圓明學園高中文化祭的前一天傳來。

22 節日

單調乏味的校門圍繞著畫了煙火的薄板，氣球做成的拱門上以可愛的字體寫著「歡迎蒞臨圓明學園高中文化祭！」的文字。凪津想到去年穿過這道門時，身上穿的是國中制服，現在卻以圓明學園高中學生的身分迎接校外訪客，內心便產生莫名的感動。

她看到大輝在石碑前的花壇進行最後修正，便對他打招呼：「早安。這一天終於到了。」

「凪津，妳有沒有看到哪裡有問題？」

種植風信子球根的花壇裡，擺滿了各式各樣的花瓶，每一個花瓶都插了不同的花。獨特的創意與鮮豔的色彩讓凪津感到讚嘆。她能夠想像許多人在這裡拍照的景象。

「沒有，非常漂亮。」

凪津和完成工作的大輝一起順道前往料理教室。門還沒打開，就聞到香噴噴的氣味。料理社員已經開始準備食材，把籃子裡的大量雞蛋分批放在炭火上烤。他們要重現蓉和惠美久在《一人份美食》第一輪、在馬鈴薯沙拉之前做的烤雞蛋，並且拿來販賣。凪津問社員：「為什麼不是做馬鈴薯沙拉？」她很輕鬆地回答：「因為做烤雞蛋的效率比較好。」

料理社似乎打算跟上次一樣，在白板上放映《一人份美食》的決賽，因此已經準備好投影機。直到文化祭當天，凪津才知道上次他們在料理教室播放第一輪比賽，其實是為今天進行排演。

「希望她們今年一定要獲勝。」

大輝像參拜神社一樣，在白板前拍兩次手祈禱。

笹川老師也來幫忙料理社，用夾子把烤好的雞蛋放入箱子裡。老師看到凪津，便用肩頭擦拭汗水，問她：「妳去過教室了嗎？」

「還沒有。」

「那我們一起去吧。」

到了一年三班，首先看到的就是寫上「失去的白晝」標題的布幕。負責美術的同學用手指把紅墨水彈上去，做為飛濺的血跡。

進入教室，黑板被白紙覆蓋，上面以色彩繽紛的文字寫了一千位數的圓周率，旁邊則貼了三月的月曆；推到角落排在一起的書桌上，遍布著和黑板同樣印了圓周率的紙和筆。志於李一一檢查這些小道具和裝飾、訪客動線、電力系統等。凪津正想要叫她，她卻高聲斥責：「喂，這裡怎麼可以掀起來？每個細節都要好好注意才行！」

凪津、笹川老師及大輝面面相覷。凪津說：「真抱歉，她因為還處於傷心狀態，脾氣比較暴躁。」

大輝瞇著眼睛說：「我可以了解她的心情，所以更不敢接近她了。」

志於李在兩個星期前才和男朋友分手。聽說是對方告訴她「找到別的對象」而分手的。「找到」這個說法格外讓她惱火，每天都氣到臉紅抱怨：「竟然說『找到』！又不是在抓寶可夢！」

她以這樣的憤怒做為原動力，埋頭製作「失去的白晝」。她的氣勢異常強烈，連凪津都無法隨隨便便跟她說話。

凪津窺探適當時機，低調地開口叫她：「早安，志於李，很抱歉這麼晚來。」她瞪了凪津一眼，不過看到大輝和笹川老師，就快活地說：「早安早安，非常順利！」

「我的演技怎麼樣？」

大輝把雙手手背比在前方，裝成幽靈的樣子。

「太棒了！」

志於李握住他的手。

「一定會得到很大的迴響。真的很感謝你的幫忙。難得有這個機會，就請你來當第一個客人玩一遍吧。」

她的態度格外親暱，感覺有點噁心。

「可以嗎？」

「當然了！大家準備好了吧？」

「是！」眾人齊聲回答，感覺就像是接受魔鬼教練培訓的體育社團社員。

由於大輝說一個人太孤單，因此凪津和笹川也陪他。

「那麼要開始了。」

志於李做出開始的信號，教室的燈就熄滅了。

螢幕出現文字影像：「一年三班好像推出很奇妙的節目——我在校門聽到這樣的傳言，因為好奇來到這間教室，可是沒有特別奇怪的地方。」這時教室的門突然鎖上，音響發出「跟我一起玩吧」的聲音。大輝吐吐舌頭指著自己。凪津小動作地拍手表示奉承。

接著是猜謎時間。拍片時雖然已經對大輝說明過所有謎題，可是他卻忘光了，完全答不出來，凪津只好給他相當接近答案的提示。原本限定的時間已經超過，不過出於志於李的好意，沒有馬上宣告遊戲結束。好不容易過關之後，門鎖打開，三人走出教室。

大輝來到室外之後，彷彿在反芻謎題般，望著斜上方念：「白晝、白色情人節，還有圓周率啊。」

「辛苦了！這是獎品。」

志於李跑過來，把一張紙遞給大輝，然後為了再次檢查而回到教室。她拿來的獎品是料理社烤雞蛋的交換券。

大輝問：「為什麼是跟料理社合作？」

凪津告訴他：「因為是請笹川老師協助。」

大輝挖苦笹川老師說：「這樣算是濫用職權吧？」

笹川老師也挖苦他：「園藝社如果也有可以交換的東西就好了。」

大輝歪著嘴巴說：「早知道應該製作壓花之類的。」

文化祭開始的鐘聲響起。從窗戶望出去，可以看到嵌入西棟校舍牆上的時鐘。時間是十點整。

＊

文化祭明明才剛剛開始，校園裡就已經人山人海，包括學生的家人、外校生、明年想要報考這間學校的國中生等。

真子和憲一也想要一起來，但尚志告訴他們，他想自己過來。不過當他來到這裡就感到很不自在，不禁有些後悔沒有讓他們隨行。

他打算看完豐的樂團表演就回家。在那之前，他必須小心不要被深羽發現。深羽先前才對他說那些話，他現在沒辦法跟深羽見面。

他低調地避免引起注意，在學校內到處逛。樂團演奏似乎是要在操場邊緣的特設舞臺進行。舞臺上此刻的表演是女學生激烈的舞蹈，綁起來的頭髮隨著動作瘋狂揮動。跳舞的女生顯得很成熟，讓尚志不敢直視。舞臺旁邊有寫了時間表的海報，不過上面只有樂團的名字，而尚志不知道豐在哪一個樂團。

他詢問工作人員：「抱歉，我朋友要表演，可是我不知道他是哪個樂團的。」

工作人員告訴他：「手冊上面有寫，你可以去櫃檯拿。」

豐參加的樂團叫「庫本斯」，演奏時間是下午一點開始。尚志為了迴避被深羽發現的風險，離開高中校園前往禮拜堂。深羽不太可能會在那裡。禮拜堂現在應該也鎖上了門。他雖然這麼想，不過內心深處還是期待著深羽在那裡彈管風琴。

出乎意料的是，禮拜堂的門是開的。石棉的問題不知道怎麼樣了。裡面沒有人。尚志仰望管風琴，接著環顧四周後，爬到臺上，坐在管風琴的長椅。鍵盤有三層，腳邊有巨大的踏板，另外還有不知道做什麼用的按鈕，左右兩邊則有許多類似門把的東西。他用食指隨便按了一下鍵盤，但沒有聲音。他又隨便按下按鈕，結果旁邊的把手有幾個發出「喀」的聲音跳出來。他又按了一次鍵盤，就發出「嗶～」的聲音，音量相當驚人，讓他嚇得跳起來，感覺就像被怪異的動物威嚇一樣。

尚志原本以為可以想起深羽的琴聲，然而他彈出來的音色卻完全不同，使得記憶變得更加模糊。深羽彈出的管風琴音色，就好像樂器任憑她使喚一般。

尚志抬頭看天花板。石棉不知道是否仍舊飄落下來。他閉上眼睛，想像灰塵般的粉末，然後用力吐出一口氣之後，吸入滿滿的空氣。

＊

蓉進入決賽之後，告訴班上同學「對不起，文化祭當天沒辦法幫忙」，同學都鼓勵她：「妳不用在意，加油！」她也為了當天社長不在而向料理社員道歉，惠未便率先說：「交給我們吧！」

因為太可靠了，讓她懷疑自己不當社長其實也沒差；不過她又轉念想到，身為社長，只有獲勝才能報答其他社員。

昨晚她睡得不好，醒來時頭也昏昏沉沉的，遲遲無法從床上爬起來。打開窗簾，刺眼的陽光照射進來，蔚藍的天空中沒有一片雲朵。

以十一月上旬來說，今天的天氣相當溫暖。她和惠美久在會場附近的車站會合，一起前往會場。

「文化祭已經開始了吧？」

「對不起，今天是妳第一次的文化祭，卻沒辦法參加。」

「沒關係，反正文化祭還有明天。」

「可是……」

「蓉學姊。」

「嗯？」

「進入決賽之後，妳道歉太多次了。要贏的人不可以動不動就道歉。」

「哈哈，說得也是。」

惠美久毫不顧忌他人耳目，雙手朝著天空張開喊：「在《一人份美食》的所有料理當中，我的料理最美麗！」蓉想到這是模仿她喜歡的〈無花果樹〉中的一句，不禁露出笑容。

多虧如此，她感到卸下肩膀上的壓力，因此也不服輸地朝遠處高喊：「我要把指南書丟掉！」

＊

「失去的白晝」盛況空前，因此凪津毫無休息時間，不斷分發號碼券。來客當中，也有自稱是從遠方來的大輝粉絲，讓她實際感受到大輝的人氣。當有人對大輝說話，他也不會露出不悅的表情，一一握手打招呼說：「你好，我是大輝。」「別忘了看我的影片！」「順便也看看花壇吧！」等等。

君園到下午才來，帶了兩個高中的朋友。

「好多人。」

「謝謝你特地過來。難得有機會，來玩玩我們班的節目吧。不過沒辦法馬上進去。」

「我待會再過來。」

凪津給他號碼券，他的朋友便用品評的口吻說：「她就是傳說中的那個女生嗎？滿可愛的嘛。」君園指責他「不要用這種說話方式」，而凪津只是裝出客氣的笑臉。

「妳有休息時間嗎？如果可以的話，我們一起去逛逛吧。」

「再過一個小時，應該會有人來輪班，到時候——」

「沒問題，我會來接妳。」

他們才剛走，同班的冴山深羽就過來了。最近她似乎身體狀況出問題，常常請假，也不太能夠參加文化祭的準備活動。

「深羽，妳不要緊嗎？」

凪津問她，她便虛弱地微笑著說：「一點點的話，我可以幫忙。」

「妳不用勉強。我們人手夠了。」

「謝謝。」

她說完就把行李放在置物櫃，然後搖搖晃晃地沿著來時的路走回去。

過了剛好一小時，君園一行人回來了。他們直接進入「失去的白晝」，然後在十五分鐘後出來。他們似乎沒有解開謎底，聽了專為猜不出答案的人進行的解說，就懊惱地喊「原來是這樣」。

凪津正在聽他們陳述感想，志於李就走過來問：「你們覺得怎麼樣？」

君園等人突然被問話，感到很困惑，凪津便介紹：「呃，她是我的朋友志於李。志於李，他是君園道之助。」

「哦，妳就是志於李。我常常聽凪津談起妳的事。」

「我也常聽凪津談起你。這孩子就麻煩你了。」

兩人的對話就好像電視劇中，結婚前兩家人見面打招呼一樣。

「志於李，抱歉，可以拜託妳一下嗎？」

凪津說完把手中的一疊號碼券拿給她看。她立刻理解狀況，裝模作樣地鞠躬接過號碼券，說：「請便請便，你們去玩吧。」

君園對朋友說「我們去逛一下」，他們就對他說了些嘲弄的話。兩人走在走廊上，同學紛紛投以好奇的眼神。凪津感到很害臊，但君園卻完全不以為意，大方地走在走廊正中央。

「君園，你是不是都不會害怕？」
「怎麼說？」
「就算有人突然大叫一聲要嚇你，你大概也不會動搖吧。」
「沒這回事。」
他們上樓梯到平常很少踏入的三年級樓層，看到標題為「殭屍學校」的節目。
「要不要進去試試看？」
君園調皮地邀凪津，凪津便紅著臉點頭。
凪津原本就很怕鬼屋，再加上「殭屍學校」做得非常精緻，每當化了特效妝的學長姊跳出來，凪津就會大叫並差點哭出來，讓君園捧腹大笑。
接著凪津帶他到自己照顧的花壇，一一介紹花卉。她告訴君園自己也有幫忙，君園便說：「我對花卉一竅不通，所以不了解有多辛苦，不過真的很漂亮。擅長照顧花卉的人，將來一定也會成為好媽媽吧。」
他們前往料理教室，白板上正播放著《一人份美食》。
「終於要開始了。」
君園說完，握住凪津的手並交扣手指。

＊

「《一人份美食第三季》決賽，終於要開幕了。這次晉級到決賽的，有永生第一高中、圓明學園高中，以及晴杏學院高中部三所學校。獲勝的會是去年的霸主永生第一高中、還是去年也晉級決賽的圓明學園高中，或者是第一次出賽的黑馬、晴杏學院高中部呢？」

主播用比以往更熱烈的口吻介紹。

蓉以強烈的眼神注視前方。

「決賽的食材是——」

主播說到這裡，將握住的手伸到前方，然後輕輕打開。在他掌心裡的，是一匙左右的白色小顆粒。

「『白米』。」

蓉與惠美久對看一眼。惠美久靜靜地點頭。

「主題則是——」

主播用食指敲了敲太陽穴附近。

「『記憶』。」

蓉無聲地用嘴型說了一次「記憶」。

「白米是我們生活中不可或缺的東西，在古今東西也會做成各種料理。白米可以說是與人類記憶密切相關的食材之一。要如何詮釋是各位的自由！限定時間是一個半小時！」

對蓉來說是最後一次的笛聲響起。

「白米又是太過廣泛的食材。」

「嗯，這次也不容易。」
由於限定時間比以前更長，因此其他組也還沒有開始行動。
「要朝什麼方向來做？要直接把白米煮熟、做成蓋飯，利用配菜來一決勝負？還是做義大利燉飯、西班牙海鮮燉飯？或者做紅豆麻糬也可以。」
「這個嘛，感覺好像都能做。問題是要怎麼跟『記憶』這個主題連結。」
「記憶……比方說對白飯的記憶呢？」
「嗯，只屬於自己的白米記憶。妳能想到這樣的例子嗎？」
「有太多了。像是露營吃的咖哩飯、感冒時媽媽特地煮的稀飯，或是跟大家一起做玉米飯糰的回憶。妳呢？」
「回憶……」
蓉努力回想跟米有關的各種回憶，但每一項都是自己做的料理，另外就只有營養午餐。她想要尋找在介紹時可以引起評審興趣的特別回憶，然而過去無法從現在創造出來。
那麼不要找實際的記憶、而去重新思考對記憶的解釋如何？可是要怎麼解釋——在思考的同時，時間也一分一秒地逝去。

＊

直到樂團演出時間之前，尚志一直坐在禮拜堂的椅子上。這裡非常安靜，彷彿可以完全吸收掉最近的紛紛擾擾。他為了排解無聊，試著發出「啊」的聲音。聲音擴散之後產生回音，然後緩緩消失，最後又變得安靜。

「好吧！」他站起來發出缺乏緊張感的聲音。這個聲音也格外地響，感覺有點突兀。

他回到高中校區，發現文化祭的來客比先前更多，舞臺前方也聚集了不少人，其中有一半以上是女生。尚志之前聽深羽說過，豐很受學妹歡迎，因此大家一定是衝著那傢伙來的。

如果站得太近，有可能被豐發現，因此尚志便找了稍微遠一點的地方。他環顧四周，看到三樓走廊的位置似乎不錯，於是悄悄地爬上階梯。

他先確認深羽不在走廊上，然後把手肘放在靠舞臺那一側的欄杆，剛好輪到「庫本斯」上臺。主唱單手拿著吉他揮手，很有氣勢地上了舞臺，接著貝斯與鼓手也上臺。豐也在其中，一邊客套地反覆打招呼，一邊把吉他連上音箱。

他拿的吉他是 Fender USA Jazzmaster 的 Sunburst。當成員各自在調音時，臺下傳來女生高喊「豐——」的尖叫聲。豐並沒有回應，只是用腳尖確認效果器。

準備完畢之後，主唱拉高嗓門喊：「我們是庫本斯！一起來搖滾吧，圓明！」在觀眾興奮的歡呼聲中，鼓手開始數「One、two、three、four」。

聽到從音響一舉湧出來的聲音，女生高舉雙手，隨著節奏搖晃身體，也有男生甩動著短髮蹦蹦跳跳。

樂團演奏的是「前夜」的暢銷歌曲。在這麼短的期間內，應該很難創作自己的曲子，而且為了炒熱氣氛，這樣的選曲應該也沒錯；不過尚志聽到一開始的音調，立刻感到不妙。他等著看他們能不能挽回，但是在觀眾高昂的情緒中，演奏卻變得亂七八糟。

鼓手光是要避免打錯就很吃力，卻又為了隱藏拚命的感覺而耍帥，沒有去注意其他樂器；但其實鼓手也無法專注於自己的演奏，大鼓與小鼓的聲音都不夠響亮，節奏像蒙上塑膠布般悶悶的。

由於鼓手沒有去注意其他人，因此和貝斯的搭配也完全不順利；貝斯仍舊想要勉強跟上，只能很用力地持續撥弦。因為節奏部分亂七八糟，吉他兼主唱也很難唱好。即便如此，這場演出仍是他們賭上高中生活的重頭戲，因此主唱假裝不在意，硬是高聲唱歌。

觀眾開始不知道該如何跟上節拍，停下跳躍的腳，盯著樂團像是在仔細聆聽；然而「庫本斯」的成員卻閉上眼睛、猛烈搖頭，沒有去注視觀眾。在令人不忍卒睹的舞臺上，只有豐直立不動地彈吉他。他憑耳朵分辨其他三人的聲音，注意自己的節奏，加入強弱變化進行演奏。他不會憑心情搶節拍，而是像抓出所有樂器優點般連結著音樂。

大概是因為他的努力，其他樂器漸漸地能夠注意到彼此，勉強演奏出能聽的音樂。然而尚志不滿意豐的態度。他的吉他聲音是死的。

豐的吉他的確串聯了其他成員破破爛爛的聲音，但忠於這項任務而保持低調的吉他聲音，就只是接受所有人的容器。他獨自承擔「庫本特」的容器角色，放棄讓自己成為素材。

他並不是沒有技術。如果沒有技術，就無法把樂團整理到這個程度。從他彈吉他的手部動作也能看出來，他離開大阪之後仍舊繼續在彈吉他。

那傢伙大概覺得只要差不多有個樣子就可以，所以不打算注入多餘的精力。他不想要特別引起注意，只想要適當地完成表演。

差不多、適當——以這樣的態度彈吉他，有誰會受到感動？給我向吉他道歉！為自己用這種心態彈吉他，跪下來道歉吧！話說回來，他為什麼還要彈吉他？他想要彈吉他嗎？到底是什麼樣的感情？要彈的話，就應該更愛它才行。要用自己的手指，確實把愛意傳達給琴弦。這不就是勝男教我們的嗎？

尚志在心中越是吶喊，越覺得自己很沒用。

「庫本斯」雖然程度很差，但至少能夠上臺演奏，將自己的聲音演奏出來給大家聽。

「接下來是最後的曲子！」

尚志緊緊握住欄杆。

這時他不經意地俯視下方，剛好和抬起頭的深羽四目相接。她的眼睛依舊顯得害怕。尚志心想不妙，連忙離開現場。

他想要盡可能遠離深羽，因此在校舍內到處走，卻因為不熟悉環境而迷路，結果來到校舍入口處。

他離開校舍到操場上，腳底感覺到沙子的觸感。舞臺上的演奏已經結束，「庫本斯」的成員正在揮手。豐點了點頭，就匆匆把吉他的連接線從音箱拆下來。

尚志盯著舞臺，然後踢起操場上滲透汗水的沙子。

＊

料理教室來了很多人，有的是為了烤雞蛋而來，有的則是為了看《一人份美食》。白板前已經擠滿了人，沒辦法看得很清楚，君園便對凪津說：「反正手機也能看，要不要去別的地方？」於是兩人前往操場，途中一直都牽著手。

「食材是『白米』，主題是『記憶』。」

君園用手機查詢《一人份美食》的現況並告訴凪津。他看的不是《一人份美食》的直播，而是 Alternate 上針對節目的相關討論。

「哇，我是第一次搜尋《一人份美食》，沒想到有人寫這麼過分的留言。」他嗤之以鼻，然後把螢幕拿給凪津看，又說：「真不知道這種人到底想做什麼。」

凪津看到在純粹的鼓勵留言之間，也夾雜著取笑參加者長相的留言、或是可信度很低的八卦等不堪入目的言語。

「真的。」

他們來到外面，剛演奏完的樂團正走下舞臺。在那附近有一個單獨站著的男生映入凪津眼簾。或者應該說，她的眼睛產生反應。她不自覺地鬆開牽著的手後退。

君園問她：「凪津，妳怎麼了？」

她看到桂田武生獨自一人望著無人的舞臺。

「對不起，我有點事。」

凪津匆匆忙忙地離開現場。在她從桂田移開視線之前，她覺得好像隔著眼鏡跟桂田的眼睛對上了。君園追上來問她：「你怎麼了？」

「對不起，我想要暫時獨處一下。」

聽到凪津這麼說，君園便沒有繼續追上來。凪津想要離開高中，便姑且往大學的方向走。當她正在尋找可以獨處的地方時，看到「CENTRAL CHAPEL」的門在搖晃。她戰戰兢兢地窺視裡面，發現沒人，或許是剛剛有人出去了。凪津原本擔心那個人又會回來，心想還是不要進去裡面，但禮拜堂的靜謐正是她現在追求的東西。

她是第一次進入禮拜堂。正面是十字架，在那上方則高聳著管風琴的管子。從左右兩側的彩色玻璃透進來的光線，替木製長椅染上些許色彩。凪津坐在長椅上，平息激烈的呼吸。

桂田來這裡做什麼？該不會是來指責逃跑的自己吧？

凪津聽到某處傳來「啪」的聲音，不禁發出尖叫。她回頭看是否有人來了，不過沒有看到有人在的跡象。她發現自己如此害怕，更加感到不安。

她想到桂田或許有傳訊息給自己，便打開Alternate，但沒有看到新的訊息。這時她突然注意到桂田之前的一則訊息。

那是一個網址。她戰戰兢兢地點選，瀏覽器便啟動，前往連結網站。

「華津螺舵夢雨的天才日記！」

她一開始不知道標題該怎麼念，後來發現那是桂田姓名的諧音[10]，便繼續往下滑。最新的更新是今天。

＊

「蓉學姊，怎麼辦？時間會來不及。」

「我知道，可是……」

蓉敲著頭想要擠出一些靈感，可是想到的卻都是很無聊的點子。她覺得彷彿面對很難的謎題一般，腦中的思緒不斷在同一個地方繞圈圈。

此時主播說：「圓明學園高中似乎還在煩惱。其他學校已經開始製作了，不要緊嗎？」這讓蓉感到更加焦慮。

「總之，我們先準備米吧。如果要煮的話，就得早點先洗好泡水才行。」

「知道了。」

江口法蘭西斯卡今天也坐在觀眾席。她或許是來看自己兒子的英姿，眼神比任何評審都更嚴格。

蓉看到三浦的表情也很嚴肅，想到他之前說過「我把媽媽當成競爭對手」。

蓉還無法將父親稱為競爭對手。父親是比在場的任何人更遙遠的對手。

10 桂田武生日文讀音為「かつらだむう」，而「華津螺舵夢雨」每一字單獨的讀音與之同音。

她腦中浮現父親寬廣的額頭之下銳利的雙眼、大大的鷹勾鼻、肌膚薄薄的尖下巴，接著這張臉開始跟三浦說過的話重疊。

——當然了。我想當的不是料理研究家，而是廚師。我想要為吃的人做料理，而不是為做料理的人做料理。

然而父親已經不再為她做料理了。

——我媽只有在紀念日會休息，像是我們的生日，或是自己的結婚紀念日。她也很喜歡節日活動，比方說新年、聖誕節、七夕或萬聖節。

即使是聖誕節，蓉的父母親也沒有休息，一家人從來沒有在一起度過節日。她對聖誕節的記憶，就只有那棵在黑暗中閃閃發光的聖誕樹，甚至也不確定是否真實存在過。

——感冒時媽媽替我做的稀飯。

這時蓉忽然也想到惠美久的話，原本模糊不清的那天的記憶逐漸浮現出明顯的輪廓。

那是她升上小學的第一個聖誕節。蓉發了高燒，一整天都躺在房間的床上。她是第一次身體狀況變得這麼虛弱，因此感到很不安，可是那天雙親也要工作，而且因為是年底，所以比平常更忙，開店後蓉在耳鳴當中一直聽到客人歡笑的聲音。

她的額頭與背上都冒出汗水，全身感覺要乾涸，身體的每個關節都在痛；但她為了喝水還是走到廚房，在黑暗中看到聖誕樹的燈飾閃閃發光。幾乎感覺刺眼的光芒顯得格格不入，更加突顯寂寞的氣氛。

母親結束店裡的工作回來之後，稍微打開房間的門問她：「妳還好嗎？」蓉隨口回應，母親就在門後方說：「我把稀飯放在這裡。因為不能被傳染感冒，所以我沒辦法進房間。真的很抱歉。」

夜深之後，蓉忽然從淺眠中醒來，看到父親從門縫在看她。

「怎麼了？」

「妳肚子餓不餓？」父親壓低聲音問她。

在這之前她一直沒有食欲，連稀飯都幾乎沒吃。她回答「有點餓」，父親就進入蓉的房間，坐在她的枕邊。

「妳能起身嗎？」

蓉點頭，父親就打開書桌燈，一隻手放在蓉的身體下方，把她扶起來。

父親端來的餐盤上，放著小小的碗。

「妳吃吃看。」

那應該是類似稀飯的料理。父親說因為是聖誕節，所以加了雞肉。

「蔘雞湯！」蓉告訴惠美久。

「嚴格來說應該不算，不過我父親最後為我做的料理，應該是那種味道的料理。我記得當時聞到不太熟悉的味道，像是高麗人蔘和紅棗，還有肉桂或八角。大概是因為我當時感冒了，所以他才做了藥膳鍋，又因為是聖誕節，所以加了雞肉。」

「太棒了！」惠美久抱住蓉的肩膀說：「我們來重現這道料理吧！不過蔘雞湯要用

糯米對不對？當時用的是哪種米？」
「我不記得了，不過因為很像稀飯，所以應該是梗米。」
「可是就算做出普通的蔘雞湯，應該也很難獲勝吧。有沒有什麼特別的創意？」
「我記得當時他做的是綠色。」
「綠色？」
「還有紅色，也許是切開的小番茄。」
「因為是聖誕節！」惠美久興奮地拍手說：「這樣一定很有趣！蔘雞湯口味稀飯，聖誕節版本！」
「時間不多，所以就不要把食材塞到全雞裡，放進湯裡跟雞翅和雞腿一起煮吧。」
「可是綠色呢？綠色的東西是什麼？」
「邊做邊想吧。快！」

＊

「庫本斯」的主唱發現到尚志，沒有使用麥克風就在臺上高興地喊：「尚志！你是來看我們的嗎？」
尚志沒有反應，直接上了舞臺。他們連忙阻止他說：「等一下。」
「沒關係。」
他推開阻擋在面前的那些人，指著鼓棒對打鼓的男生說：「那個可以借我嗎？」或許是被尚志的氣勢壓倒，或是因為覺得這個狀況很有趣，他乖乖地交出鼓棒。

尚志坐在打鼓的位置，「庫本斯」成員就像逃跑般匆匆下了舞臺，只有豐拿著從音箱拆下來的吉他，望著他而沒有動彈。搞不清狀況的觀眾顯得很困惑，但似乎也期待著不曾預期的事情發生。

尚志同時敲下開放狀態的腳踏鈸和疊音鈸，高亢的金屬音響徹操場。接著他用雙擊滾奏的技巧敲打小鼓，逐漸加快速度，然後進入激烈的Solo瘋狂演奏。他用最大的力氣踩下踏板，以敲破銅鈸的氣勢打擊。

尚志想要把悶在心中的東西全都釋放出來。然而不論如何發洩在鼓上，這些東西都不會消失，反而更鮮明地浮現在腦中。家人、自鳴琴莊、深羽、豐、勝男，還有自己——即使他想要甩開一切而繼續打鼓，和他們在一起的景象仍一一閃過腦海，不斷重複。

文化祭執行委員正在議論。下一場要表演的樂團也已經過來，不耐煩地等待結束。觀眾詫異的表情進入尚志的視野。

奇怪，明明在打鼓，明明大家都在看我，但我卻覺得難以忍受。這個聲音只有我聽得見嗎？為什麼大家要露出那種表情？做些反應吧！這是我的聲音！

然而，就連尚志的耳朵也覺得鼓聲越來越遠，好像被某樣東西吸走。即便如此，他仍舊沒有停止打鼓。他覺得如果停下來，自己也會被吸走。他的手腳逐漸失去感覺，身體也好像已經不屬於自己。他緊緊閉上眼睛再打開，黑暗的空間裡就只有他和鼓飄浮著，沒有其他東西或其他人。尚志看到自己的身體明明在動，鼓卻完全沒有發出聲音。

他記得這個空間。這是無人的「Bonita」，在他獨自打鼓、獨自胡鬧、獨自安慰自己的那個時候。

尚志頓時停止演奏。接著他再度把鼓棒前端輕輕放在小鼓邊緣。鏘。

鼓發出細微的聲音。他又試了一次，這次的聲音比剛剛大，手的感覺也回來了。他踩下大鼓的踏板，發出「咚」的低音，腳上也有感覺。

他再度打起節奏，彷彿被鼓吸收、重疊、化為一體。在這種神祕的感覺中，他的心情也自然地恢復平靜。

這個聲音正是自己的聲音。他現在了解到，過去以為是自己聲音的，其實並不是。

尚志專注地打鼓，像是在跟朋友嬉戲般，不知不覺就露出笑容。他環顧四周，黑影宛若濃霧散去般變淡，圓明學園高中的景色再度回到眼前。他聽到歡呼聲。他抬起頭看豐，只見他啞口無言地仍舊站在那裡。

尚志停下手部動作，只用右腳踩踏板。重低音響徹操場，有幾個人從校舍的窗戶看著他。陽光反射在銅鈸上，相當刺眼。

尚志踩著一定的節奏看著豐。

你知道我的聲音吧？

尚志微微抬起嘴角。豐低下頭，接著又重新看著尚志，像是放棄抵抗般，把吉他接上音箱。

＊

本日更新
我很擔心會不會造成妳的困擾，所以來到文化祭。
我知道妳會覺得噁心，可是我什麼都不會做，所以請妳不要害怕。
可以的話，我希望不要被妳發現就回去。
我保證這是最後一次。

凪津想要馬上關閉，但因為往下滑的氣勢，連之前的更新也映入眼裡。

十月三十一日
Alternate 果然搞錯了。

凪津緩緩地站起來，走在長椅之間。

十月二十七日
我知道道歉也沒用，不過我還是想道歉。對不起。

十月二十五日
我原本希望被忘記，可是還是不希望被忘記。

十月十七日
波：
我想妳應該不會原諒我了，不過還是請聽我說。
很抱歉擅自閱讀妳的文章。
我一開始以為，因為我們做的事很像，所以才會有九十二．三%的速配度；可是我在這個日記寫的並不是真正的自己，所以我們兩個還是不一樣。我猜應該是Alternate 搞錯了。我這麼說，妳可能會說 Alternate 不可能會錯，但是現實中，我跟妳的確不合。不論是誰都會這麼想。這一定是錯誤。
所以請妳忘記我吧。

凪津坐在管風琴的椅子，用鼻子緩緩吸氣，專注地看著螢幕。

十月五日
我又和波約定見面。
我要把一切都告訴她。
包括我喜歡她、我看過她的部落格，還有這個日記。

十月一日
即使沒有 Alternate，我和波也一定會相逢。

九月三十日
雖然讀到骯髒的文章，可是我卻覺得很美。
我沒有討厭波。
雖然感到受傷，可是不知為何我卻更喜歡她了。
我真奇怪。

九月二十九日
我發現了波的部落格。
我感到很驚訝。
我不敢相信她寫出那樣的文字。
不管是寫家人、朋友、
或是關於我的事。
好過分。
太骯髒了。
可是那絕對是波。

凪津繼續閱讀，忽然聽到開門的聲音。她從舞臺旁邊的階梯走下去，躲在音響調整室。室內一片漆黑。她偷窺先前待的地方，看到進來的警衛正在檢視四周。凪津悄悄地蹲下來，一邊留意著警衛的動向，一邊再度滑手機。

八月二十九日
貓咪咖啡廳
炒飯
機場
電子遊樂場
天象館

八月二十四日
波的待機畫面是黑白照片。有個男人在火花底下看書。
不知道那是什麼照片。
還有她的手機殼，
上面有飛機的圖案。
好可愛，而且很適合波。
也許她喜歡飛機。
去機場約會好像也不錯。

我來擬定想跟她一起去的場所清單吧。

八月二十一日

我去見她了。

我們約在海邊附近的咖啡廳，然後在海邊散步，又去了水族館，最後兩人一起看煙火。

每一個瞬間都很棒。

我實在是太適合大海了。

不過她比我更適合。她真的很棒。

這是命運。

這完全是命運的相逢。

Alternate 真的很厲害。

我感覺自己好像成了電視劇的主角。

話說回來，夢雨[11]總是主角。

至於她的話，以後稱她為「波」[12]好了。

11 和武生同音。

12 波的日文讀音為なみ（Nami），凪津的日文讀音則為なづ（Nazu），讀音相近。

八月十三日
下星期，我就要去見那個女孩。
天哪！夏天來了！
夢雨的時代來臨了！
這果然是命運的相逢吧？
我是被選中的人，所以會遇到奇蹟。
不，是我創造出奇蹟的。

七月二十三日
我試了GeneMatch。
調查結果，我似乎是沿著很罕見的路徑來到日本的。
據說在日本只有一%這種人。
不愧是我。而且利用交叉搜尋，
竟然找到九十二點三%的對象！
天哪！

凪津讀到這裡，開始尋找這個部落格中最早的文章。那是八年前的文章。從這篇開始讀，每一篇的內容都是在炫耀自己，不過只要是認識桂田的人就會知道是謊言。

她忽然發現最新的日記被更新了。

本日更新

我回去了。很高興看到妳很有精神的樣子。很抱歉擅自來到學校。上次雖然說是最後一次，可是很抱歉又寫了這篇。很抱歉我撒了謊。

這是兩分鐘前的更新。

＊

在選擇食材的時候，時間已經剩下不到一小時。

蓉勉強拼湊模糊的記憶，告訴惠美久那道料理大概的樣子。

「要用壓力鍋嗎？可以連骨頭都煮到很軟，而且可以提高營養價值，對感冒的小孩來說也很適合。」

「嗯，就這樣吧。不過為了避免產生腥味，要先水煮一次，然後壓力鍋的時間設定短一點。」

「那比如說，可以先加入其他料來熬湯，後來才加米嗎？這樣可以把肉煮到很軟，然後再讓白米吸收從雞肉和藥膳熬出來的湯頭。」

「這一來就可以先撈掉浮沫再加米，味道也更容易調整。」

「那我先設定二十分鐘看看情況。」

「試試看吧。」

「綠色的部分怎麼辦？」

「把綠色食材攪成泥，然後再溶進湯裡。」

兩人像是要挽回先前的時間般，彼此配合得相當有默契。加入食材、把壓力鍋放到火上之後，就進入下一個步驟。

「差不多應該要決定綠色蔬菜泥的食材了。」

「我知道。」蓉閉上眼睛，思考適合蔘雞湯的蔬菜。「蔘雞湯的調味只有鹽巴，給人清爽的印象，不過因為有雞肉的油脂，也有豐富的鮮味，所以味道其實滿濃郁的，應該要用清爽的蔬菜搭配。」

「沒有胃口的時候沒辦法吃很多東西，所以才會考慮吃一口也能補充營養的料理吧？」

「也許吧。給感冒的小學一年級生吃的蔘雞湯——」

想到做料理的對象設定為小時候的自己，感覺有點好笑，不過這就是父親的視角。蓉現在要扮演父親的角色。

惠美久說：「提到綠色蔬菜，第一個就想到菠菜。」

「的確有可能，不過我不覺得他會用這麼直接的食材。」

「該不會是羅勒之類的？」

「如果是味道那麼特殊的蔬菜，我應該會記得。」

「豌豆呢？」

「嗯——不可能。他很重視季節性，而且豌豆顏色太淡，又是我當時最討厭的食物。」

「會不會不只一種？如果要考慮營養，應該會混合幾種蔬菜吧？」

惠美久的意見給了蓉很大的啟示。

「妳說得對，一定是混合了好幾種蔬菜。」

「那我們去找可以用的蔬菜吧！」

蓉選了菠菜、小松菜、蘿蔔葉、青花菜等適合搭配在一起的蔬菜，分別調整時間燙熟，然後用攪拌機打成泥，再用篩網過濾。

當時父親第二天發了高燒，原本還想要進廚房，可是仍舊無法工作，只好迫不得已在店門上貼出「臨時休息」的紙條。因為父親身體狀況而無法開店的例子，從以前到現在只有那一次。先痊癒的蓉想要照顧父親，結果被他凶狠地罵了一頓。她和父親之間產生距離，就是從那一天開始。

父親或許是後悔自己因為太擔心女兒，做出不符廚師專業的行動，因此在那之後就決定以廚師而非父親的角色為優先。他或許是不希望蓉遭遇同樣痛苦的經驗，才不想讓蓉選擇廚師之路。

「喔，永生第一高中果然是要做甜點。」蓉突然聽到主播的聲音。

「他們不打算使用米，而是要用米粉來做蛋糕。」評審之一看了他們拿的食材說明，「應該是要做週末檸檬。」

蓉不禁停下手邊的動作，惠美久連忙激勵她：「蓉學姊！這一次絕對不能再失敗了！」

＊

尚志以挑釁的態度踩著踏板，搭配壓框奏法強調打擊聲。面對他的挑釁，豐無奈地拿起吉他，撥了開放和弦。扭曲的聲音像漣漪般擴散到觀眾頭上。觀眾發出歡呼，等待豐接下來的音樂。

然而豐並沒有進入吉他Solo，而是以刷弦彈出節奏聲，配合尚志的踏板節拍，像是在窺探尚志的動向，也像是在挑釁回去。

尚志耐不住性子，數了一、二、三，然後在過門（Fill-in）之後開始打奏十六分音符。這時豐總算開始彈吉他。他此刻的音色和剛剛完全不同，顆粒清晰而強韌。在琴衍之間來回的手很柔軟，看起來就好像在撫摸琴頸。他的手部動作就好像在哄小孩睡覺的父母親。尚志為了對抗他，加快速度狂暴地打鼓。

尚志的背部開始流汗，但在打鼓當中，疲勞感覺減少了，身體越來越輕鬆。

他降低速度，回到原先的節奏。這時豐開始彈起剛剛「庫本斯」表演的「前夜」歌曲前奏。尚志正想著沒有主唱和貝斯要怎麼辦，豐就以吉他重現主唱的旋律。觀眾再度發出歡呼。到了副歌部分，觀眾更加狂熱，開始一起跟著唱。豐的吉他旋律引導他們合唱，在場的所有人都搭乘豐打造的船航海。

曲子接近尾聲，尚志為了壓抑內心湧起的情緒，便眺望遠方。豐沒有錯過這個空檔，像是要遮蔽他的視線般，加入具有攻擊性的切音。尚志回過神來，豐便朝著他伸出手，然後緩緩放下來。尚志依照他的指示繼續降低速度。豐把手指放回指板，接下來按的旋律是〈採茶曲〉。

「Bonito」摻雜酒味、油煙味和灰塵的氣味彷彿掠過尚志的鼻前。

夏季將至的八十八夜[13]

凪津回到操場上尋找桂田，但他已經不在那裡，舞臺前的觀眾當中也沒有他的身影。凪津急忙前往校門，〈採茶曲〉的旋律與歌聲從她背後追上來。

她出了校門，看到在銀杏林蔭大道前方有個微微駝背的男生，便默默地停下腳步。看到他搖搖晃晃地走路，凪津不禁凝視他的背影。駝背、瘦弱、窩囊的背影，就好像在說「請憐憫我」一般。

凪津內心暗罵，「你就是這麼沒用」。

桂田突然停下腳步，低著頭緩緩轉身。凪津以為自己內心的聲音被聽見，嚇了一跳。然而他並沒有發現到凪津。

當凪津呆站在原地，桂田便往校門走回來。他低著頭，嘴裡不知在嘀咕什麼，心神不定地交握著雙手的手指。

凪津告訴自己：不要緊，我有渡過大海的堅強基因。她在腹部施力，然後開始走

13〈採茶曲〉的第一句。八十八夜指從立春起算第八十八天，據說這天採的茶葉特別高級。

向他。

那裡不是在採茶嗎？

蓉試喝完成的蔘雞湯，雞肉的鮮味適度溶解在湯裡，接著香辛料的香氣直衝鼻子。湯汁裡也能感覺到米的質感，不過因為不是使用糯米，因此感覺較沒有黏稠度。她把綠色蔬菜泥畫圈圈倒入湯中，又試喝一次。加入青澀的風味與酸味之後，又有不同的味道擴散在嘴裡。

「怎麼樣？是這種感覺嗎？」惠美久迅速地問。

蓉沒有回答，只是從記憶中喚起父親做的料理。接著她緩緩地用湯匙舀起湯，放入嘴裡。然而這不是父親的味道。缺乏香氣和鮮味，感覺就像是在吃空氣一般空虛。

主播宣布還剩下五分鐘。

「蓉學姊，怎麼樣？」

蓉再度試吃父親的料理，但還是感覺不出味道。

「沒時間了，就這樣吧。」

蓉把手中的湯匙交給父親。自己的手很小，相反地，父親的手非常厚實。

父親把湯匙送入蓉的嘴裡。蓉張大嘴巴，吃下料理，在臉頰內感受到溫柔與溫暖。

「不對，應該更甜。」

「咦？那要加砂糖嗎？」

「不對，是別種甜味。」

「蜂蜜？或者是日本料理常用的味醂？韓國料理的話，會不會是用麥芽糖？」

隱約感覺到的清爽甜味——蓉再度於腦中描繪父親的臉。

持續放晴的這幾天

尚志抬頭看藍天，在那裡描繪勝男的臉。

勝男，你在看嗎？都是你，害我們變成這樣。怎樣，很好笑吧？比「Bonito」還要過癮。因為太過癮了，所以感覺有些不足的地方。更粗糙的聲音，有時反而比較好。

「尚志！」豐大聲呼喚他。

他看見豐用下巴比了比，朝那邊望過去，看到警衛和教職員指著自己，不知道在討論什麼。接著文化祭執行委員也加入他們，似乎在說明狀況。

「快逃！」豐大喊，但尚志無法停手。

這裡還是太過癮了，他沒辦法離開。而且他不想逃。

尚志用嘶吼的聲音和觀眾一起唱完，停頓一拍之後，再度開始打擊。豐不知所措地看著他，讓他感到欣喜若狂。

警衛接近舞臺。豐輪流看他們與尚志，彈起跟先前不同的旋律。尚志不知道這是什麼歌，但觀眾不知為何發出笑聲，警衛則停下腳步。

隔著幾公尺的距離，桂田發現到凪津，緩緩地停下腳步，然後瞪大眼睛，發出不成語句的聲音：「呃，欸，啊……」

凪津握緊拳頭，對他喊：「才不是飛機！」接著她把手機殼拿出來給桂田看。

「這是飛艇！根本不一樣！還有，不要偷看人家的手機！」

桂田閉上不知該說什麼的嘴巴，再度低下頭。

「有什麼話想說，就當面說吧！不管是你、還是我！」

桂田呆呆地看著她。

「擺出這種臉的傢伙，不要寫那種自以為是的部落格！堂堂正正地戰鬥吧！不管是你、還是我！」

「嗯……」

桂田虛弱地回答，閉上眼睛。接著他兀自點頭，張開眼睛說：「那麼我就戰鬥吧。我就是因為打算戰鬥，才會走回來。所、所以不要逃避！不管是妳、還是我！」

桂田勉強回嘴，但聲音卻在顫抖。

〈採茶曲〉不知何時已經變成聖誕歌曲。

Gloria in excelsis deo——

蘋果——蓉喃喃自語。

「紅色的部分不是小番茄，而是蘋果皮。裡面加的是磨成泥的蘋果。」

「可是時間……剩下不到兩分鐘了。」

「惠美久，擺盤就交給妳了。」

「好！」在惠美久回應之前，蓉已經拿出蘋果，立刻開始磨。

「惠美久，先把煎鍋放到火上。」

「妳還要炒？」

「快點！」

「一定要趕上喔！」

惠美久遵照蓉的吩咐去做，觀眾席發出議論紛紛的聲音。時間只剩下一分鐘。

蓉把蘋果泥倒入加熱的煎鍋裡，迅速搖動。越在意時間，她的手就越像第一輪那樣顫抖。五個碗裡已經倒入蔘雞湯，惠美久一手拿著綠色蔬菜泥，等待蓉處理完畢。

高空天使齊歌唱

聽了第一段，尚志總算理解這是聖誕歌曲。而他也發覺到，豐之所以選擇這首歌，是因為在演奏讚美歌時，老師們沒有辦法上臺阻止他們。

豐的判斷很正確。警衛與教職員束手無策，只能焦躁地交叉雙臂，可是嘴裡還是姑且跟著唱，感覺格外好笑。

不過這首歌也快要結束了。

「趁現在快走！」

豐雖然這麼說，但尚志沒有聽從。有這麼多觀眾在唱，他不能丟下鼓。

他注視著持續合唱的觀眾，看到其中有深羽的身影。她盯著尚志。尚志差點亂了節拍，但還是控制住，並且同樣地盯著她。

她沒有在害怕，但也沒有笑，只是注視著尚志。

萬民來勇敢歌唱

桂田眨了幾次眼睛，然後說：「我、我打算從一開始重新來過！」

凪津走近他問：「一開始是哪裡？是我們見面的時候嗎？」

「不是，是更早更早之前。在我開始寫愚蠢的部落格之前。」

「有辦法嗎？」

「我不知道，可、可是或許還來得及。我只想告訴妳這些，所以才回來！」

桂田說完，對她說「再見」並掉頭要走。桂田的背影好像要丟下凪津自己先走，讓凪津無法原諒。

Gloria in excelsis deo

加熱的過程比預期更緩慢。快沒時間了。蓉的手抖得更厲害。沒辦法，要不要提早結束？

這時她聽到「來得及！」的聲援。

這是她熟悉的聲音。她轉向觀眾席的邊緣，看到母親的身影。在她旁邊的是父親。和父親對上眼睛的幾秒鐘，感覺好像格外漫長。

蓉用單腳重重踏響地板，然後盯著蘋果。

「剩下十秒鐘！圓明學園高中，要怎麼辦？」

十秒前！九！八！

聖誕歌曲即將結束，警衛也已經來到很近的地方。

豐擔心地看著尚志，但尚志毫不在乎。

觀眾齊聲唱「阿門」。

深羽仍舊看著尚志。鼓聲從滾奏進入激烈的solo。尚志用力搖頭，像是要撕裂先前美麗的音色般暴動。

豐對他喊「喂！」，但尚志沒有停止。

七！六！

「喂！」

凪津朝桂田的背影呼喚。桂田回頭，但他的表情依舊顯得很不可靠。

「我才不會重來！我不會否定過去的自己！」

銀杏的樹葉飄落，掠過桂田的頭，滑落到地面。

「我要更信任自己！我要更喜歡自己！所以我要培育我自己！」

激烈的節奏在遠處持續響著。

五！四！

蘋果稍微轉為褐色，蓉便急忙從火上移開。她的手已經沒有在抖了。蒸氣撫過蓉的臉頰。她用湯匙舀起變成柔軟液體狀的蘋果，淋在蔘雞湯的容器中輕輕攪拌，白色的湯中就漂浮著些許紅色的皮。接著惠美久再淋上綠色蔬菜泥，畫出鮮豔的綠色線條。蓉又看了一次父親。

三！二！一！

等不及的警衛衝上來。

沒辦法，差不多該結束了。

尚志頓時停住，高高舉起雙手。接著他用眼神對豐示意，使勁揮下手，豐也在同時甩動手腕。

銅鈸與吉他銳利的音色在空中交織在一起，然後消散。在一瞬間的靜寂之後，四周爆發如風暴一般，熱烈的掌聲與歡呼聲，不久之後就穿透到遼闊的天空中。

23 內心

《一人份美食》結束後，蓉搭乘父親駕駛的車回家。途中雙親不發一語。蓉從車窗注視著快要消失的夕陽。

車子停在停車場後，蓉下了車，正要回到家裡，父親喚了蓉的名字。

「來這裡。」父親說完進入「新居見」。

母親沒有說話，跟著父親走。

進入店裡，父親一邊穿上白衣一邊說：「妳去換衣服，然後洗手。」

蓉準備完畢進入廚房，父親正從裝了水的大碗中取出一根根豆芽菜，仔細地摘下鬚根之後放入另一個大碗。父親問她「妳會嗎？」蓉點頭，站在旁邊做同樣的動作。母親正在擦餐桌，為開店做準備。

父親一言不發，默默地繼續做同樣的工作。蓉看著他的手。血管浮出的手背比她在《一人份美食》中想起的更厚實。

蓉很訝異父親竟然會處理豆芽菜。這些並不是什麼特別的豆芽菜。

摘下所有鬚根之後，父親便開始做料理，不過這段過程很快地就結束了。他把豆芽菜放入煮沸的熱水幾秒鐘，然後放入冷水裡冷卻，再撈到篩子上，最後再拌入麻油、醬油、醋等綜合調味料就完成了。

「這是今天的前菜。端給客人的時候要盛在碗裡，灑上青海苔再端出去。只要灑一點點就行了。」

「我知道了。」蓉回答之後，理解到他的意思是要自己在開店之後也繼續幫忙。

客人來到店裡，氣氛頓時變得熱鬧。看到蓉的人紛紛說「你們終於雇用新人了」，不過父親沒有說「這是我女兒」，只是笑著敷衍過去。蓉也配合父親的說法，並依照父親指示把豆芽菜裝入碗裡。另外她也把醬油倒入小盤子裡、或是幫忙洗碗盤。

她一直幫到營業時間結束，對最後的客人鞠躬說「謝謝光臨」之後，一整天的疲勞一口氣湧上來。在餐廳準備料理和《一人份美食》有不同的辛苦，必須觀察客人進食的速度與喜好，同時製作好幾種料理，腦中相當忙碌。

她雖然筋疲力竭，但還得繼續進行收拾工作。當她洗著剩下的盤子時，父親說：「竟然給妳猜到了。」

蓉猶豫著不知該如何回答，父親又說：「不過不對。」

「不是蘋果嗎？」

「我是指豌豆。」

父親邊說邊取下日式廚師帽。蓉發覺他的白髮比以前多了許多。

「那個綠色是煮熟的豌豆磨成的泥。而且我用的是糯米。」

接著他取下圍裙，問：「妳真的想要從事料理這一行嗎？」他的口吻雖然柔和，但蓉卻感受到銳利的質問。

「是的。」蓉果斷地回答。

「這樣啊。」

浮現斑痕的臉頰微微顫抖。

「剛剛的豆芽菜是黃豆的新芽。」

父親低沉的聲音震撼蓉的體內。

「如果選擇摘下新芽、當成豆芽菜來吃，就沒辦法吃黃豆了。反之亦然。只能選擇其中之一，妳懂嗎？」

蓉想起四月時種植的玉米。在那之後，蓉只留下長得較快的一株，其他的都拔掉了。

「沒辦法全部都選。」

父親說完轉身背對蓉，丟下一句「假日要來幫忙」，然後就走出廚房。

「當時為了妳，冰箱裡隨時都儲備了冷凍豌豆。」

母親拿起蓉洗完的盤子擦乾。

「妳不是很討厭豌豆嗎？為了改掉妳偏食的習慣，就在各種料理當中加入少量的豌豆。」

或許多虧如此，她現在很喜歡吃豌豆。她原本以為那道料理的綠色更鮮豔，不過因為房間很暗，所以她應該沒有看到實際的顏色。

每當母親把擦乾的盤子疊起來，就會發出「喀」的聲音。

「我們本來想要偷偷去參觀，不要被妳發現，可是我不小心發出聲音了。對不起。」

「沒有，我很高興。」

洗完所有盤子、關上水龍頭之後，母親遞給她毛巾。

「那一天如果由我來照顧妳，爸爸就不會這麼辛苦了。這一來，也不用讓妳感到寂寞。都是因為我做得不夠好的關係——」

「別這麼說。」

蓉握住母親拿著盤子的手。

「沒有人做錯，而且我也不覺得寂寞。」蓉說出逞強的話。母親有些不好意思地笑著說：「沒有打工費喔。」

蓉整理完餐廳之後拿出手機，看到一則未接來電。這是大約兩小時前打來的。她猶豫著該不該回電，最後決定鈴聲響三次沒人接就掛斷，於是走到外面。

鈴聲才響一聲，她就覺得還是算了。她不知道現在要跟三浦說什麼，也害怕他不知道要說什麼。然而三浦立刻接起電話，並且用很快的速度說：「喂，抱歉突然打電話給妳。」

蓉被他的氣勢稍微壓制，但還是問他：「你打過電話？」

「嗯。」

接著是幾秒鐘的沉默。

「我們輸了。」他邊說邊嘆一口氣，「我本來絕對不想輸給妳。更何況是做了週末檸檬，實在是太丟臉了。」

三浦在《一人份美食》公開他和蓉之間的插曲，說他被蓉做的週末檸檬感動，因此決定在決賽中，無論如何都要做這道甜點。

「我也輸了。第二名跟第三名沒有多大的差別。」

得到最多評審票的是晴杏學院高中部。圓明學園高中得到兩票，永生第一高中一票都沒有得到。

「不過妳的料理很棒。我對晴杏學院獲勝感到不服氣。應該是圓明學園高中獲勝才對。」

晴杏學院做的焗飯在外觀上只有全白這一項特色，但吃進嘴裡會發現這是咖哩焗飯，讓評審為之驚豔。白咖哩焗飯獲得好評不只是因為出人意表，也因為他們在介紹時說明，咖哩是所有家庭都熟悉的料理，也因此會連結到每個人各自的記憶。

不過益御澤並沒有投給晴杏學院高中部。他支持的是圓明學園高中。「這道料理承載著只屬於妳的故事，充滿慈愛之情。」

三浦對她說：「不論是料理或插曲，我們這組都徹底被打敗了。」

蓉能夠做出那道料理，要多虧三浦。要不是那天他邀蓉到家裡，蓉也不會想起這段很久以前的往事。

「不是只有我覺得妳的料理很棒。觀賞《一人份美食》的人都這麼覺得。」

蓉感覺內心微微刺痛。

「我的 Alternate 帳號收到很多給妳的訊息，像是『蓉的料理讓我感動』，或是『看了蓉的表現之後，我決定開始學習料理』，或是『希望蓉可以教我料理』。我會把這些訊息轉給妳，妳可以讀讀看。話說回來，為什麼他們要傳給我？難道只能想到這個方式嗎？」

三浦自嘲地笑了。

「大家無論如何都希望能傳達給妳。」

蓉蹲在店門口仰望天空。圓圓的月亮綻放著皎潔的光芒。

「《一人份美食》總算結束了……」三浦似乎有些難以啟齒，拉長句尾。

「妳說過，到今天為止都是競爭對手。」

「嗯。」

「現在連競爭對手都不是了。」

「沒錯。」

風從領口吹進來，在肚子附近累積空氣。

「蓉，關於我們之間的關係，妳是怎麼告訴《一人份美食》製作單位的？」

「我說我們分手了。」

「這樣啊。」

電話另一端變得格外安靜。

「我的說法是說，我們要保持距離。」

「好像是這樣。」

「我沒有真的想要分手的意思。」

「可是三浦，你當時說『如果到時候還能保持同樣的心情』，那就等於已經結束了。」

「的確。」

蓉可以在耳邊聽到三浦的呼吸聲。

「那就應該好好做個了結才行。」

三浦的聲音格外冷靜。

「謝謝妳過去的一切。」

蓉縮起身體。她覺得應該做些回應，但卻說不出話來。

「再見。」

她把臉貼在膝蓋之間，雙手抱緊膝蓋。

「等一下。」

蓉叫住他，不是因為還有什麼話要說，而是因為她覺得如果在這時候掛斷，兩人之間的關係就結束了。她直覺到，這就是她最真實的心情。

「我……」

父親那句「沒辦法全部都選」在她腦中響起。

「我沒辦法說出口。」

她從膝蓋之間抬起頭，一隻虎斑貓正在看她。

「我現在還不想說，謝謝你過去的一切。」

貓咪豎起尾巴，彷彿指著天空。

「我今後也想說。」

接著這隻貓緩緩經過蓉的面前。

「我想要繼續跟你說謝謝。這是我現在的心情。」

「嗯。」三浦低聲回應。

蓉無法掌握他的心情。

「我想見你。」

蓉自認了解父親那句話的含意，可是她無法那麼爽快地放棄。只要還有留住的希望，她想要盡可能去追求。

「對不起。」

三浦的聲音有些發抖。

「這樣啊。」

蓉再度把臉埋進膝蓋之間。只有自己的體溫感覺溫柔。

「對不起，我說了謊。」

「什麼？」

「其實我根本不在乎什麼了結。」

三浦說完，小聲地咳了一下，又說：「我也……」

蓉再度抬起頭，看到貓走了一段距離之後回頭。反射著月光的綠眼睛很美。

「我也想要再跟妳見面。」

貓的尾巴搖了一下。

「我喜歡妳。」

蓉把縮起來的身體伸展開來，接著靠在店門上。月亮大到誇張的地步，可以隱約看到隕石坑的陰影。

「我可以去參觀明天的文化祭嗎？」

這時蓉總算感受到《一人份美食》已經結束了。包覆在身上的殼剝落，被吸入水泥地面。她覺得此刻自己正獲得新生。

「我會等你。」

前方的貓已經不見了。在徐徐的風中，蓉聯想到蒲公英的絨球。

24 出發

「歡迎再度光臨。」

尚志送走客人之後，左右扭轉上半身，然後對打工夥伴說：「那我要先走了。」

「咦？你今天要早退？」

「是啊，我有點事。」

「約會？」

「差不多。」

「那就明天見。」

「沒有，我想應該很快就會回來了。」

對方的頭上冒出問號，但尚志什麼都沒說，拿了隨身物品就離開「嗶嗶」。溫暖的午後陽光為街道染上淡淡的色彩，就像換上春裝般；不過空氣仍舊很冰冷，四周殘留著寒冬的氣息。

他看了看手錶，發現已經快到預定時間，連忙趕回自鳴琴莊。他朝著沒有人在的屋子喊「我回來了」，然後開始收拾客廳。他把丟在原處的漫畫和衣服搬回自己的房間，用吸塵器清理地板。或許是因為吸塵器的聲音，他似乎漏聽了好幾聲門鈴。當他發現外面有人，便連忙跑到玄關開門。

「抱歉，讓你們久等了。」

尚志的氣勢讓門口的四人嚇了一跳。

「請進，請進。」

他們禮貌地點頭說「請多多指教」，小心翼翼地進入自鳴琴莊。四人都是二十多歲的年紀，男女各兩人，組成弦樂四重奏樂團。他們在日本全國各地巡迴演出，不過接下來要在東京待一陣子，因此來到自鳴琴莊。

尚志帶他們參觀房間，並且用之前別人告訴他的內容說明：「你們或許有聽說可以演奏樂器，但其實只限打擊樂器和銅管樂器以外的非電子樂器，而且只有白天可以彈。鄰居有人比較囉嗦，所以才會有這樣的規定。不過各位都是弦樂器，所以白天演奏應該沒問題。」

他忽然想到時枝的中提琴。這棟有些老舊的木造房屋和時枝的中提琴，具有奇妙的和諧性。他希望這四人的演奏也能像那樣。

時枝在發生那起事件之後，被音樂大學退學，也不再拉中提琴了。尚志聽說他要回去幫忙老家經營的建築業，不過並不了解實情。

「如果在這段時間以外想要拉琴，附近有一家叫『嗶嗶』的錄音室。住在這裡的人可以得到優惠。順帶一提，我在那裡打工，所以有問題的話可以儘管找我商量。待會如果沒有事，我可以帶你們去那裡參觀。」

四人說「拜託你了」，尚志便點點頭。

每一間房間雖然都空蕩蕩的，卻不知為何能夠感受到前房客的氣息。

真子目前在廣島吹法國號。她是在這個月決定進入當地的管弦樂團。憲一從今年一月就去匈牙利打工度假。坂口的「螢火蟲的邏輯」樂團上個月正式出道，因此他開始獨居生活，現在正在進行全國巡迴演出。大家雖然分散各地，不過尚志並不會感到太寂寞。他常常得到其他人的近況報告，不久之後一定能夠再次見面。

「房間分配請你們自己決定。放下行李之後就一起出門吧。我也可以順便介紹這附近的環境。」

他帶四人回到「嗶嗶」，那裡的員工就笑著說「原來是這樣」。逛過站前之後，尚志帶他們到堤防。由於冬天拖得很長，因此櫻花到四月才開始綻放，現在正是賞花的好時機。這一帶聚集了前所未見的人潮，相當熱鬧。

「以前的房客常常在那裡練習。」

尚志指著堤防的高架橋下。只見那裡正在舉辦宴會，喝醉酒的男人在表演莫名其妙的舞蹈。

「大概了解了嗎？」

四人都對他說「謝謝」。

「還有，新房客來的當天，通常會準備披薩，舉辦類似歡迎會之類的……」他遲疑一下，然後說：「可以等到明天再舉辦嗎？我今天有點事。」

尚志先回到自鳴琴莊換衣服，然後到站前喝拿鐵咖啡等候。他望著裸女像，想到自己也已經習慣這座雕像，便不禁沉浸在感傷中。

「嗨！」

穿著制服的豐揮手走過來。他把制服外套拿在手上，脖子後方的頭髮都汗溼了。

「咦？你該不會今天也去社團練習吧？」

「嗯，教練很熱心地說，去年能夠參加全國大賽，所以今年一定也要參加。」

「開學典禮就這麼辛苦。不過社團活動怎麼可能這麼早結束？現在才傍晚耶。」

「這就是社長特權。」

「哪有這種的。」

「快點走吧，免得商品賣完了。」

「沒錯。」

他們搭乘電車、坐到位子上之後，豐便歉疚地說：「我還沒找到人。在高中找不到適合你的樂手。」

豐和尚志在文化祭演奏完畢之後，被警衛帶到職員室狠狠地訓了一頓，不過沒有更進一步的懲罰。

在那之後，尚志原本期待可以再度跟豐組樂團，可是豐仍舊拒絕了。他說他在目前的生活中，沒辦法以樂團為優先，又不能用隨隨便便的態度跟尚志組樂團。

他說他沒有跟尚志一樣的熱誠，沒有資格一起彈吉他。為了彌補尚志，他提議要幫忙尋找樂團成員。他相信只要使用Alternate，一定可以找到。不過今年到現在，尚志見過的人都不怎麼樣。

「沒辦法，誰叫我是天才。」

豐笑了出來。

「不過老實說，我大概快找到一個了。」

豐瞪大眼睛問：「真的？在哪裡？」

尚志打開手機，給他看 Alternate 的畫面。

「我們班有個人在彈貝斯。」

「等一下，這是什麼意思？我完全搞不懂。」

「我進入通信制高中了，所以又能使用 Alternate。」

為了利用 Alternate 尋找樂團成員而重新進入高中，感覺有些窩囊，不過一直依賴豐也很窩囊。尚志重新想過，覺得自己的夥伴應該自己找，於是就偷偷念書準備入學考。

「因為是通信制學校，所以我還沒有見過他，不過我看到這傢伙上傳到 Alternate 的影片，真的很棒。那傢伙也是高中輟學，因為想用 Alternate 尋找樂團成員，所以才再次進入高中，簡直就是我的翻版。昨天跟他連結之後，我傳訊息問他『要不要組樂團』，感覺反應不會太差。」

豐佩服地說：「真厲害。行動力太強了。」

「我的優點就只有這個。啊，不過吉他手還有缺。」

「你要邀我到什麼時候？」

「當然是直到你放棄醫學院為止。」
「尚志，你還真是頑固。」
「我當然很頑固，所以才會在這裡。我隨時都會打著節奏等你進來。」
眼前有兩個背書包的男生，讓尚志想到以前的豐和自己。然而豐或許是聯想到其他事情，對尚志說：「對了，你爸好像回家了。聽說他會在大阪待一陣子。」
電車到下一個車站，其中一個男生向另一個男生揮手道別。書包黑色的皮革反射車廂內白色的燈光，綻放滑溜的光芒。
「你為什麼會知道？」
「我是聽你弟說的。還有，他交女朋友了。」
「這種事幹麼不直接跟我說？」
背書包的男生獨自留在車廂內，電車又開始行駛。
「那你就去追蹤你弟吧。」
「我為什麼要和家人連結？」
「你進入通信制高中的事也沒告訴他們吧？至少應該說一聲，否則我就幫你說囉？」
「不要多管閒事。為什麼我們要透過你來彼此報告？」
「那就自己來吧。」
豐指著尚志的手機。尚志雖然抱怨，最後還是說「真拿你沒辦法」，傳了追蹤請求給弟弟。

電車越接近市中心，車廂內的人就越多。其中有幾人穿著跟尚志一樣的T恤。豐也在制服底下穿了同樣的T恤。到達目的地車站之後，人數又增加了。尚志和豐雖然是第一次去此刻要前往的會場，不過跟著人潮走，一定能夠到達。

他們在開演前三十分鐘到達商品販賣處。兩人各自買了這次巡迴演唱的T恤M號及毛巾。尚志原本也想買給深羽，不過他不知道什麼時候可以給她，也不知道該怎麼寄到國外。

尚志和豐立刻換上這件T恤進入會場。擠滿客人的展演空間瀰漫著呼吸的蒸氣，即使穿著短袖也會冒汗，等演唱會開始之後一定會汗流浹背。買毛巾是正確的選擇。

尚志原本想要和深羽三個人一起來。她看過文化祭的即興演出之後，對「前夜」似乎產生興趣，問他：「豐學長用吉他彈主唱旋律的曲子，是哪一個樂團的？」

於是過幾天，尚志便製作獨自的歌單給她。尚志從來沒有想過，自己會感謝網路上很難找到「前夜」的舊歌。後來他和深羽又在學校附近見了幾次面。兩人之間的距離一次比一次縮短，不過她在三月就要轉學了。

她姊姊的身體狀況變得很差，必須在美國接受手術，因此深羽也要轉到美國的學校。尚志在二月聽她提起這件事，地點在學校附近的公園。

「要彈管風琴的話，美國那邊的環境也比較好。」深羽說這句話時，把臉埋在圍巾裡，所以不太能看到她的表情。

「尚志，我很感謝你。」

「為什麼？」

「你讓我重新覺得，彈鍵盤很有趣。」

「這樣啊。」

深羽的耳朵因為寒冷而變紅。尚志很想替她取暖，不過如果去摸她，她一定又會感到害怕。尚志為了隱藏內心難耐的情緒，沒有看著深羽對她說：「妳回來之後，一定要再來找我。」

「嗯。」

她把臉從圍巾抬起來，呆呆地望著天空。

「我有時候也想聽『嗯』以外的回應。」

「是啊。」

「這是同樣的意思吧？」

深羽笑了，從嘴裡吐出白色的氣息。

「妳要是從美國回來變得很會踢足球，那就好玩了。」

「也許是變得很會跳舞。」

「只要是變厲害，不論是哪種都可以。不過妳一定要繼續彈管風琴。」

「嗯。」

這是他們最後的對話。不久之後，深羽就前往美國。

深羽去了美國之後，兩人仍舊常常傳簡訊聯絡，不過因為時差的關係，時間往往有落差，再加上她大概忙於適應新生活，因此頻率逐漸減少。

尚志能夠使用 Alternate 之後，立刻尋找深羽的名字，可是卻找不到。這時他才知道，Alternate 並沒有開放給國外的高中。

這樣下去，他和深羽之間的關係大概會變得疏遠。他仍舊聽不到深羽的管風琴。不過只要想著也許會發生的「再次」，他就不會感到太寂寞。

「啊！」

他環顧四周，看到熟悉的面孔。那是跟他同班的貝斯手。尚志看過好幾次影片，所以絕對不會錯。那個人雙眼直視著舞臺。

「尚志！要開始了！」

「喔！」

黑暗的舞臺上似乎有人。人影的出現讓會場掀起騷動聲。兩人凝神注視人影。鼓手數「一、二、三、四」的聲音傳入耳裡。展演空間捲起巨大的聲響，舞臺上閃爍著刺眼的繽紛光線。「前夜」一出場就展現驚人的演奏，讓觀眾為之沸騰，撼動地板。當主唱的歌聲透過麥克風傳來，現場氣氛更加高昂。

在狂喜的觀眾當中，尚志獨自一人站在原地。聲音、光線、氣味、熱度，感覺好像都是自己的。這是他第一次產生這種感覺。

「前夜」的音樂注滿他的身體，迅速剝除他的外殼，就好像生鏽的鐵表面捲起來剝落般。他的肌膚感受到新鮮的氣息。他發出吶喊，震撼胸腔深處。

＊

凪津二年級的導師仍舊是笹川老師，不過班上同學幾乎都換了人，志於李也被分到別班。

開學典禮結束後，凪津迫不及待地換上工作服，從置物間拿了工具到外面，聽見體育館傳來籃球打在地板上的聲音。

校門旁邊有一棵巨大的櫻花樹，此刻圍繞著許多人。凪津也到樹前，抬頭凝視這棵樹。去年入學典禮的時候，樹上只剩下綠葉，今天上學時她也因為遲到而沒心思好好觀賞，現在總算可以慢慢地賞花。

盛開的櫻花氣勢磅礴，讓她看得目不轉睛。不過這種狀態的櫻花大概只能維持一個星期。怪不得——凪津想到一件事。

大輝為校門口的花壇選了淡粉紅色的風信子，或許是為了在櫻花凋落之後，也能讓新生享受入學氣氛。凪津之所以在這裡拍 Alternate 的大頭照，就是因為在無意識中追求著粉紅色的色調。

她不由自主地看櫻花看得出神，忘記時間流逝。春假期間，她因為安排太多打工時數，疏忽了照顧花壇。大輝如果知道了，一定會大發雷霆。今天他說要過來看看，凪津必須在他來到之前稍微整理一下，但她卻無法把視線從櫻花移開。

「凪津！」

她回頭，看到山桐惠美久穿著運動服站在自己面前。
「惠美久！妳這身打扮，該不會是……」
「我是來幫忙的。」
文化祭結束之後，凪津立刻和惠美久成了好朋友。惠美久因為參加《一人份美食》而成為校內明星，在那之後更認真地參與料理社的活動，同時也勤奮地幫忙園藝社的工作。當時凪津已經成為園藝社的正式社員，跟惠美久在一起的時間增加，自然而然變得很親近。
「開業典禮還來幫忙，太辛苦了。」
「沒關係，這些植物也是我們的。要從哪裡做起？」
兩人開始巡邏高中校區的花壇。
校內花壇並沒有全部都同時使用，目前只有種植一半左右。如果一次就全部種下去，到時候就會同時開花、同時凋謝。為了避免那樣的情形發生，會依照開花季節，把花壇分區。
兩人先到「春天」的花壇，看到鬱金香、天竺葵、秋海棠綻放鮮豔的花朵。這些花都是粉紅色。這是大輝最後照顧的植物。
「凪津，這些花……」
「嗯，沒有特別要做的事。」
花壇已經完全整理過，今天早上大概也有人澆過花。其他花壇也都同樣有人整理過，農園的土也被翻鬆，隨時可以播種。

「一定是笹川老師做的。」

惠美久邊說邊蹲在農園，在泥土上寫「山桐惠美久」的名字。

「妳如果有什麼想種的蔬菜，就跟我說吧。我會準備好種子。」

「OK。我用 Alternate 傳清單給妳。」

「啊，老實說，我現在已經沒在用了。」

「什麼？真的假的？」

看到惠美久驚訝的樣子，凪津才知道原來這件事這麼出人意料。

「妳明明那麼信奉 Alternate。」

凪津雖然覺得「信奉」這個詞太誇張，不過 Alternate 過去對她來說，的確就像上帝一樣。

「我是猶大吧。」

她並不是討厭起 Alternate 了，不過她一旦下定決心，就想要貫徹到底。

兩人走向校門，途中遇到笹川老師，便鞠躬說：「謝謝老師。」

「妳們為什麼要謝我？」

「花壇是老師幫我們照顧的吧？」

「是我照顧的。」說話的是大輝。

大輝和蓉在笹川老師身邊，兩人都穿著便服。大輝的頭髮變成綠色，因此她們一開始沒有認出他。惠美久抱住蓉喊「蓉學姊——」，凪津則指著大輝的頭問：「怎麼會變成這樣？」

「對眼睛很好吧？」

大輝說完又摸摸耳朵上的好幾個耳環。

大輝和蓉都進入圓明學園大學。相較於立刻開始享受打扮樂趣的大輝，蓉的服裝頗為單調，不過看起來還是比高中時成熟多了。

「凪津，我才想問妳怎麼會變成這樣。只有髮根染成棕色，太新潮了。而且還難得綁了頭髮。」

「不是……」凪津開口之後，還是決定不說了。她只是停止把頭髮染成黑色並燙直，並不是刻意打扮，綁頭髮也只是因為頭髮變捲很難整理。不過她也不想被認為之前都在說謊，所以就用「沒什麼，因為現在是春天」這種莫名其妙的藉口敷衍過去，然後又回到原先的話題：「謝謝你照顧花壇。」

「我想說妳打工應該很忙，所以春假時也有來看，今天早上也澆了水。」

「對不起。」

「其實我只是忍不住就過來看的。反正距離跟以前差不多。不過今後能來的時間大概不太一定，所以妳至少要按時澆水。」

圓明學園大學距離高中只有幾百公尺，只要有心的話，隨時可以藉助大輝的力量。不過凪津當上園藝社社長，不能做出那麼不負責任的行動。

「沒關係，我可以自己來。」

「妳雖然這麼說，可是還是會繼續打工吧？」

「這個嘛……是的。」

「那麼剩下的方法就只有增加社員了。妳應該利用擅長的 Alternate 進行宣傳。」

凪津還沒開口說「事實上」，惠美久便插嘴說：「她已經沒有在使用 Alternate 了。」

「真的？我已經沒辦法使用 Alternate，所以不知道。為什麼不用了？」

「應該說……是為了做個實驗。」

文化祭之後，她仍使用 Alternate 一陣子。文化祭過後不到兩個星期，君園的個人資料就追加了「有交往對象」的項目，對象是之前向凪津請教過 Alternate 的瑞原方樹。他們似乎是在文化祭的時候搭訕而認識的。凪津並不感到失望。

就是這麼回事吧——她很乾脆地接受事實，或許意味著她只把君園看作這點程度的對象。

她在那之後就沒有和桂田聯絡。有時她也會去看「華津螺舵夢雨的天才日記！」，但是都沒有更新。

凪津也發誓，在和大輝一起種下的風信子開花之前，她也不再寫「恩格庫塔魯索姆」。一開始要忍耐很辛苦，不過到了三月風信子開花時，她已經不在乎了。

看到粉紅色的風信子，凪津又許了下一個誓言：在明年的風信子開花之前，她也不再使用 Alternate。如果能夠憑自己的力量讓風信子開花，她就會重新開始使用 Alternate，並且和桂田聯絡。到時候，自己和桂田應該稍微接近萬壽菊了。

「惠美久跟凪津接下來要做什麼？我們要在『新居見』慶祝入學，如果沒事的話，要不要一起來？」

聽到蓉的邀請，惠美久眨著長睫毛說：「我想去！」然而凪津卻苦惱地閉上嘴巴。

「凪津，妳有事嗎？」
「我接下來要去跟母親見面。」
「邀她一起來吧。」
凪津問：「可以嗎？」不知為何卻是大輝回答：「當然了。」
「那我打一下電話。」
母親立刻接起電話。凪津說明情況，問她：「妳要不要一起來？」可是她卻體貼地拒絕了。「妳還是好好珍惜跟朋友在一起的時間吧。」
母親和那個男人分手了。因為這樣，家裡的經濟狀況再度變得拮据。母親增加工作時間，凪津也拿打工賺來的錢添補家用，勉強可以生活下去。不過她並不討厭這樣的生活，母親的氣色看起來也比以前好多了。
今天兩人原本計畫難得要一起出門。雖然對請假的母親感到歉疚，不過凪津還是告訴她：「那妳就去做自己想做的事吧，不用擔心我。」
母親便笑著說：「謝謝。」
「真不知道誰是母親。」大輝插嘴。
掛斷電話之後，蓉點了點頭。
凪津說：「那我就打擾了。」
「不過今天去餐廳沒關係嗎？」惠美久用手指繞著髮梢問。
「嗯，今天是店裡休息的日子，所以可以自由使用。」
大輝故意壓低聲音說：「那個人也會來。」

凪津忍不住大聲問：「真的？那我可以吃到兩位的料理了？」

「晴杏學院的人也會來——就是《一人份美食》的冠軍。」

凪津聽了雀躍不已，一旁的惠美久則挖苦地說：「學姊太奇怪了，竟然跟競爭對手交朋友。」

「現在已經不是競爭對手，而是分享料理的重要夥伴。另外也有幾個外縣市的朋友會來。」

「妳的朋友增加太多了。」大輝假裝皺著眉頭說。

蓉開始使用Alternate，是在《一人份美食》結束的幾天後。她在閱讀三浦轉傳的訊息時，心中湧起想要回覆的欲望，便打開先前只有下載APP的Alternate，註冊帳號。

她原本那麼抗拒使用Alternate，卻很神奇地順利完成註冊。

她一開設帳號，就向傳訊息給她的人表達感謝。蓉開始使用Alternate的消息立刻傳開，得到好幾個料理愛好者的追蹤。

她和在Alternate認識的人一起創立粉絲團，互相傳送彼此想到的料理做法及照片，並且交換意見。蓉會將完成的料理提案給父親，並請他試吃。他幾乎對所有料理都給予負面評語，不過只有一次獲得「新居見」採用為新料理。

「老實說，我也邀了一個人。」

大輝得意洋洋地宣布，凪津便問：「你該不會已經又……」

「類似Alternate的東西，怎麼可能只有高中生才有。」

「就算是這樣，未免也太快找到對象了吧？」

「啊，妳們看。」

大輝指著在風信子前面照相的兩個新入學的女生。她們同時看著一臺手機。

這時吹起一陣強風，彷彿要捲走她們的笑聲。

櫻花飄到高空，乘著風被送到遠方。花瓣不知何時會掉落下來，經年累月返回泥土。泥土有一天會接觸到植物的根。雖然不知道是什麼植物的根，但只有沐浴在陽光下這一點，是能夠確實感受到的。

【參考文獻】

《孟德爾——培育豌豆的修道士》（ＢＬ出版）Cheryl Bardoe 著／片岡英子譯

《以ＤＮＡ分析的交友ＡＰＰ尋找『命中註定的人』——生物學服務『Pheramor』的實用性》WIRED https://wired.jp/2018/03/06/dna-dating-app/

《Gene Life》Genesis Healthcare Co.

《埃斯科菲耶「烹飪指南』全註解》五島學編著（譯・注釋）https://lespoucesverts.org/wp-content/uploads/2018/05/mihon-20180831.pdf

本書引用的璜娜・伊芭波露的詩〈無花果樹〉，是請東京大學研究所綜合文化研究科的齋藤文子教授重新翻譯。在此表達感謝之意。

本作最早刊登於《小說新潮》二〇二〇年一月號～二〇二〇年九月號出版時曾加以增修。

作者介紹

加藤シゲアキ（加藤成亮）

一九八七年出生於大阪府，青山學院大學法學院畢業。

以NEWS成員的身分活動的同時，於二〇一二年一月以《粉與灰》一書出道為作家。後來陸續出版《閃光交叉口》、《Burn.》、《不撐傘的螞蟻們》、《チュベローズで待ってる（AGE22.AGE32）（暫譯：在月下香等待）》等暢銷作品，二〇二〇年三月出版第一本散文集《できることならスティードで（暫譯：可以的話就騎乘STEED）》。

其偶像與作家的雙重身分受到矚目。

國家圖書館出版品預行編目資料

alternate：交會的瞬間 / 加藤成亮作；黃涓芳譯 . -- 一版 . -- 臺北市：城邦文化事業股份有限公司尖端出版：英屬蓋曼群島商家庭傳媒股份有限公司城邦分公司尖端出版發行，2022.07

面；　公分

譯自：オルタネート

ISBN 978-626-316-906-7（平裝）

861.57　　111005950

嬉文化

alternate：交會的瞬間

（原名：オルタネート）

著　者／加藤成亮
執行長／陳君平
榮譽發行人／黃鎮隆
協　理／洪琇菁
總編輯／呂尚燁
譯　者／黃涓芳
美術總監／沙雲佩
美術編輯／陳又荻
執行編輯／丁玉霈
企劃宣傳／楊玉如、施語宸、洪國瑋
國際版權／黃令歡、梁名儀
文字校對／施亞蒨
內文排版／謝青秀

出　版／城邦文化事業股份有限公司 尖端出版
台北市中山區民生東路二段一四一號十樓
電話：（〇二）二五〇〇－七六〇〇
傳真：（〇二）二五〇〇－二六八三
E-mail：7novels@mail2.spp.com.tw

發　行／英屬蓋曼群島商家庭傳媒股份有限公司城邦分公司 尖端出版
台北市中山區民生東路二段一四一號十樓
電話：（〇二）二五〇〇－七六〇〇（代表號）
傳真：（〇二）二五〇〇－一九七九

中彰投以北經銷／楨彥有限公司（含宜花東）
電話：（〇二）八九一九－三三六九
傳真：（〇二）八九一四－五五二四

雲嘉經銷／威信圖書有限公司 嘉義公司
電話：（〇五）二三三－三八五二
傳真：（〇五）二三三－三八六三
客服專線：〇八〇〇－〇二八－〇二八

南部經銷／威信圖書有限公司 高雄公司
電話：（〇七）三七三－〇〇七九
傳真：（〇七）三七三－〇〇八七

香港經銷／城邦（香港）出版集團有限公司
香港灣仔駱克道一九三號東超商業中心1樓
電話：（八五二）二五〇八－六二三一
傳真：（八五二）二五七八－九三三七
E-mail：hkcite@biznetvigator.com

新馬經銷／城邦（馬新）出版集團 Cite（M）Sdn. Bhd.
E-mail：cite@cite.com.my

法律顧問／王子文律師　元禾法律事務所
台北市羅斯福路三段三十七號十五樓

二〇二二年七月一版一刷

■中文版■

郵購注意事項：
1.填妥劃撥單資料：帳號：50003021戶名：英屬蓋曼群島商家庭傳媒(股)公司城邦分公司。2.通信欄內註明訂購書名與冊數。3.劃撥金額低於500元，請加附掛號郵資50元。如劃撥日起 10～14日，仍未收到書時，請洽劃撥組。劃撥專線TEL：(03)312-4212 ・ FAX：(03)322-4621。E-mail：marketing@spp.com.tw